ro
ro
ro

Fredrika Gers ist gebürtige Hamburgerin und schreibt, seit sie schreiben kann. Sie ist gelernte Bankkauffrau und arbeitete später als Schiffsmaklerin. Folgerichtig ging sie anschließend in die Werbung und textete für namhafte Agenturen in Hamburg, Düsseldorf, Frankfurt und München. Nebenher verfasste sie journalistische Beiträge und Romane. Der großen Liebe wegen zog sie im neuen Jahrtausend ins Berchtesgadener Land. Dort entdeckte sie ihre zweite große Liebe: die Berge.

Mehr unter:
www.fredrikagers.de
www.facebook.com/gersfredrika

Mord am Toten Mann

Holzhammer ermittelt

Ein Alpen-Krimi

Rowohlt Taschenbuch Verlag

3. Auflage April 2021

Originalausgabe
Veröffentlicht im Rowohlt Taschenbuch Verlag,
Reinbek bei Hamburg, November 2017

Redaktion Tobias Schumacher-Hernández
Umschlaggestaltung yellowfarm gmbh, Stefanie Freischem
Umschlagabbildungen Udo Siebig, Travel Collection/Gregor Lengler,
nature picture library/Ben Cranke/mauritius images
Satz aus der Arno Pro, InDesign,
bei Pinkuin Satz und Datentechnik, Berlin
Druck und Bindung CPI books GmbH, Leck, Germany
ISBN 978-3-499-29153-1

Die Rowohlt Verlage haben sich zu einer nachhaltigen Buchproduktion verpflichtet. Gemeinsam mit unseren Partnern und Lieferanten setzen wir uns für eine klimaneutrale Buchproduktion ein, die den Erwerb von Klimazertifikaten zur Kompensation des CO_2-Ausstoßes einschließt.
www.klimaneutralerverlag.de

FSC www.fsc.org
MIX
Papier aus verantwortungsvollen Quellen
FSC® C083411

Prolog

Diese Dinger waren mittlerweile überall. Sie schwebten über der Fronleichnamsprozession in der Schönau, über der Oldtimer-Parade an der Rossfeld-Panoramastraße und über den Nackten am Wasserfall. Und jetzt flog eine direkt über Hauptwachtmeister Franz Holzhammer.

Da nichts Besonderes anlag, hatte er nach der ersten Brotzeit die schönste Polizeistation Deutschlands verlassen und sich auf einen Inspektionsgang durch den Markt Berchtesgaden gemacht. Er war über den Parkplatz zum Haus der Berge geschlendert, hatte nebenbei die Nummernschilder der Besucher inspiziert, sich am Fußgängerüberweg gefragt, wieso hier immer noch keiner das Schild mit der 30er-Begrenzung aufgestellt hatte, und war dann, den Watzmann im Rücken, Richtung Zentrum gegangen.

Die ganze Zeit hatte es irgendwo über ihm gesummt, gesurrt, gebrummt, aber erst nach und nach war das Geräusch in sein Bewusstsein gedrungen. Als er schließlich hochblickte, blickte von oben etwas zurück. Ein dickes, fettes Kameraauge mit Flügeln – mit Rotoren, genauer gesagt.

Natürlich hatte er nichts zu verbergen. Er war weder nackt noch auf dem Weg zu einem geheimen Stelldichein. Aber es behagte ihm einfach nicht. Was sollte das? Leider gab es noch kein Gesetz gegen den Überflug von Polizisten. Man durfte nicht über Flugplätze fliegen, über Anlagen der Bundeswehr oder Sportstätten während laufender Wettbewerbe. Doch der Luftraum über Franz Holzhammer unterlag – leider, leider – keiner besonderen Einschränkung.

Holzhammer war jetzt auf Höhe des baufälligen Kiosks mit dem Touristenkitsch. Er blickte an dem gegenüberliegenden Gebäude hoch. Und richtig, aus dem mit einem weiß-blauen Kissen als Armauflage ausstaffierten Fenster im obersten Stock winkte ihm Tante Steffi zu. Wie alt mochte sie jetzt sein? Sie musste auf die neunzig zugehen. Doch mit Hilfe des Fernglases, das er ihr vorletzte Weihnachten geschenkt hatte, sah sie immer noch alles, was sie sehen wollte.

Aus dem Haus gehen konnte sie schon lange nicht mehr, das Essen bekam sie geliefert, aber solange sie ihren Fensterplatz hatte und die zahlreichen Verwandten regelmäßig vorbeischauten, schien sie zufrieden mit ihrem Leben. Tatsächlich gab es inzwischen einen ausgeklügelten Besuchsplan. Holzhammer hatte ihn selbst entworfen und ins Internet gestellt. Da trugen sich die Verwandten nach Lust und Laune ein, je nachdem, wie sie Zeit hatten oder in den Markt kamen. So hatte Tante Steffi alle paar Tage Besuch, und jedem erzählte sie, was der vorige Besuch ihr zugetragen hatte. Es gab inzwischen Wettbewerbe und Wetten auf diese Form der Stillen Post. Marie, Holzhammers geliebtes Weib, fand es allerdings verwerflich, der alten Dame Lügengeschichten aufzutischen, nur um sich darüber zu amüsieren, wie diese beim Weitererzählen verändert wurden.

Über Holzhammers Kopf surrte es immer noch. Die Drohne blieb immer ein paar Meter entfernt, es war nicht daran zu denken, sie mit der Hand zu erreichen. Auch den Besitzer konnte er nicht entdecken. Er schien sich absichtlich zu verstecken. Kein Wunder, Holzhammer hätte ihm wegen dieses Unfugs gehörig die Leviten gelesen.

Gerade als der inzwischen ziemlich genervte Hauptwachtmeister den Alten Friedhof erreichte, donnerte ein Schuss von der Aussegnungshalle herüber. Offenbar wurde einer der letzten Kriegsteilnehmer zu Grabe getragen. Es würden noch ein paar weitere Salutschüsse folgen.

Blitzartig durchzuckte ihn eine Idee. Jetzt oder nie. Schnell machte Holzhammer ein paar Schritte durch die offenstehende Friedhofspforte. Die Drohne folgte ihm und schwebte nun über dem Grab von Anton Adner, der angeblich 117 Jahre alt geworden war. Einige Meter dahinter erhob sich eine solide Hausmauer. Schon hallte der zweite Böllerschuss über das Gelände. Holzhammer zog seine Dienstwaffe, entsicherte und zählte. Bei dreieinhalb brach sich die dritte Salve an der Häuserzeile der Maximilianstraße und kurz darauf am Göllmassiv auf der anderen Seite des Tals.

Er zielte auf den Quälgeist und zählte abermals. Bei drei machte er den Finger krumm. Bei dreieinhalb ging der trockene Knall seiner 38er planmäßig im Donnern der mit Schwarzpulver gefüllten Vorderlader unter. Es war das erste Mal, dass er die Waffe im Dienst benutzte.

Die Kugel wurde von dem leichten Fluggerät kaum abgelenkt und schlug geradewegs in die Hauswand hinter Anton Adners Grab ein. Aus der Wand rieselte Putz, und die Drohne ging zu Boden. Im Kino wäre sie garantiert explodiert. Aber diese surrte und zuckte nur zu Holzhammers Füßen wie ein verletztes Rieseninsekt. Fast schien sie auf ihren verstümmelten Flügeln davonkriechen zu wollen.

Er blickte sich um. Niemand hatte ihn gesehen, niemand

hatte ihn gehört. Doch zumindest einer musste es mitbekommen haben – der mysteriöse Besitzer. Vor Holzhammers geistigem Auge tauchte sein Chef Dr. Klaus Fischer auf, die tote Drohne in der einen Hand, die andere wild herumfuchtelnd, und von Dienstaufsichtsbeschwerde faselnd. Doch dazu müsste der Drohnenbesitzer sich erst mal zu erkennen geben. Ha! Dem würde er was erzählen.

Er hob das hartnäckige Ding auf und hebelte den Akku heraus. Jetzt war endgültig Ruhe. Er sah, dass seine Kugel einen der vier Antriebe zerlegt hatte. Die herauskatapultierten Teile waren dann in die anderen Rotoren geraten und hatten sie abrupt gestoppt. Er wog das Ding in der Hand. Es fühlte sich leichter an, als es aussah. Eine leichte Leiche.

Und nun? Zu blöd, dass er zu Fuß unterwegs war. Kein Kofferraum. Also einfach auf den Friedhofskompost damit? Wenn Marie davon erfuhr, würde sie ihn wieder eine Woche lang mit vegetarischer Kost bestrafen. Außerdem war es vielleicht eh besser, das Corpus Delicti nicht einfach herumliegen zu lassen. Holzhammer zog ein Asservatensackerl aus der Tasche und tat die Drohnenleiche hinein. Auf diese Weise sah es wenigstens nicht ganz so blöd aus, wenn er das Ding herumtrug. Er blickte sich noch einmal um, aber von dem Piloten der Drohne war nichts zu sehen.

Er setzte einen wichtigen Blick auf und marschierte zurück zur Wache. Dort schmiss er das Ding in den Kofferraum seines Dienstwagens, ein weiß-grüner BMW, den kein anderer freiwillig nutzte. Denn dann hätte man erst jegliche Sitz-, Lenkrad- und Spiegelpositionen von Holzhammer- auf Normalformat umstellen müssen.

Holzhammer dachte über den Besitzer des erlegten Flugobjekts nach. Es gab diverse einheimische Scherzbolde, denen er so einen Streich zutrauen würde. Schon früher hatte man es auf ihn abgesehen gehabt. Und wenn er in der Dugnacht, der Nacht vor dem ersten Mai, versehentlich sein Auto draußen stehen ließ, wurde es garantiert in Klopapier eingewickelt. Marie wickelte es dann halt am Morgen wieder aus, oft bevor er selbst etwas davon mitbekam. Stand das Auto sicher in der Garage, wurde gern seine Gartenpforte ausgehängt. So war das halt in der Dugnacht.

Nur einmal hatte er sich richtig geärgert, als er nämlich am ersten Mai seinen Briefkasten mit Bauschaum ausgespritzt fand. Die Burschen hatte er dann auch drangekriegt. Er hatte bloß die Verkäuferin im BayWa-Markt fragen müssen, welche kichernden Schüler am Vortag eine Bauschaumpatrone gekauft hatten.

Jetzt hatten offenbar welche ihren Hauptwachtmeister mit einem Luftangriff ärgern wollen. Einen kurzen Rundflug über seinem Kopf hätte er ja auch nicht übel genommen. Ein bisschen Spaß durfte sein, auch mit der Obrigkeit. Aber niemand sollte ihm ungestraft stundenlang auf die Nerven gehen. Wer das tat – wer das wagte –, musste fortan mit dem Äußersten rechnen. Er versuchte sich an einem diabolischen Grinsen. Aber es gelang ihm nicht.

1

Der Tote Mann ist ein kleiner, grasbewachsener Gipfel, nur wenig höher als die bewaldeten Hügel ringsum. Dennoch ist er ein beliebter Aussichtsberg, denn nach Süden bietet er einen grandiosen Blick auf den Watzmann und ins Wimbachgries. Das Wirtshaus trägt ebenso zu seiner Attraktivität bei wie die Seilbahn, die den eh schon überschaubaren Aufstieg vom Hochschwarzeck auf wenige Minuten verkürzt.

Jetzt, um fünf Uhr morgens, hingen noch kühle Tautropfen an den Grashalmen auf der Gipfelkuppe, doch im Nordosten kündigte ein breiter orangefarbener Streifen bereits den Sonnenaufgang an. Es würde ein schöner Tag werden, und die Tautropfen würden sich schon bald in Luft auflösen.

Der Tote lag genau am höchsten Punkt, und zwar auf dem Bauch. An seinem Hinterkopf befand sich eine Art blutverkrusteter Krater. Auch aus dem rechten Ohr war Blut geflossen. Die Arme des Toten waren angewinkelt, die Hände lagen flach in der Nähe des Kopfes. Genau die Haltung, die man erwarten würde, wenn jemand nach vorn fiel und instinktiv versuchte, den Sturz mit den Händen abzufangen.

«Der liegt schon seit Stunden hier. Schau, der Arm ist ganz steif», sagte Holzhammer und rüttelte zum Beweis an dem fraglichen Körperteil.

«Bist du wahnsinnig, pack den doch ned an!», rief Müllerhuber.

Vor Überraschung ließ Holzhammer den steifen Arm tatsächlich los. Auch wenn sie inzwischen gute Freunde waren, verhielt der junge Polizeimeister sich ihm gegenüber normalerweise respektvoller.

«Die Spuren», schob Müllerhuber nach.

Holzhammer musste fast lachen. Freilich, die Polizeischule war bei Martin Müllerhuber noch frisch, da lernte man natürlich, auf keinen Fall etwas anzufassen, bevor die KTU den Tatort nicht freigegeben hatte. Tatsächlich hatte Holzhammer selbst deswegen schon diverse Rüffel von seinem grimmigen Schulfreund Rolf Berg kassiert, dem Leiter der Spurensicherung Traunstein.

«Die Spuren? Du meinst, die einzig verwertbare Spur könnte sich eventuell an diesem speziellen Punkt am Ellenbogen befinden? Schau dich doch mal um.» Holzhammer deutete in die Runde.

Zwei Meter weiter lag ein tropfenförmiger Stein von der Größe eines Straußeneis, dessen spitzes Ende braunrot eingefärbt war. Holzhammer konnte es plastisch vor sich sehen, wie der Täter den Stein mit beiden Händen packte, ihn hoch über den Kopf hob und dann die Spitze wuchtig auf den Hinterkopf des Opfers krachen ließ. Nie hatte ein Tatort deutlicher «Mord!» geschrien als dieser. Und wenn sich irgendwo Hinweise auf den Täter verbargen, dann an diesem Stein aus Ramsaudolomit.

Wurde Müllerhuber tatsächlich rot? Oder war das nur der Sonnenaufgang? Holzhammer schätzte seinen jungen Kollegen und hatte ihn nicht in Verlegenheit bringen wollen. Müllerhuber war eifrig wie kein anderer, ein schlauer Kerl, der sich außerdem bestens im Talkessel auskannte. Mit Müllerhuber als Nachfolger würde er in ein paar Jahren guten Gewissens in den Ruhestand gehen.

Schnell lenkte er das Gespräch auf ein anderes Thema: «Äh, zum Sonnenuntergang waren bestimmt noch Leute oben. Das heißt, es muss in der Nacht geschehen sein.»

Dankbar sprang Müllerhuber darauf an: «Der Mike sagt, dass er ihn exakt um vier Uhr zwanzig gefunden hat.»

Richtig, der Mike. Er hatte sie alarmiert. Holzhammer sah sich nach ihm um. Der Mike saß ein Stück weiter auf einer Bank bei der kleinen Hütte. Er trug einen hautengen, neongrünen Laufanzug und hatte den Kopf auf die Handgelenke gestützt, sodass die Finger nach vorn herunterhingen. Mit seiner spindeldürren Läuferfigur wirkte er in dieser Haltung zwangsläufig wie eine überdimensionale Gottesanbeterin.

Holzhammer kannte ihn nicht persönlich, hatte ihn aber oft gesehen. Der Bergläufer aus Bad Reichenhall, der an einem Tag von daheim nach Berchtesgaden, über alle Gipfel rund um den Königssee und zurück nach Reichenhall rannte. Für heute Morgen hatte er sich den Verlauf der Saline von Berchtesgaden nach Reichenhall vorgenommen, doch weil das allein zu langweilig war, hatte er noch ein paar Hügel eingebaut. So war er in aller Frühe an der Leiche auf dem Toten Mann vorbeigekommen. Nun saß er erschüttert herum und fror. Kein Wunder bei minus drei Prozent Körperfett.

«Den sollten mir besser schnell weiterschicken, sonst erkältet der sich noch», sagte Holzhammer und erhob sich.

Sie gingen zu ihrem Zeugen hinüber. «Alles klar bei dir?», fragte Holzhammer.

Mike nickte. Dabei schlang er die Arme um den Körper.

«Schön, dann geh jetzt besser heim. Mir telefonieren

dann. Falls du nimmer laufen magst, kann der Martin hier dich auch fahren.»

Holzhammer konnte sehen, dass Müllerhuber am liebsten protestiert hätte. Logischerweise wollte er lieber bei den Mordermittlungen dabei sein, anstatt Zeugen heimzufahren. Aber das Problem erledigte sich von selbst.

«Danke, ich lauf lieber», sagte Mike, hörbar erleichtert.

Schon hatte er seinen Trinkrucksack wieder auf dem Rücken und schnellte wie eine Sprungfeder von der Bank. Der dünne Mann stob davon, ohne sich noch einmal umzusehen. Er sprang die Wiese hinab zum Wanderweg, wo er nochmals beschleunigte. Sekunden später war er um die nächste Kurve verschwunden.

Kurz darauf hörten sie den Hubschrauber. Rolf Berg und seine Mannen schwebten ein, die Spurensicherer aus Traunstein. Nachdem Holzhammer und sein Schulfreund die üblichen Begrüßungsbeleidigungen ausgetauscht hatten, beugte sich Rolf Berg als Erstes über den blutigen Stein.

Der Lebenssaft des Toten war tief in den Kalkstein eingedrungen. Die inzwischen trockene Oberfläche wirkte matt und samtig wie ein Rosenblatt. Auch die Farbe glich der dunkelsten Rose in Holzhammers Garten.

«Jaja, jetzt liegst du unschuldig da», sagte Rolf Berg zu dem Stein. Dann wandte er sich an die Umstehenden: «Ich bräucht mal einen stabilen Asservatenbeutel.»

«Mir haben für größere Fundstücke Ikea-Taschen im Wagen», bot Holzhammer an.

Ihr Allrad stand unten am Wanderweg, auf dem der Mike verschwunden war. Dahinter parkte inzwischen ein weiteres Fahrzeug, das vier Streifenpolizisten heraufgebracht hatte.

«Muss gehen», nickte Berg. Holzhammer winkte einem Polizeischüler, der gleich lossprintete.

Währenddessen nahm Rolf Berg mit einer Pinzette Proben von dem verkrusteten Hinterkopf. Farbe und Konsistenz erinnerten Holzhammer ein bisschen an Maries gebratene Blutwurst. Nur ohne Zwiebeln.

Anschließend zerschnitt Berg die Schulterriemen am Rucksack des Toten. Nur so konnte er ihn abnehmen und in einem großen Klarsichtbeutel verstauen. Sodann förderte er eine zusammengefaltete weiße Plane aus seinem Alukoffer zutage und breitete sie dicht neben der Leiche aus. «Packt mal jemand mit an, wir drehen ihn um.»

Ein Blick von Holzhammer, und Müllerhuber war da. Sie drehten den Leichnam vorsichtig auf den Rücken. Auf dem weißen Plastik lag er nun fast wie aufgebahrt. Doch das schmutzige Gesicht, auf dem gequetschte Grashalme und Sandkörner klebten, würde dem Bestatter noch einige Arbeit bescheren.

Weitere Fotos wurden gemacht. Die Haut des Mannes war inzwischen wächsern gelb, auf seinen nackten Schienbeinen breiteten sich große dunkle Flecken aus. Totenflecken. Wenn das Herz aufhört zu schlagen, sackt das Blut an Ort und Stelle ins Gewebe ab. Ein weiterer Beweis, dass der Mann auf dem Gipfel gestorben und nicht etwa erst nach seinem Tod hierher transportiert worden war.

Es hatte sicher sein Gutes, dass der Tote so früh gefunden worden war. Sonst wäre von den Spuren, sofern es überhaupt welche gab, kaum noch etwas übrig gewesen. Auch grenzte es den Tatzeitpunkt angenehm ein. Der einzige Nachteil bestand darin, dass Holzhammer zu nachtschlafender Zeit aus dem Bett geklingelt worden war. Er war noch nie ein Frühaufsteher gewesen. Im Frühtau zu Berge war für ihn keine Option.

Aber das hatte sich eh erledigt, er ging nicht mehr in die Berge, sondern begnügte sich mit der Ersteigung der zwei Stufen zur Veranda seiner Gartenhütte. Genau dort würde er hoffentlich am Nachmittag den versäumten Schlaf nachholen können. Gebettet in einen bequemen Liegestuhl, neben sich ein kühles Weißbier.

Inzwischen war es sechs Uhr, und schon tauchten die ersten Wanderer am Schauplatz auf. Die weiträumige rot-weiße Absperrung hielt sie zurück, aber auch nur gerade so. Nicht zum ersten Mal dachte Holzhammer, dass man über Elektrozäune gegen Gaffer nachdenken sollte. Vielleicht könnte er mit dieser Erfindung reich werden.

Plötzlich sah er, wie Müllerhuber das Plastikband für jemanden hochhielt. Und schon war sie da, die Christine. «Moin, Franz, was ist los?», fragte seine Lieblingszugereiste.

«Du streunst auch überall herum», gab er zurück. «Kann der Matthias dich ned amal in der Küche anbinden?»

Christine tat das mit einem Grinsen ab. Holzhammer grinste zurück, Punkt für ihn. Christine war zwar eine schlaue Person, aber sie hatte immer noch Probleme mit der in Berchtesgaden üblichen, oftmals derben Antreiberei. Normalerweise hätte sie jetzt etwas zurückgeben müssen, zum Beispiel «Marie hat dich ja auch aussi lassen» oder «Hab den Strick durchgenagt».

Christine sah zu der Leiche auf der weißen Plane hinüber.

«Der Mike hat ihn gefunden, um halbe fünfe», sagte Holzhammer. Vor Christine hatte die Polizei Berchtesgaden keine Geheimnisse. Sie war mit Holzhammers ältestem Freund zusammen, sie ging mit seiner rechten Hand bergsteigen, und ihm selbst hatte sie bereits mehrmals bei seinen Fällen weitergeholfen. Christine hatte nicht nur einen scharfen Verstand, sondern auch ein seltsames Talent, über Leichen, Zeugen oder Indizien zu stolpern. Außerdem, und das war vielleicht das Wichtigste, hegte sie eine geradezu kindliche, herzerwärmende Begeisterung für seine Berchtesgadener Heimat.

«Weiß man schon, wer er ist?»

«Ja, er hatte freundlicherweise seinen Personalausweis und sogar Visitenkarten dabei. Franziskus Schmirtzek. Komischer Name.»

«Mann, bei mir piept's!», rief Christine.

«Wissen wir», gab Holzhammer zurück.

«Nein, das ist doch dieser Vogelforscher. Der hatte die Sendung ‹Bei mir piept's› im Bayerischen Fernsehen», erklärte Christine.

Holzhammer sah sie verständnislos an.

«Ich hab die Sendung mal gesehen», sagte Müllerhuber. «Da hatte er einen Gänsegeier vor sich auf dem Tisch sitzen, ihr wisst schon, diese großen Viecher mit dem weißen Hals und dem stechenden Blick. Der war am Hals noch ganz blutig von seiner letzten Mahlzeit. Und der Schmirtzek streichelt den wie ein Kuscheltier und redet von einem ‹possierlichen Tierchen›.»

«Genau», fiel Christine ein. «Und der Geier hat ihm dann zum Dank auf den Kopf gehackt.»

«Mei. Erkannt hätt ich ihn ned unter all dem Blut», sagte

Müllerhuber, plötzlich wieder ernst. «Aber das erklärt zumindest, warum der alte Knabe so früh unterwegs war. Diese Ornithologen stehen ja mit den Hühnern auf.»

«Solang sie nicht mit den Hühnern ins Bett gehen ...», warf Rolf Berg ein, ohne den Blick von der Leiche abzuwenden.

«Apropos alter Knabe», schaltete sich Holzhammer ein. «Wie alt war der denn?» Er hatte ganz vergessen, auf dem Perso nachzuschauen.

«Sein Geburtsjahr weiß ich jetzt nicht», sagte Christine. «Aber der war locker über siebzig. Seine Stirnglatze reichte doch schon seit Jahrzehnten bis zum Hinterkopf. Er hatte so einen Haarkranz, du weißt schon, wie ein silberner Lorbeerkranz.»

«Silbern ist da fei nix mehr», stellte Holzhammer mit einem Blick auf die Blutkrusten fest.

«Und, wie macht ihr jetzt weiter?», fragte Christine.

«Mei.» Holzhammer seufzte. «Mir werden halt schauen, wo er gewohnt hat, in welchem Hotel, ob er allein war oder in Begleitung, sein Zimmer anschauen, das Personal befragen ...»

Er verstummte. Zu dieser frühen Stunde erschöpfte ihn bereits die Aufzählung der bevorstehenden Aufgaben. Von den Aufgaben selbst ganz zu schweigen.

Klar, dass Müllerhuber schnell und lehrbuchmäßig ergänzte: «Außerdem informieren wir natürlich die Kollegen an seinem Heimatort. Die müssen sich um das Umfeld kümmern, also Familie, Kollegen, Freunde, Feinde ...»

Holzhammer seufzte erneut. Als wenn er das nicht wüsste. «Genau», stimmte er also zu. «Und am Ende war's dann wieder die Ex oder der Sohn. Oder in dem Fall vielleicht ein verrückter Vogelfeind. Jedenfalls nichts, was irgendwie mit Berchtesgaden zu tun hat. Und unsere ganze Arbeit war für die Hasen.»

«Ja wie, eine Fahndung gebt ihr nicht heraus? Was ist mit Straßensperren?», ereiferte sich Christine.

«Mei Madl, jetzt gib halt a Ruh. Du kannst einen alten Mann ja ganz damisch machen», knurrte Holzhammer.

Er mochte die Norddeutsche sehr, aber ihrer hektischen Art war er so früh am Tag einfach nicht gewachsen.

Müllerhuber übernahm die Erklärung: «Die drei Straßen, die aus dem Talkessel hinausführen, lassen sich zwar leicht sperren, aber was soll das bringen, wonach sollen wir suchen – nach einem Kerl, der irgendwie verdächtig ausschaut? Nein, solange wir nichts über den Täter wissen, können wir auch nicht nach ihm fahnden.»

«Stimmt, ich hab nicht nachgedacht», sagte Christine. «Außerdem kann der inzwischen ja sonst wo sein.»

«Oder er schläft sich erst amal ordentlich aus», widersprach Holzhammer. Aber nur, weil er selbst das jetzt am liebsten getan hätte.

«Na ja, dann noch viel Erfolg. Wir sehen uns.» Damit schlüpfte Christine wieder unter dem Absperrband durch und joggte leichtfüßig davon.

«Hat die jetzt auch schon diesen Rennvirus», murmelte Holzhammer, mehr zu sich selbst.

Aber Müllerhubers Ohren waren offenbar genauso wach wie der Rest von ihm. «Ja, sie joggt oft frühmorgens vor der Arbeit», wusste er.

Vor der Arbeit, das hieß bei Christine, bevor sie ihr pompöses Büro in der Rehaklinik aufsuchte, um sich mit sogenannten psychosomatischen Beschwerden zu beschäftigen. Was das genau sein sollte, war ihm allerdings nach wie vor ein Rätsel. Er kannte zwar diverse Leute mit einer Psychomeise, aber keinen mit einer Psychosomatik. Psychomeise war, wenn Alkoholiker weiße Mäuse sahen oder bayerische Könige sich jede Woche ein neues Schloss bauten. Aber Psychosomatik? Nach Christines Erklärungen lag die irgendwo zwischen Meise und Magenschmerzen. Oder war's umgekehrt?

Kurz darauf verließen Holzhammer und Müllerhuber den Toten Mann. Für sie gab es hier nichts mehr zu tun. Abgesperrt war alles, und die nachgerückte Streifenwagenbesatzung konnte allein dafür sorgen, dass kein Gaffer das rotweiße Band ignorierte. Innerhalb dieses Bannkreises würden Rolf Berg und seine Leute sich vermutlich noch stundenlang damit amüsieren, jeden Grashalm einzeln umzudrehen.

Müllerhuber steuerte ihren Allrad zügig den Forstweg hinab. Holzhammer saß auf dem Beifahrersitz, den Kopf ans Seitenfenster gelehnt. Immer wenn er kurz vor dem Wegdösen war, kam eine Querrille, und sein armer Schädel knatterte gegen die Scheibe. Warum bloß musste dieser Vogelhansel sich ausgerechnet hier erschlagen lassen? Und warum zu so unchristlicher Zeit?

«Mann Holzei, das ist schon mein dritter Mord», schwärmte Müllerhuber.

«Super», brummelte Holzhammer im Halbschlaf.

«Na hey, ist das vielleicht nichts? Ein Mord! Oder interessierst du dich etwa mehr dafür, dass sie in Bartholomä die Forelle geklaut haben?»

«Was sagst du?» Holzhammer rappelte sich in seinem Sitz auf. «Die Forelle? Du meinst – *die* Forelle?»

«Ja. Glatt von der Wand geklaut.»

Der tote Fisch war die zweitgrößte Attraktion der Halbinsel St. Bartholomä. Auf jedem Ausflugsboot wurde den Gästen gleich nach der berühmten Kapelle die ausgestopfte Forelle ans Herz gelegt: Eine Seeforelle von nie gesehener Größe – 1,25 Meter lang und 27,5 Kilo schwer. Sie war einem Fischer im Jahr 1976 ins Netz gegangen. Seitdem hing sie im Wirtshaus von St. Bartholomä an der Wand. Also, hatte gehangen.

«Herrschaftszeiten, leck mi am Arsch! Und wieso weiß ich nix davon? Sacklzement noch amal!»

Vor Schreck über diesen plötzlichen Ausbruch verriss Müllerhuber glatt das Steuer. Der Allrad schwankte wie ein Elektroboot auf dem Königssee bei Sturm.

«He, Vorsicht! Zefix, Martin!» Holzhammer krallte sich instinktiv am Türgriff fest. Links von ihnen ging es über steile Wiesen ziemlich tief abwärts.

«Sorry.» Martin Müllerhuber hatte den Wagen schon wieder unter Kontrolle.

Holzhammer ließ den Türgriff los und sagte mit möglichst ruhiger Stimme: «Also Bua, jetzt noch amal von vorn. Was ist mit der Forelle? Und woher weißt du des um diese Zeit? Gestern war noch nix bekannt.»

Das war nämlich der zweite Punkt, der ihn so hatte hochfahren lassen. Franz Holzhammer war zwar nicht ehrgeizig, was Titel oder Lorbeeren anging, aber seine kleinen Eitelkeiten besaß er doch. Zum Beispiel hielt er sich viel darauf zugute, dass ihm nichts Wesentliches im Talkessel entging.

«Ich geh eben ned so früh zu Bett wie du alter Mann», grinste Müllerhuber. «Und wegen einem toten Fisch wollt ich dich auch ned herausschellen.»

Holzhammer fiel ein, dass Müllerhuber diese Woche Spätdienst hatte. Kein Wunder, dass er als Erster Bescheid wusste, er hatte die nächtliche Meldung selbst entgegengenommen. Und warum hatte der Kerl keinen Großalarm ausgelöst? Als Einheimischer kannte er doch die touristische Bedeutung des Fisches. Mei, vermutlich weil er einfach zu gut aufgepasst hatte auf der Polizeischule. In keinem Polizeilehrbuch der Welt rechtfertigte ein verschwundener toter Fisch die allgemeine Mobilmachung.

«Jaja, scho recht», grummelte Holzhammer. «Jetzt weiß der alte Mann ja Bescheid. Mir haben also ned nur einen Fall zum Lösen, sondern zwei. Das heißt, wenn der alte Mann richtig gerechnet hat.»

«Äh, ja», krächzte Müllerhuber unsicher.

Erwischt! «Ja was ist denn mit deiner Stimme los, Martin?», gluckste Holzhammer. «Hast du wirklich geglaubt, ich bin wegen dem winzigen Sprücherl beleidigt?»

«Mei, ich wusst halt ned ...» Die junge Stimme klang schon wieder fester, aber der Inhalt war noch eher mager.

«Solltest mich inzwischen gut genug kennen», sagte Holzhammer. Und meinte es. «Aber egal, eigentlich wollt ich auf was ganz anderes hinaus.»

«Auf was denn?» Müllerhuber klang jetzt wieder wie Müllerhuber. Na dann.

«Ja ähm, ich finde, wir sollten die beiden Fälle für den Anfang aufteilen. Dann kann jeder sich voll auf eine Sache konzentrieren, und wir haben die Grundlagen schneller beisammen.» Das Argument war ihm erst in dieser Sekunde eingefallen und natürlich kompletter Blödsinn. Also redete er schnell weiter: «Also, welchen willst du – Forelle oder Vogelmann?»

«Äh, du würdest mir echt den Mord geben?» Müllerhuber klang ebenso verdattert wie begeistert.

«Du bist mein bester Mann, und du hast es verdient.» Beides stimmte, und Holzhammer sagte es aus voller Überzeugung. Dass er außerdem den Fischfall viel wichtiger fand, musste er ja nicht ständig betonen.

Den restlichen Weg bis zur Wache palaverte Müllerhuber aufgeregt darüber, was er jetzt alles im Mordfall zu unternehmen gedachte. Wie Holzhammer oben am Toten Mann schon Christine erläutert hatte, waren es in diesem Stadium ausschließlich langweilige Routinesachen. Aber warum dem Bub den Spaß verderben. Stattdessen schmiedete er still seinen eigenen Schlachtplan.

2

Auf der Wache angekommen, schnappte Holzhammer sich gleich den Bericht über den Forellenklau. Wie gewohnt, hatte Müllerhuber alles perfekt aufgezeichnet.

Der Anruf des Wirts war exakt um 22 Uhr 34 eingegangen. Müllerhuber hatte ihm für heute Morgen Polizeibesuch versprochen und ihn eindringlich davor gewarnt, allein im Dunkeln nach dem Dieb zu suchen. Ob er sich daran gehalten hatte, durfte allerdings bezweifelt werden. Vermutlich hatte er sogar noch alle möglichen Jager und Forstarbeiter rebellisch gemacht.

Holzhammer gähnte. Noch nicht einmal sieben in der Früh, und er war schon seit zwei Stunden auf den Beinen. Er war sogar vor Marie aufgestanden. Die konnte sich zwar denken, dass es um einen Fall ging, warum sonst sollte er sich vor ihr aus dem Bett wälzen, aber sie hätte sicher nichts dagegen, über die näheren Gründe informiert zu werden. Schon deshalb, weil sie dann im großen Ratschkarussell des Talkessels wieder einmal die Nase vorn hätte.

Also war der Plan: Erst einmal heimfahren und einen ordentlichen Kaffee trinken, dann die Wasserwacht anrufen und sich nach Bartholomä chauffieren lassen.

Beim Verlassen seines Büros krachte Holzhammer fast mit Müllerhuber zusammen, der aufgeregt um die Ecke fegte.

«Kann man das glauben, der Kasper vom Kriminaldauerdienst in Würzburg sagt, ich soll um achte noch amal anrufen.»

«Vernünftiger Mensch, das», entgegnete Holzhammer, um seinen übereifrigen Adlatus ein bisschen anzutreiben. «Hast du schon mit dem Tourismus gesprochen?»

«Ich hab die Chefin privat angerufen. Sie hat gesagt, erst duscht sie, dann trinkt sie einen Kaffee, danach schminkt sie sich und zieht sich an. Dann fährt sie ins Büro und sucht mir den Übernachtungszettel vom Schmirtzek heraus.» Müllerhuber schnaufte vor Empörung.

«Na, ist doch super», sagte Holzhammer. Damit ließ er Müllerhuber stehen. Der würde sich schon zu helfen wissen.

Holzhammer brauchte jetzt einen Kaffee, und zwar einen gescheiten. Nicht die magenzerfressende Teerbrühe von gestern, die noch im Bereitschaftsraum herumstand, sondern einen aromatischen doppelten Espresso, von Marie mit Liebe und der neuen Supermaschine zubereitet. Danach würde er sich unverzüglich dem eigentlichen Kapitalverbrechen der letzten Nacht zuwenden.

Als Holzhammer daheim ankam, war der Frühstückstisch bereits gedeckt, und es duftete herrlich nach echt italienischem Espresso. So wünschte man sich das als Ehemann. Allerdings war es ein teurer Spaß gewesen.

Der erste Espressovollautomat, den er angeschleppt hatte, war nämlich tags darauf schon wieder verschwunden gewesen. Marie hatte ihn als Hauptpreis für eine ihrer zahlreichen Wohltätigkeitstombolas gespendet. Nachdem er ein bisschen herumgebrüllt hatte, war er in den Laden zurückgegangen und hatte die gleiche Maschine ein zweites Mal gekauft.

Die hatte er dann sicherheitshalber gleich ausgepackt und in Betrieb genommen. Er hatte sogar überlegt, das Teil mit schweren Eisen an der Arbeitsplatte zu befestigen. Aber das schien dann doch übertrieben und hätte sie nur jeden Morgen an ihren Streit erinnert.

Marie saß in ihrem geblümten Morgenmantel am Tisch und tropfte sich Honig auf eine gebutterte Semmelhälfte. Unter einem weiß-blauen Küchentuch lagen gekochte Eier in einem Körbchen. Natürlich hatte sie sein Auto gehört. Aber erst als er die Küche betrat, stand sie auf, um ihm seinen Espresso zu zapfen. Ganz frisch und heiß, wie er ihn mochte. Und heute dringend brauchte.

Holzhammer ließ sich auf die Eckbank plumpsen. «Am Toten Mann hams oan daschlogn. Und die Forelle is aa weg», fasste er zusammen.

Aber so leicht kam er natürlich nicht davon. Marie wollte alles wissen. Wie erschlagen, wann erschlagen, von wem erschlagen, und wo war die Forelle jetzt? Seine Angetraute hätte einen guten Verhörspezialisten abgegeben. Das hatte er schon mehr als ein Mal gedacht.

Als sie ihn endlich komplett ausgequetscht hatte, kam sie auch noch mit einem weiteren Verbrechen daher: «Und weißt, wo sie noch eingebrochen haben? Bei der Hingsammer Lore. Und weißt, was sie mitgenommen haben? Ihre Strickmuster.»

«Wie, was sagst?» Er musste sich verhört haben. Hatte er doch glatt «Strickmuster» verstanden.

Bis zur Hingsammer Lore war er noch mitgekommen. Die kannte er. Vom Weghören. Lore Hingsammer war eines jener medizinischen Wunder, die durch die Nase Luft holten, während sie durch den Mund redeten. Wenn sie anrief, wartete sie gar nicht erst ab, bis Holzhammer sich meldete, sondern sprudelte sofort los. Er kam nicht einmal dazwischen, um zu erklären, dass er nicht Marie war. So pflegte er das Telefon einfach schweigend weiterzugeben.

Marie wiederholte ihre Information, indem sie so langsam sprach, als würde sie einem Hundertjährigen an der Supermarktkasse das Konzept des Dosenpfands erklären: «Die Lore Hingsammer. Bei ihr wurde eingebrochen. Während sie einkaufen war. Der Dieb ist in ihre Handarbeitsstube gegangen und hat alle Strickmuster mitgenommen. Du weißt schon, von ihren preisgekrönten Wadlstrümpf.»

«Verstehe.» Zumindest hatte er jetzt verstanden, was angeblich gestohlen worden war. Ein paar Zettel mit handgemalten Kringeln. Richtig, die Hingsammerin war eine der drei Wadlstrumpfstrickerinnen im Talkessel.

Mit diesem speziellen Kleidungsstück war für den Hauptwachtmeister eine traumatische Erinnerung verbunden. Mit Grausen dachte er daran. Vor zwei Jahren hatte Marie ihn gezwungen, vor den Augen des gesamten Talkessels bei einem Wadlstrümpf-Wettbewerb als Model aufzutreten. Obwohl er mit einem kleinen Trick sogar gewonnen hatte, war die Sache einfach nur peinlich gewesen.

Tote Vogelforscher, verschwundene Forellen, ein Wadlstrumpfstrickmusterraub, der unangenehme Erinnerungen weckte, und das alles nach viel zu wenig Schlaf. Plötzlich spürte Holzhammer etwas Heißes auf der Hand. Er zuckte zusammen. «Zefix!»

Er ließ die Tasse fallen. Nicht nur sie war in Schräglage geraten. Die ganze Küche drehte sich jetzt wie das Kettenkarussell früher beim Jahrmarkt am Triftplatz. Um die Küche anzuhalten, packte er mit aller Kraft die Tischkante.

Da spürte er Maries weichen Arm um seine Schultern. Sie roch nach frischer Wäsche und Zuhause. «Schatz, willst du dich hinlegen?»

«Passt scho», sagte er.

«Sicher?»

«Ja, geht scho wieder. Ich bin halt nur a bisserl müd.»

Maries Fürsorglichkeit hatte die Welt wieder geradegerückt. Die Küche stand still, wie es sich gehörte, er konnte die Tischkante loslassen, und seine weißen Fingerknöchel nahmen wieder Farbe an.

Marie drückte ihn noch einmal kurz und stand dann auf, um ihm einen frischen Kaffee zu machen. Sie fragte nichts mehr und ließ ihn auch mit dem Wadlstrumpfstrickmustereinbruchdiebstahl in Frieden. Er hatte halt doch die richtige Frau geheiratet.

Zwanzig Minuten und drei Wurstsemmeln später rief Holzhammer frisch gestärkt bei der Wasserwacht an: «Servus, ich bräucht einen, der mich nach Bartholomä fährt. Dort ham s' die Forelle gestohlen.»

«Was?» Auch der Wasserwachtler regte sich gebührend über diesen Frevel auf. Selbstverständlich würde er sogleich einen Bootsführer zum Anleger schicken.

Holzhammer war schon halb zur Küche hinaus, da besann er sich, drehte noch einmal um und drückte der verblüfften Marie einen dicken Schmatzer auf den Mund.

Die Polizei hatte kein eigenes Boot auf dem Königssee. Dafür gab es die rührige Wasserwacht, die trotz aller Ehrenamtlichkeit regen Zulauf hatte. Wer würde nicht gern einmal mit einem schnellen Motorboot über den acht Kilometer langen See flitzen.

Am Steg wartete bereits der Plani. Er arbeitete bei der Sparkasse in der Immobilienabteilung. Das passte gut, denn die Immobilien liefen nicht weg, während er im Einsatz war.

Das Einsatzfahrzeug der Wasserwacht war ein stabiles, eckiges Ding aus Metall mit zwei riesigen Außenbordmotoren. Es war ebenso hässlich wie funktionell, das genaue Gegenteil der romantischen, hölzernen Ausflugsboote. Sein abgeflachter Bug konnte heruntergeklappt werden wie bei einer Autofähre. Allerdings passte kein Auto auf das Vordeck, sondern höchstens ein Quad.

Das Boot trug den schönen Namen *Franz Xaver* und lag längsseits am Steg. Holzhammer fasste das als Kompliment auf, denn Plani hatte es offenbar nicht für notwendig gehalten, ihm zum bequemeren Einstieg die große Vorderklappe herunterzulassen. Andererseits musste er nun über die hohe seitliche Brüstung steigen.

«Gib nur acht, dass du das Schanzkleid ned verbeulst», rief Plani.

Holzhammer hatte keine Ahnung, was ein Schanzkleid war. Aber dass es sich bei der Bemerkung um eine Frechheit handelte, begriff er als gelernter Berchtesgadener sofort.

«Dei schiacher Kahn kann froh sein, dass ich da überhaupt einsteigen tu. Des verhunackelte Ding grenzt ja an Landschaftsverschandelung.»

Der Wasserwachtler blieb die Antwort schuldig, und so verbuchte Holzhammer einen Punkt für sich.

Plani warf die Leinen los und klemmte sich hinters Steuer. Geschickt manövrierte er das Boot vom Anleger weg. Doch erst als sie aus der Bucht heraus waren und das rote Gedenkkreuz passiert hatten, drehte er richtig auf. Mit fünfzig Stundenkilometern brausten sie über den glatten See. Die Motoren dröhnten, und durch die offene Vordertür blies ihnen der Wind um die Nase. Holzhammer knöpfte seine Jacke zu. Das war schon etwas anderes als die behäbigen Elektroboote der Linienschifffahrt.

Nach wenigen Minuten waren sie in Wurfweite der berühmten Kapelle mit ihren roten Zwiebeltürmen, und Plani drosselte das Tempo, bis die Motoren nur noch leise murmelten. Erst jetzt wurde er seine Frage los: «Ich hab gehört, die Forelle wurde gestohlen?»

«Richtig gehört.»

«Verdammte Preißn.»

Holzhammer nickte, denn es war klar, dass Plani keineswegs speziell Norddeutsche verdächtigte. Mit «Preißn» waren einfach sämtliche Banausen auf der Welt gemeint, die zu einem solchen Frevel in der Lage waren. Selbst wenn ein Einheimischer die Forelle gestohlen haben sollte, stempelte ihn diese Tat automatisch zum Saupreiß.

Am Anleger kam ihnen schon der Woferl entgegen. «Wo bleibst denn so lang», war seine vorwurfsvolle Begrüßung.

«Kannst froh sein, dass ich überhaupt komm, du Königsseer Lackenplatscher», grantelte Holzhammer zurück. «Rein zufällig haben mir nämlich auch noch an Mord zum Aufklären.»

Dass er selbst den Forellendiebstahl weit über den Mord stellte, brauchte der Wirt ja nicht zu wissen. Geschweige denn, dass er noch selig schnarchen würde, hätte er wegen des Mordes nicht eh vor Sonnenaufgang aus dem Bett gemusst.

Schnell ruderte der Wirt zurück: «Schon gut, jetzt komm halt und schau dir den Tatort an. Kriegst hernach auch a g'scheits Weißbier.»

Er führte Holzhammer um das Gebäude herum, dorthin, wo eins der ebenerdigen Fenster offen stand. Die Scheibe war offenbar von außen eingeschlagen worden, denn davor lagen nur wenige Scherben. Ein Kinderspiel bei dem Einfachglas. Anschließend hatte der Eindringling nur durch das Loch hineinzugreifen brauchen, um den Riegel zu öffnen, und schon hatte er mühelos in die Wirtsstube klettern können.

Holzhammer machte ein paar Fotos. «Im Bericht steht, dass du den Einbruch gestern spät auf d' Nacht gemeldet hast. Dann hast du also das Scheppern von der Scheibe gehört und bist gleich hin?»

«Nein, ich war gerade auf Rundgang zum Ostwandlager. Ich schau da gern abends noch amal nach dem Rechten.»

Das Ostwandlager war eine einfache Holzhütte, ein paar hundert Meter vom Wirtshaus entfernt. Der Alpenverein hatte sie unter strengen Auflagen vom Nationalpark gepachtet. Ausschließlich Bergsteiger, die am nächsten Morgen die Watzmann-Ostwand angehen wollten, durften dort übernachten.

Die Gaststätte selbst bot keine Übernachtungsmöglichkeit, auch das Personal verließ die Halbinsel mit dem letzten Schiff. Nur die Wirtsleute hatten ein Zimmer unterm Dach.

«Du machst den Quartiermeister für das Lager, gell?», fragte Holzhammer.

«Freilich, wer soll es auch sonst machen. Das Lager wird ja erst abends aufgesperrt. Erst wenn das letzte Boot weg ist, vergeb ich die Schlafplätze und sperr die Tür auf. Anders geht's ned.»

«Normal siehst du also jeden, der im Lager schläft?»

«Ja, normal schon. Aber wenn es ned ganz voll ist, könnt es theoretisch sein, dass sich später noch einer einischleicht.»

«Verstehe. Aber zurück zum Einbruch. Wenn du die Scheibe ned gehört hast, wie bist du dann drauf gekommen?»

«Wart, ich zeig's dir.» Der Wirt schloss die Hintertür auf, um Holzhammer auf kürzestem Wege zum eigentlichen Schauplatz des Verbrechens zu führen.

«Wie gesagt, ich war so kurz nach zehn beim Lager. Da war alles ruhig, wie es sich gehört. Und auf dem Rückweg hör ich plötzlich was. Ich hab meine Stirnlampe eingeschaltet und bin nur noch gerannt. Aber ich kam zu spät. Da.»

Sie standen jetzt vor der Wandvitrine, die über vierzig Jahre die Riesenforelle beherbergt hatte. Die Frontscheibe war eingeschlagen, obwohl das Glas sicher doppelt so dick war wie das der Wirtshausfenster.

«Das heißt, bis du vorn eini bist, war er schon hinten wieder aussi.»

Der Wirt nickte.

«Und dann?»

«Mei, ich hab euch angerufen. Aber der Müllerhuber hat gesagt, wegen einem Fisch mobilisiert er ned die Wasserwacht.»

Holzhammer nickte. «Und dann? Was hast dann gemacht?»

«Ich bin raus und hab gesucht natürlich. Ganz allein. Der Jager war ned da und der Fischer auch ned. Und die Frau ist bei ihrer Schwester. Und die Bergsteiger konnt ich ned wecken, die müssen ja morgens fit sein. Also war ich ganz auf mich gestellt.» Der Wirt sagte es fast mitleidheischend.

Um ihn von dieser Jammertour abzulenken, stellte Holzhammer schnell eine weitere Frage, die offen gestanden nicht besonders gescheit war: «Sind dir in letzter Zeit Leut aufgefallen, die sich auffällig für den Fisch interessiert haben?»

«Bist blöd?», ereiferte sich der Woferl. «Jeder interessiert sich für die Forelle. Deshalb hängt sie ja da. Sie ist eine Weltsensation! Fotos von diesem Fisch findest du auf allen sechs Kontinenten.»

«Sechs?», fragte Holzhammer erstaunt.

«Ja, Russen von der Antarktisstation waren auch schon da.»

War ja klar.

«Andere Frage: Wohin kann sich der Dieb verdrückt haben? So mitten in der Nacht und mit einem 27-Kilo-Fisch auf dem Buckel?»

«Was meinst du, was ich mich die ganze Zeit frag! Er konnt ja ned amal die Hirnbirn anmachen, dann hätt ich ihn ja gesehen. Allerdings wiegt der Fisch längst nimmer 27 Kilo wie zu Lebzeiten. Er hat ja nur getrocknetes Sägemehl im Bauch.»

«Aber sperrig ist er immer noch», sagte Holzhammer, mehr zu sich selbst. Lauter fragte er: «Es fehlt auch kein Boot?»

Die Fahrzeuge des Fischers und des Wirts dümpelten in einem kleinen Bootsschuppen neben der Räucherei. Eigentlich war es nicht einmal ein Schuppen, nur ein Holzdach, das sich über einen kurzen Steg spannte. Jeder konnte an die Boote heran.

Woferls Antwort kam prompt: «Meins ist da, hab schon geschaut. War in der Nacht eh das einzige. Der Jager war die letzten Tage überhaupt nicht da, und der Fischer fährt abends kurz nach dem letzten Boot. Er schläft daheim, fährt im Morgengrauen die Netze ab und bringt den größten Teil des Fangs nach Königssee. Erst danach kommt er mit den Fischen fürs Restaurant und für die Räucherei nach Bartholomä.»

«Hm», machte Holzhammer. «Sag, wie würdest denn du es anstellen, im Dunkeln und ohne Boot mit einem meterlangen Fisch von der Halbinsel zu verschwinden?»

«Bin ich der Polizist oder du?», sagte der Wirt grantig. «Eine Jacke drüberhängen und den Rinnkendlsteig hoch? Sag du es mir. Aber vor allem sag mir, wann ich meinen Fisch zurückbekomm.»

«Ich tu mein Bestes, Woferl», sagte Holzhammer, und das war absolut ehrlich gemeint.

Versprechen konnte er trotzdem nichts. Selbst wenn er diesem Verbrechen höchste Priorität einräumte – noch vor dem Vogelmannmord –, stand der Erfolg in den Sternen. Er wusste ja nicht einmal, wo er anfangen sollte. Die üblichen Verdächtigen kamen kaum in Frage. Durchziehende Einbrecherbanden interessierten sich nicht für tote Fische, und einheimische Kleinkriminelle stahlen erst recht keine Berchtesgadener Wahrzeichen. Schwer zu verkaufen und viel zu riskant. Man hätte nicht nur die Polizei am Hals, sondern auch den geballten Berchtesgadener Bergvolkszorn. Das wollte niemand.

«Drauf geschissen», sagte der Wirt. «Nicht einmal die Spurensicherung hast du mitgebracht. Dann würde wenigstens was weitergehen.»

Na super. Aus reiner Heimatverbundenheit war Holzhammer hier herausgepaddelt, und nun wurde er auch noch angepflaumt. Dabei konnte der Kerl froh sein, dass sich an diesem Tag überhaupt jemand für seinen toten Fisch interessierte.

Nur weil er die Verzweiflung des Wirts verstand, blieb Holzhammer friedlich. «Die Spurensicherung ist schon in Bereitschaft und wartet sehnsüchtig auf meine Fotos. Deshalb muss ich mich auch gleich auf den Weg machen. Servus, pfüat di, du hörst von uns.»

Sprach's und machte den Abgang.

Während der brausenden Rückfahrt grübelte Holzhammer vor sich hin. Was tut einer nachts im Dunkeln mit einem Riesenfisch, ohne Transportmittel und ohne Licht auf einer abgeschnittenen Halbinsel? Antwort: wahrscheinlich nicht viel. Fischlos konnte man sich schon leichter vom nächtlichen Acker machen. Hatte der Dieb seine Beute zunächst irgendwo versteckt, um sie später bei Tage zu holen? Tagsüber hatte man die Wahl zwischen den Elektrobooten und dem Wanderweg. Allerdings bräuchte man eine wirklich gute Tarnung für den Fisch, bevor man sich damit unter Menschen wagte. Hm.

Andere Frage: Wozu stahl jemand so eine Trophäe? Doch wohl, um sie auszustellen. Und wenn es nur im eigenen Keller war. Also würde der Dieb daran interessiert sein, das Ding in möglichst gutem Zustand zu erhalten. Er würde den Fisch auf keinen Fall in einen Rucksack stopfen oder gar zerteilen.

Entscheidende Frage: Wie transportierte man ein empfindliches, längliches Diebesgut von St. Bartholomä fort, ohne aufzufallen? Holzhammer fiel nur eine Möglichkeit ein: die einzigen Verkehrsmittel, mit denen jedermann den Königssee auf eigene Faust befahren durfte – die Ruderboote vom Bootsverleih.

Schon waren sie wieder beim Pilgerkreuz, und Plani reduzierte das Tempo. Als sie anlegten, stach das erste Ausflugsboot gerade in See. Halb neun, konnte das stimmen? Holzhammer fühlte sich bereits wie Nachmittag.

Er kletterte von Bord und ging zu den langen, hölzernen Bootsschuppen. Die meisten davon beherbergten nachts die Elektroboote. Hier wurden ihre tonnenschweren Batterien für den nächsten Tag aufgeladen. Nur die zwei vordersten Schuppen dienten anderen Zwecken. Im ersten befanden sich öffentliche Toiletten, im zweiten der Ruderbootverleih.

Holzhammer trat aus dem hellen Morgenlicht in den schummrigen Schuppen. Mehrere Möchtegern-Bootsbesatzungen stauten sich vor einem wackligen Tisch, der als Kasse diente. Wenige Meter weiter begann das Wasser. In der Mitte ragte ein schmaler Steg bis zum Ende des Schuppens, und beidseits davon lagen die Ruderboote in Doppelreihen.

Der Verleiher war gerade dabei, ein Boot mit zwei jauchzenden Teenagern zum Ende des Stegs zu bugsieren. Dort entließ er sie mit einem leichten Stups des Bootshakens in die Freiheit des Sees. Sogleich begannen die beiden Halbwüchsigen, wild und asynchron mit den Rudern zu schlagen.

Kein Wunder, dass die meisten nur bis zum Malerwinkel kamen, also gerade mal aus der Bucht heraus. Für einen phantastischen Blick über den ganzen See reichte das. Bei schönem Wetter und passendem Sonnenstand ließen sich von dort die schönsten Fotos schießen. Links und rechts steile Berge, dazwischen der grün schimmernde See, möglichst mit ein paar weißen Elektrobooten im Vordergrund, und dahinter, je nach Zoom, die Kapelle von St. Bartholomä mit ihren altrosa oder knapproten Kuppeln – je nachdem, wie lange der letzte Anstrich her war. Und ganz im Hintergrund die Felswand des Steinernen Meeres, in deren Mitte die spitze Pyramide der Schönfeldspitze thronte. Als wäre sie eigens aufgeschüttet worden, um den romantischen Anblick bis ins Kitschige zu steigern.

Viele versuchten, zusätzlich noch ihre Mitfahrer aufs Bild zu bekommen. Man fotografierte vom Heck des kleinen Ruderboots über die Ruderbank hinweg, den Kopf des Ruderers irgendwo rechts im Bild, sodass er weder die Schönfeldspitze noch die Kapelle verdeckte. Gar nicht so einfach bei Kameras ohne Weitwinkel. Schon so manche Digitalkamera war an dieser Stelle über Bord gegangen.

In fünftausend Jahren würden Archäologen an dieser Stelle auf dem Grund des Sees einen Haufen Fotoapparate finden und sich fragen, welch seltsame Rituale die Menschen des dritten Jahrtausends hier wohl vollzogen hatten. In fünftausend Jahren, wenn der See jeden Winter mit einer künstlichen Eisschicht überzogen wurde, um Touristen anzulocken. Und der Kunstschnee für die Skifahrer nicht mehr aus Schneekanonen kam, sondern auf Knopfdruck direkt aus den Wolken rieselte. Dann gab es natürlich keine Kameras mehr. Jeder Tourist hatte einen Speicherchip neben den Augen eingepflanzt, der die Bilder direkt von der Netzhaut ablas.

Mei, jetzt war schon wieder die Phantasie mit ihm durchgegangen.

Der Verleiher kam vom Ende des Stegs zurück. «Was kann ich für Sie tun?», fragte er höflich und ein bisschen respektvoll. So war man vermutlich vor 1989 im Ostblock mit Polizisten umgegangen.

«Bist du diese Woche jeden Tag da?», fragte Holzhammer.

«Ja, nur ich. Den ganzen Tag.»

«Sehr schön. Dann siehst du jeden Gast, der losrudert und der zurückkommt?»

«Ja, muss ich sehen. Gezahlt wird nach angefangener Stunde.»

«Perfekt. Dann habe ich einen Auftrag für dich. Geheimer Polizeiauftrag, du verstehst.»

Der Bootsvermieter wurde drei Zentimeter größer und setzte ein wichtiges Gesicht auf.

«Oh. Worum geht's?», fragte er eifrig.

Sehr schön, der Mann würde den perfekten Hilfssheriff abgeben. Holzhammer trat nah an den Vermieter heran und raunte ihm ins Ohr wie ein Geheimagent aus einem alten Spionage-Streifen: «Komm kurz nach draußen, muss ned jeder hören.»

Ohne Umstände ließ der Vermieter die wartenden Kunden stehen und folgte dem Hauptwachtmeister hinaus ins Sonnenlicht.

Holzhammer erklärte ihm, worauf er achten sollte: ein

einzelner Mann, vielleicht auch zwei, die nicht nach der üblichen Urlauberkundschaft aussahen. Sie würden recht lange ausbleiben und auf der Rückfahrt einen länglichen Gegenstand dabeihaben. Vielleicht hätten sie auch schon beim Einsteigen etwas dabei, das sich als Hülle oder Paket eignete.

Der Vermieter nickte zu jedem einzelnen Wort wie ein Wackeldackel. «Ja, verstanden. Und dann verhafte ich ihn.»

«Na, des machst ned», sagte Holzhammer schnell. Das hätte ihm gerade noch gefehlt.

Vor seinem geistigen Auge sah er einen Zweikampf zwischen dem Bootsverleiher und dem Fischdieb. Der Räuber schwang die Forelle wie einen Baseballschläger. Holzhammer sah, wie die Forelle auf dem Kopf des Vermieters zerplatzte. Übrig blieb nur ein trauriges Häufchen aus Fischschuppen und Sägemehl. Und alles wäre umsonst gewesen.

«Also pass auf. Wenn dir ein Kunde beim Einsteigen auffällt, lässt du ihn einfach fahren und rufst mich an. Hier.» Holzhammer gab dem frischgebackenen Hilfssheriff seine Karte.

«Aber wenn ich ihn erst bei der Rückkehr erkenne, verhafte ich ihn», sagte der Vermieter.

«Na, du verhaftest überhaupt ned», schärfte Holzhammer ihm ein. «Wenn dir was auffällt, dann rufst du mich an. Außerdem folgst du dem Kunden zum Auto und schreibst dir die Nummer auf.»

«Ist gut, ich verfolge ihn», begeisterte sich der Vermieter.

Holzhammer fiel noch etwas ein: «Am besten wär's, du machst ein Foto von dem Auto. Aber unauffällig, aus der Entfernung. Hast du eine Kamera hier?»

«Ja, falls Boote beschädigt zurückkommen. Dann mache ich Fotos für die Versicherung.»

«Sehr gut. Guter Mann.» Holzhammer klopfte dem Vermieter auf die Schulter. «Aber nicht vergessen: In jedem Fall rufst du als Erstes mich an. Verstanden?»

«Verstanden», strahlte der Vermieter und hob zur Bestätigung den Daumen.

Holzhammer hob ebenfalls den Daumen und wackelte dazu noch verschwörerisch mit den Augenbrauen. Mehr konnte er an dieser Stelle nicht tun.

3

«Und, was hast bei den Krampfhennen vom Tourismus aussibracht?», fragte Holzhammer.

«Du verdammter Fuchs», sagte Müllerhuber. Anscheinend hatte er mittlerweile begriffen, warum sein Chef ihm so großzügig das Feld überlassen hatte.

«Mei», sagte Holzhammer unschuldig und biss schnell in eine Leberkassemmel, um sein Grinsen zu verstecken. Zwei weitere Semmeln warteten noch in der Tüte vor ihm auf dem Schreibtisch.

Müllerhuber saß ihm gegenüber auf dem Besucherstuhl und fingerte an mehreren DIN-A4-Seiten herum. Müllerhuber konnte Berichte schreiben wie ein Weltmeister. Keine Ahnung, wo er das herhatte. Jedenfalls war es das Erste gewesen, was Holzhammer an dem jungen Kollegen aufgefallen war, als er vor zwei Jahren seinen Dienst hier angetreten hatte. Er selbst hasste diesen ganzen Papierkram. Gut, bei einem Mord sah er es noch ein. Aber heutzutage musste man ja alles aufschreiben, erst recht, seit der Münchner Klaus Fischer Polizeichef in Berchtesgaden war. Wenn im Müllermarkt ein Lippenstift geklaut wurde, wollte Herr Dr. Fischer die Farbe wissen.

Unterstützt durch seine Zettel, begann Müllerhuber zu berichten. Dabei mischte sich seine normale Art zu sprechen mit dem Beamtendeutsch, das er schriftlich so perfekt beherrschte: «6 Uhr 43 Anruf bei der Tourismusverwaltung.

Dort nur Anrufbeantworter. 6 Uhr 45 Anruf am Privatanschluss der Heide Grassl von der Verwaltung. Mei, war die z'wider. Ich hab dann gesagt, dass ich ja ned zum Spaß anrufen tu. Dass es um Mord geht und sie machen soll, dass sie in ihr Büro kommt. Weil ich sie nämlich sonst wegen Behinderung drankrieg.»

«Des hast du echt g'sagt? Zu der Heide? Mutig, mutig.»

Holzhammers Bewunderung war aufrichtig, denn die Herrin über die Meldekarten war für ihr scharfes Mundwerk und ihre negative Art bekannt. Deshalb war sie auch in der Verwaltung und nicht im Marketing. Einmal hatte man Heide vertretungsweise an den Berchtesgaden-Stand auf einer Tourismusmesse gelassen. Nach drei Stunden wurde sie wieder abgezogen, weil ihr Auftreten ungefähr die gleiche Werbewirkung hatte wie eine Terrorwarnung.

«Ich hab ja ned privat angerufen, oder? Das hab ich ihr dann auch noch gesagt – dass sie ned mit mir telefoniert, sondern mit der Exekutive des Freistaats Bayern.»

Das war's. Holzhammer verschluckte sich an seiner Semmel, hustete und wedelte hilflos mit den Händen. Prompt kam Müllerhuber um den Tisch herum und machte sich daran, ihm die Lunge aus dem Leib zu klopfen.

«Danke, Bub, geht schon wieder», keuchte Holzhammer, sobald er wieder Luft bekam. «Aber bittschön sag nimmer solche Sachen, wenn ich grad am Essen bin. Oder warn mich wenigstens vor.»

«Was für Sachen denn?», fragte Müllerhuber unschuldig.

«Mach einfach weiter mit deinem Bericht», sagte Holzhammer.

«Ja, also, während ich gewartet hab, bis die Grassl sich

geduscht hat, zweiter Anruf beim Kriminaldauerdienst in Würzburg. Da hatte ich einen netten Kollegen, den informierte ich zum Tod des Schmirtzek. Er kannte den und konnte mir sagen, dass Schmirtzek verwitwet war. Es gibt einen Sohn, der in Berlin lebt. Sonst nichts Besonderes. Sie kümmern sich und bitten schnellstmöglich um die Ergebnisse der Spurensicherung. Eh klar.»

Holzhammer nahm die zweite Semmel in Angriff und Müllerhuber den zweiten Zettel zur Hand. Er schilderte, wie die Grassl ihm unter diversen Verwünschungen schließlich die Meldekarte herausgesucht hatte. Alles wieder mit genauer Uhrzeit.

Währenddessen dachte Holzhammer darüber nach, was ihn an der «Exekutive des Freistaats Bayern» nun wirklich so gerissen hatte. Es ging nicht nur um die hochgestochene Formulierung. Es ging auch darum, dass er selbst nie auf die Idee gekommen wäre, seine Befugnisse von irgendeinem Staat abzuleiten. Nicht einmal vom schönen Freistaat Bayern. Franz Holzhammer reichte es vollkommen aus, der Franz Holzhammer zu sein. Das war Legitimation genug. Er war der Holzei aus der Stanggaß und seit dreißig Jahren Polizist in Berchtesgaden. Fertig.

«... Zimmer im Maisenlehen. Also bin ich um 8 Uhr 51 vom Rathaus Berchtesgaden weg und war um 9 Uhr 8 beim Maisen in der Ramsau.»

«Hast du vorher durchgeschellt?», fragte Holzhammer.

«Nein, ich dachte, sonst geht die noch ins Zimmer.»

Holzhammer nickte. «Guter Mann.»

An dieser Stelle wurden sie unsanft unterbrochen. Exakt um 14 Uhr 42, wie Müllerhuber in einem seiner phantastischen Berichte vermerkt hätte, wäre Dr. Klaus Fischer ein Verdächtiger gewesen, exakt um 14 Uhr 42 also wurde die Tür zu Holzhammers Büro aufgerissen, und Polizeichef Fischer stand im Türrahmen. Was heißt er stand – er hüpfte, er flatterte, er kollerte wie ein Birkhahn bei der Balz. Fehlte nur noch, dass seine Augenbrauen rot anschwollen.

Der Grund für seine Aufregung war eine klitzekleine Kommunikationspanne: Holzhammer war davon ausgegangen, dass Müllerhuber den Polizeichef bereits über den Mord informiert hatte, und Müllerhuber hatte gedacht, Holzhammer als Ranghöherer würde das übernehmen. Mit anderen Worten, sie hatten seit dem frühen Morgen einen Mordfall und ihr Chef immer noch keine Ahnung. Der famose Dr. Klaus Fischer war zwar sowieso den ganzen Vormittag bei einem Arbeitsfrühstück mit dem Landrat im Edelweiß gewesen, und ein Handyanruf bei ihm hätte absolut nichts am Ablauf der Ereignisse geändert. Aber das galt offenbar nicht als Entschuldigung.

Fischer war seit knapp sieben Jahren Polizeichef in Berchtesgaden. Seine Beliebtheit bei den Mitarbeitern rangierte irgendwo zwischen falsch gegarter Weißwurst und saurem Bier. Allerdings war es umgekehrt genauso, denn Fischer betrachtete Berchtesgaden als Abstellgleis.

Was hatte ihr Chef nicht schon alles unternommen, um zurück auf die Münchner Bühne zu klettern. Mal hatte er es mit Härte versucht, dann wieder mit Coolness. Mal mit Anpassung, mal mit Aktionismus. Holzhammer hätte sich ja gefreut, wenn es geklappt hätte. Er hätte Fischer sogar die Koffer zum Bahnhof getragen. Aber blöderweise hatte der im entscheidenden Moment immer das Falsche getan. Es war also Essig mit den Lorbeeren, und sie würden ihn vermutlich bis zur Pensionierung ertragen müssen.

«Was denkt ihr Dorfdeppen euch eigentlich?», brüllte Fischer.

Holzhammer sah zu Müllerhuber hinüber. Beide schwiegen.

«Was ihr euch denkt, hab ich gefragt!», wiederholte Fischer mit überkippender Stimme. Er klang wie eine festgefressene Kreissäge.

Ja, was dachten sie sich eigentlich? Das Büro war klein, es war heiß, und in der Tür stand Rumpelstilzchen. Holzhammer war sicher, dass Müllerhuber in diesem Moment genau das Gleiche dachte wie er. Nämlich, dass er viel lieber woanders wäre. Da diese Antwort die Stimmung kaum verbessert hätte, behielt er sie lieber für sich.

Holzhammer fürchtete sich nicht vor seinem Chef, er fühlte sich nur gestört und genervt. Wie wichtig einer war oder zu sein glaubte, ging ihm seit jeher am Arsch vorbei. Ein Franz Holzhammer hatte vor ganz anderen Dingen Angst – wie zum Beispiel, dass Marie seinen Lieblingspullover der Caritas spendete.

Fischer zeterte weiter: «Wisst ihr grenzdebilen Gebirgstrampel überhaupt, in welch peinliche Lage ihr mich gebracht habt? Die KTU ruft wegen eines Mordes an, der sich vor Stunden in meinem Zuständigkeitsbereich ereignet hat, und ich weiß nichts davon!»

Offenbar hatte Rolf Berg angerufen, weil er weitere Untersuchungen für notwendig hielt. Und weil er dafür eine Einwilligung von höherer Stelle benötigte, hatte er sich direkt mit Fischer verbinden lassen.

Dem Rolf war natürlich kein Vorwurf zu machen. Trotzdem hätte Holzhammer ihn am liebsten gleich angerufen, nämlich um zu fragen, was genau er denn näher untersuchen wollte. Fischer wusste es jedenfalls nicht. Bei dem Gespräch mit Berg hatte er sich offenbar ausschließlich darauf konzentriert, seine Unwissenheit zu verbergen. Das war mal wieder typisch. Sein Ruf war ihm wichtiger als die Aufklärung eines Mordes.

Trotz dieser defätistischen Gedanken versuchte Holzhammer sich an einem verständnisvollen Nicken. Er wollte die Wogen glätten, um endlich weiterarbeiten zu können. Leider haute es nicht hin.

Fischer bekam zwar seine Stimme wieder halbwegs in den Griff, aber er war noch lange nicht fertig. Seine Tirade drehte sich um Dinge wie «Inkompetenz», «Impertinenz» und «Ineffizienz». Danach kam er auf ihre «Insubordination» zu sprechen, welche nunmehr eine «Investigation» zur Folge haben würde.

Fischer kannte sicher mehr Wörter mit «-enz» oder «-ion» als Holzhammer. Aber der Hauptwachtmeister bekam auch ein paar zusammen. «Invasion» zum Beispiel. Genau wie eine Borkenkäfer-Invasion im Bergwald war auch die Fischer-Invasion in seinem Büro schädlich und schwer zu bekämpfen. Auch «Intoxikation» konnte passen, ein Wort, das häufig in Polizeiberichten auftauchte. Danach fiel ihm nur noch eines ein: «Gehirntransplantation».

Plötzlich spürte er einen herzhaften Stoß gegen den rechten Knöchel. Was zum ... Müllerhuber hatte ihn im Schutz des Schreibtisches angestupst. Der Junge sah ja plötzlich ganz beunruhigt aus. Holzhammer schaltete die Ohren wieder ein und verstand schnell, worum es ging. Fischer hatte sich nämlich mittlerweile in das Thema «Disziplinarverfahren» hineingesteigert.

Ihm selbst konnte das gleichgültig sein, er wollte ja nichts mehr werden. Aber er musste Müllerhuber schützen. Es durfte nicht sein, dass Fischer dem begabten jungen Polizisten mit lächerlichen Anschuldigungen die Karriere versaute.

Holzhammer richtete seinen Blick schnurgerade in Fischers Augen und verhakte ihn dort. Seine dunklen Gucker, hinter denen laut Marie gewiss einige von Hannibals Römern steckten, bohrten sich in Fischers isarblasse Allerweltsaugen. Er stützte die Hände auf den Schreibtisch und drückte sich betont langsam hoch. Danach war er immer noch 15 Zentimeter kleiner als Fischer, aber darum ging es nicht.

Über den sitzenden Müllerhuber hinweg fixierte Holzhammer den Polizeichef. Er musste nicht lange überlegen. Was zu sagen war, kam tief aus seinem Inneren. Wie ein Tonband, das seit Jahren nur darauf wartete, abgespielt zu werden.

Holzhammer brüllte nicht, er sprach sogar recht leise.

«Du Würschtel», begann er. «Du willst ein Diszi anstrengen? Ausgerechnet du? Ausgerechnet gegen den Martin? Gegen einen, der heut schon mehr Polizist ist, als du jemals werden wirst? Was hast du denn schon geleistet, außer dich für den Anzeiger fotografieren zu lassen? Vor drei Jahren hast du mich gezwungen, den Falschen zu verhaften, vor vier Jahren wolltest du am liebsten an Mord vertuschen, und wenn du grad ned direkt die Ermittlungen behinderst, bist du damit beschäftigt, irgendeinem Großkopferten in den Arsch zu kriechen.»

Fischer war mit jedem Wort blasser geworden. Außerdem schien er wahrhaftig zu schrumpfen. Aber Holzhammer war noch lange nicht fertig.

Seinen Chef weiterhin mit dunklen Kugelaugen fixierend, fuhr er fort: «Du Witzfigur, du Fliegenschiss von einem Polizeichef. Schleich dich einfach zurück in dein Chefbüro, trink deinen englischen Tee und lass uns hier unsere Arbeit machen. Sonst könnt es nämlich leicht passieren, dass hier bald ein paar Leut das Reißen bekommen und zur Kur müssen, verstehst mi. Und ich lass mich freistellen – wegen Übergewicht. Dann kannst du sehen, wie du den Laden hier am Laufen hältst. Du damischer G'schwollschädel.»

Während Fischer vorher breit im Türrahmen gestanden hatte, hielt er sich jetzt daran fest. Seine hellen Städteraugen blickten ins Leere, irgendwo neben Holzhammers rechter Schulter. Aber auch Müllerhuber war erschrocken auf seinem Stuhl zusammengesackt. Er sah aus, als würde er sich am liebsten darunter verstecken.

Eine halbe Minute lang war es so still in Holzhammers Amtsstube wie um Mitternacht im Salzbergwerk. Man hätte einen Tropfen Sole zu Boden fallen hören.

Rang Fischer immer noch mit einer Antwort, oder war er in eine Art Schockstarre gefallen? Zumindest hatte er wohl begriffen, dass es keine leere Drohung war. Dass sein Hauptwachtmeister tatsächlich nur drei, vier Sätze im Bereitschaftsraum fallen zu lassen brauchte, um hier alles zum Stillstand zu bringen.

Holzhammer wollte das gar nicht ausprobieren müssen, er hasste Machtspielchen. Aber im Notfall würde er es tun. Müllerhuber war ihm in den letzten Jahren wirklich ans Herz gewachsen. Der Junge war nicht nur der intelligenteste und begabteste Polizist, den er je unter seinen Fittichen gehabt hatte, er schien ihn auch zunehmend als eine Art Vaterersatz anzusehen.

Fischer machte immer noch keine Anstalten, etwas zu sagen oder sich zu bewegen. Er war grau im Gesicht. Wollte er etwa ohnmächtig werden? Das musste nun auch nicht sein. Da scheuchte man ihn doch lieber auf.

Noch einmal erhob Holzhammer seine gut gestützte Stimme: «Und jetzt raus aus meiner Stube, mir haben zu arbeiten!»

Fischer fuhr zusammen. Dann drehte er sich um und verließ das Zimmer. Müllerhuber rappelte sich auf und spähte ihm vorsichtig nach. Erst als Fischer Richtung Treppenhaus abgebogen war, schloss er leise die Tür.

Und dann hatte er eine Frage an Holzhammer: «Ja, bist du denn vollkommen wahnsinnig?»

«Glaub ned», antwortete dieser trocken. «Aber weißt was, lass uns doch bei der Manu weiterreden. Da ist die Luft besser, und deine sachdienlichen Erkenntnisse kannst du mir da genauso verzählen.»

«Gute Idee.»

Müllerhuber griff sich seine Zettel und Holzhammer seine Jacke.

Sieben Minuten später saßen sie bei Manu auf der Terrasse. Sie hatte während der Ferienzeit früher geöffnet als sonst und mit dem Chinesen von nebenan einen Deal über die

Teilnutzung seiner Freifläche abgeschlossen. Es war nicht viel los, die Feriengäste waren noch an irgendeinem See oder in den Bergen. Und die Einheimischen waren noch arbeiten oder gleichfalls in den Bergen.

«Also weiter im Text», sagte Holzhammer, als sie sich niedergelassen und bestellt hatten. Ein Schönramer Weißbier für den Hauptwachtmeister und ein Spezi für den jungen Polizeimeister. Zumindest einer hier hielt sich an die Dienstvorschriften – vorläufig jedenfalls.

«Also erst amal vielen Dank für vorhin», sagte Müllerhuber. «Ich hoff nur, dass du keine Probleme bekommst.»

«Passt scho», sagte Holzhammer gelassen. In Wirklichkeit hatte er sich selbst auch ziemlich aufgeregt bei dem Auftritt. Vielleicht war Fischers Drohung einfach der Tropfen gewesen, der den Holzhammer zum Überlaufen gebracht hatte. Vielleicht hatte das alles endlich einmal herausgemusst.

Damit war das Thema durch, und sie wandten sich wieder dem toten Ornithologen zu. Mit seinen Zetteln raschelnd, setzte Müllerhuber seinen so jäh unterbrochenen Bericht fort.

Schmirtzek war allein in Berchtesgaden gewesen, es hatte ihn auch niemand in seiner Unterkunft besucht. Seine Vermieterin war da sehr sicher gewesen, offenbar hielt sie ihre Gäste und ihre Zimmer unter strenger Aufsicht. Einmal hatte sie zwei Postkarten für Schmirtzek eingeworfen, eine an seinen Sohn in Berlin, die andere an den Vogelwart auf Hallig Hooge. Sie hatte sogar den kompletten Text der Karten hersagen können. Aber das waren nur die üblichen Urlaubsgrüße gewesen.

«Und was hat er die ganze Zeit getrieben?», fragte Holzhammer.

«Jedenfalls ist er jeden Tag vor den Hühnern aufgestanden. Seiner Wirtin hat er das auch genauso erklärt – er müsse unbedingt vor Ort sein, bevor der erste seltene Vogel die Augen aufmacht. Darum hat sie ihm immer schon abends eine Thermoskanne mit Kaffee im Frühstücksraum hergerichtet und eine Brotzeit zum Mitnehmen. Gesehen hat sie ihn dann immer erst gegen Mittag, wenn er von seinem Ansitz zurückgekommen ist.»

«Das ist ja alles wahnsinnig spannend», sagte Holzhammer.

Müllerhuber runzelte die Brauen. Doch anstatt auf die Frotzelei einzugehen, erwiderte er ganz sachlich: «Zumindest erklärt es, warum unser Vogelopa um diese Zeit am Toten Mann war.»

«Schon. Aber warum musste der alte Depp sich dort gleich erschlagen lassen?» Holzhammers Frage war eigentlich mehr ein Vorwurf.

«Ort und Zeit sind ja prinzipiell ned schlecht für einen Mord», sinnierte Müllerhuber. «Kein Mensch weit und breit, keiner, der was hört oder sieht. Und dass der Schmirtzek sich ausgerechnet dort herumtrieb, ließ sich leicht herausfinden. Der Mörder brauchte ihm nur ein paar Tage zu folgen. Aber ehrlich gesagt, wenn ich einen kaltmachen wollte, dann würd ich mich ned darauf verlassen, dass rein zufällig ein passender Stein am Tatort herumliegt.»

Holzhammer nickte. «Volle Zustimmung. Für an planmäßigen Mord bringt jeder vernünftige Mörder a ordentliche Waffe mit. Und wenn's a Baseballschläger wär.»

«Aber wenn es nicht geplant war, was war dann da oben los?», rätselte Müllerhuber.

«Er kann sich mit jemand getroffen haben. A Kollege vielleicht, noch so a Vogelverrückter», schlug Holzhammer vor.

«Wär möglich, warum ned», sagte Müllerhuber. «Wer sonst steigt schon vor Sonnenaufgang da auffi. Wenn's wenigstens a richtiger Gipfel wär. Aber doch ned so a schäbiger Gupf.»

«Und wo's um die Zeit ned amal a Bier gibt», ergänzte Holzhammer. Dann versuchte er, den Faden weiterzuspinnen: «Also angenommen, der Schmirtzek trifft sich mit einem Kollegen, um gemeinsam das Balzverhalten des Grünschnabels zu studieren. Und dann?»

«Sie bekommen sich über irgendein Vogelthema so in die Haare, dass der andere ihn erschlägt?» Müllerhuber klang nicht überzeugt.

«Des wär scho a bisserl extrem», gab Holzhammer zu. «Aber was hat der zweite Mann sonst dort gesucht?»

Darauf gab es vorläufig keine Antwort. Beide schwiegen.

«Also, was hast du sonst noch auf deinem Zettel?», fragte Holzhammer schließlich.

Nach dem Gespräch mit der Vermieterin hatte Müllerhuber sich das Zimmer des Toten zeigen lassen, ein bisschen herumgeschaut und es dann versiegelt. «Das war vielleicht ein Tanz», erzählte er. «Die Wirtin hätte mich fast mit dem Besen erschlagen. Schmirtzek hatte das Zimmer ja für drei Wochen gebucht und keinen Cent im Voraus bezahlt. Klar, dass sie am liebsten sofort neu vermietet hätte.»

«Mei, zum unternehmerischen Risiko eines Vermieters

gehört halt auch das vorzeitige Versterben der Gäste», beschied Holzhammer.

Müllerhuber berichtete weiter. Die Würzburger Kollegen waren dann doch recht schnell gewesen, sie hatten bereits Schmirtzeks Wohnung inspiziert und ein bisschen herumgefragt. Der Witwer hatte recht bescheiden in einem Mehrfamilienhaus gelebt. Die meisten Nachbarn wussten nichts Besonderes über seinen Lebenswandel zu berichten. Nur einer ließ kein gutes Haar an dem Toten. Schmirtzeks erste Frau hätte sich scheiden lassen, weil sie seine übertriebene Tierliebe nicht aushielt. Seinen «Vogelvogel», wie der Nachbar sagte. Und seine zweite sei an der Vogelgrippe gestorben, bevor sie sich scheiden lassen konnte.

«Ach ja», unterbrach Müllerhuber sich an dieser Stelle selbst. «Zum Thema Tierliebe hat auch die Wirtin was gesagt. Schmirtzek wollte ihr nämlich verbieten, die Fruchtfliegen im Frühstücksraum mit dem Staubsauger einzusaugen. Er wollte, dass sie Lebendfallen aufstellt.»

«Lebendfallen für Fruchtfliegen? So a Schmarrn. Des gibt's doch gar ned.» Holzhammer sagte es im Brustton der Überzeugung.

Er wurde eines Besseren belehrt: «Doch, die gibt's anscheinend wirklich. Schmirtzek hat der Wirtin sogar angeboten, welche zu besorgen.»

Wurde die Welt wirklich immer verrückter, oder kam es ihm nur so vor? Kopfschüttelnd griff Holzhammer zu seinem Bier. So gestärkt, äußerte er einen frommen Wunsch: «Weißt, wen ich gern in a Lebendfalle fangen tät? Den Fischer.»

Müllerhuber war sofort dabei: «Gute Idee. Fragt sich nur, wo wir ihn dann freilassen. In Maria Alm vielleicht?»

Das war immerhin auf der anderen Seite des Steinernen Meeres.

«Zu nah», sagte Holzhammer.

«Ich glaub, ich nehm jetzt auch ein Weißbier», sagte Müllerhuber.

Irgendwie wurde es dann noch ziemlich spät.

4

Am nächsten Morgen hatte Holzhammer einige Mühe, aus dem Bett zu kommen. Der ausgiebige Absacker mit Müllerhuber hatte einen fetten Kater hinterlassen. Der Kater saß auf seinem Kopf und drückte ihm die Schläfen zusammen.

Das war ihm lange nicht mehr passiert. Bei Bier kannte er sein Maß – beziehungsweise die Anzahl Maßen, die er vertrug. Aber irgendwann im Laufe des Abends hatte der dankbare Müllerhuber darauf bestanden, ihm einen Cocktail auszugeben. Das bunte Zeug hatte geschmeckt wie fruchtige Limonade. Also hatte er es getrunken wie Limonade. Und Müllerhuber hatte immer nachbestellt.

Franz Holzhammer und «Sex on the Beach» – hätte man sich denken können, dass das schiefgehen musste.

Schließlich wälzte er sich aus dem Bett und begab sich auf die Suche nach Kopfschmerztabletten. Nach drei doppelten Espressi schaffte er schließlich den Weg zur Wache. Dort angekommen, rief er als Erstes Rolf Berg an.

«Das war jetzt blöd gestern», sagte er zur Begrüßung. Nach vielen Worten war ihm immer noch nicht.

Rolf Berg erkannte die Stimme, aber der Inhalt schien ihm nicht zu gefallen. «Was soll denn das jetzt wieder? Ja, spinnt ihr neuerdings komplett da in der Villa Bayer?»

So hieß das denkmalgeschützte Gebäude, in dem die Polizei Berchtesgaden seit dreißig Jahren residierte.

«Unser geliebter Chef war wohl gestern am Telefon etwas seltsam?», mutmaßte Holzhammer.

«Das kannst du laut sagen. Und jetzt kommst du mir auch noch von wegen blöd und so.»

Holzhammer musste wohl doch etwas weiter ausholen. «Mei, es war halt blöd, dass du direkt beim Fischer angerufen hast. Mir hatten nämlich irgendwie vergessen, ihm von dem Mord zu erzählen. Dein Anruf war darum eine gewisse Überraschung für ihn. Und des hat er ned so optimal verkraftet.»

«Hahahahaha!» Rolf Berg lachte so laut, dass man es fast ohne Telefon bis Berchtesgaden hören konnte.

Reflexartig riss Holzhammer sich den Hörer vom Ohr. Bergs dröhnendes Gelächter vertrug sich nicht mit seinem dröhnenden Schädel.

Endlich waren die Juchzer verstummt, und Holzhammer konnte seine Frage loswerden: «Darf man vielleicht erfahren, was du eigentlich so dringend noch untersuchen willst?»

«Einem meiner Mitarbeiter sind an der großen Tanne vor der Hütte ein paar kleine Verletzungen aufgefallen.»

«Ich glaub, ich hab mich verhört, a leichtverletzte Tanne habt's ihr gefunden? Ja, was hat sie denn, die arme Tanne? Aufgeschlagenes Knie, verdrehte Haxn oder was?»

«Jessas, Franz, du G'scheithaferl. Wir versuchen doch nur, dir bei deinen dilettantischen, halbscharigen Ermittlungen zu helfen. Was wir gefunden haben, ist eine Art spiralförmige Linie durch die äußeren Triebspitzen. Auf dieser gebogenen, aufwärts führenden Linie sind die Nadeln beschädigt. Fast wie abrasiert.»

«Na gut. Und diese sogenannte Verletzung stammt aus der Mordnacht?»

«Sie ist auf jeden Fall frisch.»

«Das heißt, ihr wisst es nicht.»

«Richtig, wir wissen es nicht auf den Tag genau. Für die exakte Datierung bräuchten wir einen Experten. Deshalb hab ich den Fischer angerufen, dass er die zusätzlichen Kosten genehmigt.»

«Vielleicht war es einfach irgendein Schädling, der die Tanne so schlampig rasiert hat», mutmaßte Holzhammer.

«Für uns sieht es nicht nach Fraßspuren aus. Aber wir sind halt keine Biologen. Genau deshalb wollen wir ja einen zuziehen.»

«Schon gut, ich hab's begriffen. Und was hat Fischer dazu gesagt?»

«Nichts Sinnvolles. Erst hat er komisch herumgedruckst, und dann hörte es sich an, als würde er den Hörer in seiner Teetasse versenken. Hernach war die Verbindung weg.»

«Verstehe. Und nachdem er mit dir Telefonstörung gespielt hat, stand er bei mir auf der Matte.»

«So schaut's wohl aus. Und nun? Soll ich ihn einfach noch mal anrufen, oder soll ich die Tannennadeln zu den Akten legen?», fragte Rolf Berg.

Holzhammer überlegte. Ein paar Tannennadeln, die vielleicht, vielleicht aber auch nicht, in der Mordnacht halbiert wurden. Klang nach Schmarrn. Andererseits: Rolf Berg war fast ebenso lange im Job wie er selbst. Da entwickelte man eine gewisse Intuition. Wenn also sein Schulfreund sich für eine schlecht rasierte Tanne interessierte, dann sollte man das ernst nehmen.

«Mei, hol schon deinen Botaniker. Ich nehm es auf meine Haube. Kriegst a E-Mail von mir.»

«Alles klar. Ich meld mich.»

«Servus, Rolf.»

Nach dem Telefonat ging es Holzhammer schon besser. Die Kopfschmerzen ließen langsam nach. Aber dafür zwickte der Magen. Richtig, er hatte ja noch keinen Bissen gefrühstückt. Da sollte man doch gleich mal …

«Habe d' Ehre», grüßte Müllerhuber gut gelaunt.

Diese Begrüßung verwendete man nur, wenn man sich aufrichtig freute, den Betreffenden zu sehen. Sonst hieß es «Servus» oder «Grias di».

«Schraub runter, mir geht's ned gut. Und du bist schuld, mit deinem Sexdings.»

«Sag bloß, du hast die fünf Sex on the Beach ned vertragen», feixte Müllerhuber.

Holzhammer versuchte, ihm einen vernichtenden Blick zuzuwerfen. Was offenbar gnadenlos schiefging, denn Müllerhuber reagierte gar nicht. Also sagte er: «Jetzt spuck's schon aus, warum störst du mich? Ich wollt grad zum Metzger.»

«Wenn du dich erinnern möchtest, mir haben einen Mord zum Klären», antwortete Müllerhuber ungerührt.

«Bub, a bisserl Selbstbewusstsein ist ja gut, auch Vorgesetzten gegenüber. Aber übertreib's ned. Wenigstens ned heute Morgen. Wenn's recht ist.»

«Oh. Äh, tut mir leid. Entschuldigung, Chef», ruderte Müllerhuber zurück.

Holzhammer musste grinsen, obwohl er es gar nicht wollte. «Passt schon, samma wieder gut. Ging ned gegen dich, bloß gegen meinen Kater.»

«Puh. Also dann fass ich mal zusammen: Sämtliche Verwandten vom Schmirtzek, jedenfalls alle, die die Würzburger auftreiben konnten, haben ein Alibi. Und in Berchtesgaden war gleich gar keiner von denen.»

«Sonst noch was?»

«Ned wirklich. Sie haben nur bestätigt bekommen, was wir schon wussten. Dass der Schmirtzek ein ziemlicher Kauz war. Mit seiner übertriebenen Tierliebe ist er allen auf den Geist gegangen. Auch in dem Fernsehstudio, wo seine Sendungen aufgezeichnet wurden. Er hatte ja meistens ein paar von seinen gefiederten Freunden dabei, und während der Aufzeichnungen hat er die frei fliegen lassen. Also haben die lieben Piepmätze überall hingeschissen. Am liebsten haben sie wohl die Scheinwerferschienen oben an der Studiodecke als Donnerbalken benutzt.»

«Da war der Beleuchter wohl begeistert.»

«Nicht nur der», sagte Müllerhuber. «Wenn der Schmirtzek dran war, mussten außerhalb der Kameras immer drei Leute mit Putzlappen bereitstehen. Plus eine Maskenbildnerin mit einer Anstaltspackung Feuchttücher. Die musste dem Schmirtzek die Platte putzen, wenn ihm wieder so ein geflügelter Laiendarsteller auf den Kopf geschissen hatte.»

«Alles klar. Ein Spaß für die ganze Familie. Sonst nichts?»

«Jedenfalls nichts über den Mord.»

Schöner Mist. Er hatte sich die Sache wohl doch zu einfach vorgestellt. Deshalb hatte er auch vollkommen vergessen, Rolf Berg nach den sonstigen Spuren zu fragen. Also abgesehen von dieser Tanne mit dem Dreitagebart. Holzhammer griff zum Hörer.

Da er keine Lust auf ihre üblichen Frotzeleien hatte, begann er das Gespräch mit Rolf Berg diesmal ausgesucht höflich: «Habe die Ehre, mein hochgeschätzter Gebirgstrapper. Was ich noch fragen wollte, äh, wenn es denn konveniert – was ist eigentlich mit dem Stein, also der Tatwaffe?»

«Ist immer noch ein Stein», antwortete Rolf Berg.

«Und das Blut?»

«Gibt's reichlich. Vom Toten.»

«Und was ist mit fremder DNA?»

«Wir haben welche an der Kleidung gefunden. Aber kein Treffer in der Kartei. Da müsstest uns schon einen Verdächtigen zum Abgleich bringen. Wenn es denn deinerseits konveniert.»

«Wir arbeiten dran. Dank dir derweil.»

Holzhammer legte auf und starrte auf die Tischplatte. Bis ihm auffiel, dass Müllerhubers letzter Satz noch eine weitere Information enthalten hatte. «Äh, du sagtest, es würde nichts weiter über den Mord geben. Sollte das etwa heißen, dass es noch was anderes gibt?»

«Ja, liegt auch schon in deinem Eingangskorb. Letzte Nacht gab's zwei Einbrüche. Einen beim Böllermacher und einen beim Alphornbauer.»

«Und was soll da bitt schön gestohlen worden sein?» In keinem der beiden alteingesessenen Geschäfte lagerten irgendwelche Reichtümer.

«Gestohlen wurden ein fertiges Alphorn, ein halbfertiges Alphorn und drei verschiedene Handböller», referierte Müllerhuber.

«Du verarschst mich doch.»

Christine amüsierte sich. Trotz Regen. Am Vormittag war sie bei schönstem Sonnenschein auf den Untersberg gestiegen, jetzt wartete sie im Stöhrhaus einen Gewitterschauer ab. Normalerweise kehrte sie erst auf dem Rückweg vom Gipfel hier ein, aber die Kaspressknödel mit Kraut würden auch jetzt schon schmecken. Allerdings stockte momentan der Nachschub.

Das Stöhrhaus war schon immer gut besucht gewesen, aber seit es den neuen Klettersteig gab, quoll es an schönen Tagen geradezu über. Zwar hatte man das komplizierte Bestellverfahren an der Küchenluke mittlerweile etwas vereinfacht, die Gäste mussten sich nicht mehr am ersten Fenster anstellen, um zu bezahlen, und dann am zweiten Fenster, um ihr Essen zu bekommen. Doch immer noch ging alles mit einer gewissen Gemächlichkeit vonstatten.

Zum Glück war Unterhaltung geboten. Am Stammtisch in der Ecke lästerten ein paar Einheimische frei von der Leber weg. Christine erkannte zwei Hüttenwirte und einen Bergführer, die anderen mussten also von ähnlichem Kaliber sein. Alle sprachen tiefsten Dialekt und gingen ganz selbstverständlich davon aus, dass kein Auswärtiger sie verstand. Also konnten sie hemmungslos über die Fremden herziehen. «Letztens ist a Frau direkt wieder abgestiegen, weil es bei uns oben keinen Handyempfang gibt», erzählte einer, den Christine für den Wirt vom Scheibenkaser hielt.

«Des ist ja noch gar nix», trumpfte ein anderer auf. «Bei mir war es heuer einer zu stad. ‹Diese Stille ist mir unheimlich›, hat sie gesagt. Und ab ins Tal.»

«Die abreisen san mir immer noch lieber als wie die, die unbedingt kommen wollen», sagte eine gestandene Wirtin.

«Letztens riefen welche an, wollten a Zimmer. Lager ging ned, weil sie hätten an Säugling dabei. Sag ich, des ist nix für an Säugling, bleibt's bitt schön daheim. Aber na, sie mussten ja unbedingt kommen. Des arme Schratz hat dann zwei Tage durchgebrüllt.»

«Am deppertsten san die Hundebesitzer», erklärte jetzt der, bei dem es zu still war. «Ich hatte einen, der wollt Mineralwasser für sein Vieh, bloß weil am Wasserhahn stand ‹Kein Trinkwasser›. Dabei hab ich des Schildl eh bloß hingehängt, damit die patscherten Radler ihre Trinkblasen draußen am Brunnen füllen. Weil auf dem Häusl immer alles geschwommen ist.»

«Am allerschlimmsten find ich die, wo a ‹Location› mieten wollen, am besten noch für a ‹Event›», widersprach die Wirtin vom Stahlhaus. «Sie, sag ich dann, ich hab keine Location, ich hab a Berghütt'n. Und da können S' a Zimmer haben oder a Lager. Und sonst nix.»

So ging es noch eine Weile weiter. Bis sich der Heli einmischte. Der langjährige Hüttenwirt war eigentlich seit Jahren in Rente, trotzdem sah Christine ihn ständig auf den verschiedensten Hütten herumwuseln. Wenn irgendwo Not am Mann war – egal ob wegen Krankheit, Ferienzeit oder Hirschbrunft –, rief man den Heli, und alles wurde gut. Der Heli war so etwas wie der gute Geist der Berghütten. Kein Wunder, dass alle aufmerksam zuhörten, was er zu sagen hatte.

«Ach Leut, was regt ihr euch auf», sagte Heli. «Des san doch Kindereien. Am wichtigsten ist allweil noch, dass die Gäste heil wieder vom Berg obikommen. Deshalb gibt's für mich nur eins, wo ich richtig sauer werd, nämlich wenn sie meinen Rat ausschlagen. Wenn sie einfach ned hören wollen, wenn ich ihnen von a Tour abraten tu.»

Der ganze Tisch wurde plötzlich ernst, und alle nickten. Christine konnte sich vorstellen, woran die Hüttenwirte dachten. Vor ein paar Jahren hatte es mitten im Juli einen gewaltigen Temperatursturz gegeben. Der Wetterbericht hatte ihn natürlich vorher angekündigt. Auch der Schneefall bis 1500 Meter herab war angekündigt gewesen. Aber das hatte diverse Sonntagswanderer nicht davon abgehalten, ins Steinerne Meer aufzusteigen.

Am Vormittag hatte es dann zu schneien begonnen. Die Menschen, die im Kärlingerhaus am Funtensee übernachtet hatten, waren entweder einfach drinnen geblieben oder gleich nach dem Frühstück auf schnellstem Wege abgestiegen. Doch noch weiter oben, im Riemannhaus, waren drei junge Bergsteiger ums Verrecken nicht bereit, von ihrem ursprünglichen Vorhaben abzurücken. Sie wollten über die Hochfläche des Steinernen Meeres hinüber zum Ingolstädter Haus, normalerweise eine einfache Wanderung von drei Stunden. Normalerweise.

Der Hüttenwirt riet ihnen dringend ab. Aber er biss auf Granit. Die drei hatten Urlaub, sie hatten einen Plan, und sie hatten sich das ganze Jahr auf diese Tour gefreut. Also wollten sie sie auch durchziehen. Was sollte schon schiefgehen.

Als sie aufbrachen, lag der Schnee bereits kniehoch. Es war anstrengend, durch den weichen Neuschnee zu spuren. Außerdem nahm der Sturm immer weiter zu. Wechten bildeten sich. Jegliche Wegmarkierungen waren verschwunden und die Sicht auf wenige Meter begrenzt. Auf der zugeschneiten Hochfläche sah bald alles gleich aus. Und durch den Windchill wirkten null Grad auf den Körper wie minus zehn Grad.

Sie kamen nur langsam voran. Die Spur, die sie hinterließen, war innerhalb weniger Minuten wieder zugeweht, als wären sie nie da gewesen. Der Fitteste der drei spurte mühsam voran, die beiden anderen stolperten hinterdrein. Dann fiel der Hinterste vor Erschöpfung um und blieb einfach liegen. Die anderen beiden versuchten, einen Notruf abzusetzen, aber Handyempfang gab es an dieser Stelle nicht.

Der zweite Mann brach hundert Meter vor dem Ingolstädter Haus zusammen, der dritte schaffte es durch die Tür und konnte noch um Hilfe für seine Kameraden bitten, bevor er ohnmächtig wurde. Einige Bergwachtler, die auch im Ingolstädter Haus gestrandet waren, schnappten sich ihre Jacken und rannten in den Schneesturm hinaus. Sie fanden den zweiten Mann und schleppten ihn in die Hütte. Kurz darauf verstarb er. Zu dem dritten Mann konnten sie erst am Morgen vordringen. Zu spät.

Wie auf Kommando nahmen alle Hüttenpächter einen Schluck aus ihren Biergläsern. Dann stimmten sie Heli zu: «Hast schon recht, des ist das Eigentliche.»

Dann endlich erschallte aus der Küchenluke der ersehnte Ruf: «Kaspress mit Kraut für Christine!» Schnell stand sie auf und holte sich die begehrte Mahlzeit.

Da die Hüttenwirte nichts Interessantes mehr beredeten und der Regen immer noch anhielt, sah sie sich beim Essen unter den anderen Gästen um.

Wenigstens waren heute keine Damen mit Flipflops am

Berg unterwegs. Im Gegenteil, man war durchweg gut ausgerüstet. Die Klettersteiggeher sowieso. Nicht nur Helm und Gurt gehörten zu dieser Sportart, sondern gern auch die neuesten kunterbunten Funktionsklamotten.

In einer Ecke saßen mehrere von oben bis unten in The North Face gehüllte Asiaten, vermutlich Koreaner. Selbst beim Essen behielten sie ihre dicken Dreilagenjacken an. Außerdem fielen ihre großen Rucksäcke auf. Selbst wenn sie im Stöhrhaus übernachten wollten, schienen die riesigen Trekkingrucksäcke überdimensioniert.

Ein Deutscher schien auch zu der Gruppe zu gehören. Jetzt grüßte er zu den Hüttenwirten hinüber. Ein Hiesiger also. Vielleicht hatten die Koreaner ihn als Führer engagiert. Ob es sich vielleicht um Höhlenforscher handelte? Das würde das viele Gepäck erklären. An der Hüttentür erschien jetzt ein nasses Paar mit Kind. Die Eltern schauten sich nach einem Sitzplatz um. Schließlich blieb ihr Blick am Tisch der Koreaner hängen und glitt ins Vorwurfsvolle. Richtig, da hätten noch mindestens drei Leute Platz gehabt, wenn die Gruppe ihre großen Rucksäcke von der Bank genommen hätte. Aber die dachten gar nicht daran.

Das fiel Christine eigentlich am meisten auf, denn normalerweise nahm sie diese Landsleute als ausgesprochen höflich und rücksichtsvoll wahr. Im Gegensatz zu manch deutscher Familie rückten sie auf den Ausflugsbooten bereitwillig zusammen, wenn der Platz knapp wurde.

Nun ja, wenn es wirklich Höhlenforscher waren, dann brauchte sie sich nicht weiter zu wundern. Die würden ihr sowieso immer ein Rätsel bleiben. Christine würde nie verstehen, wie man bei schönstem Wetter freiwillig in kalten, feuchten Löchern herumkriechen konnte, wo man sich obendrein von oben bis unten mit Schlamm beschmierte.

«Bist du wahnsinnig? Ich geh doch heut ned zur Manu. Ich geh wahrscheinlich nie wieder zur Manu.» Das meinte Holzhammer natürlich nicht ganz ernst.

«Aber die Schönauer kommen auch, alle drei», lockte Müllerhuber. Die Schönauer, das waren Christine, ihr Freund Matthias und neuerdings dessen jüngerer Bruder Stefan.

«Du machst mich fertig», seufzte Holzhammer.

War er ein Weichei, wenn er sich so schnell herumkriegen ließ? Es wäre wirklich nicht schlecht, die verwirrenden Ereignisse der letzten Tage mit seinem privaten Thinktank zu besprechen. Speziell Christines Scharfsinn hatte er in den letzten Jahren schätzen gelernt. Sie behauptete zwar immer, dass an ihrem Beruf nicht viel dran sei und Profiling sowieso ein Mythos. Aber tatsächlich hatte das Gedanken-Pingpong mit ihr ihn schon mehrmals entscheidend vorangebracht.

«Jetzt komm schon, Chef, wir haben es uns verdient. Du darfst auch Mineralwasser trinken.»

«Sehr großzügig.»

Es stimmte, verdient hatten sie sich einen gemütlichen Abend. Erstens sowieso und zweitens hatten sie heute immerhin zwei Tatorte besichtigt und sich stundenlang die reichlich detaillierten Aussagen der Geschädigten gegeben.

Der Alphornbauer hatte zum Beispiel darauf bestanden, die verschwundenen Hörner bis ins Kleinste zu beschreiben, und wie ein Schießhund aufgepasst, dass sie auch wirklich alles mitschrieben. Bis hin zum millimetergenauen Durchmesser des Schalltrichters. Gerade als würde die Polizei Berchtesgaden ständig größere Lager gestohlener Alphörner ausheben und dann Schwierigkeiten haben, die rechtmäßigen Eigentümer zu identifizieren.

Müllerhuber stand immer noch einladend in der Tür.

«Also gut, gehen wir. Aber wehe, du kommst wieder mit diesem Sexdings daher.» Damit ergriff Holzhammer seine Jacke.

Als die beiden Polizisten auf Manus Terrasse eintrudelten, saßen die drei Schönauer bereits an einem sonnenbeschirmten Vierertisch. Vor Matthias stand ein Glas Prosecco, vor Christine eine große Apfelschorle und vor Stefan irgendein modisches Kaffeegetränk im hohen Glas.

Noch ganz im Tatortmodus, stellte Holzhammer auf den ersten Blick fest, dass zwei der drei eindeutig nicht direkt von daheim kamen. Über der Stuhllehne von Matthias baumelte eine leicht zerknitterte Krawatte, und anstatt des üblichen T-Shirts trug er ein kurzärmliges, hellblaues Oberhemd. Also klarer Fall, er kam direkt von seinem Arbeitsplatz in der Bank.

Christine trug eine knallgelbe ärmellose Bluse aus irgendeinem Funktionsmaterial, eine schmale Caprihose und auf den Oberarmen einen leichten Sonnenbrand. Sie hatte den Tag also irgendwo am Berg verbracht. Nur Stefan war gestylt wie üblich: makelloses weißes T-Shirt, schwarze Jeans, dazu dunkle Sonnenbrille und die schwarze Baseball-Cap mit dem winzigen Regenbogensticker.

Holzhammer ließ sich umstandslos auf den letzten freien Stuhl am Tisch plumpsen. «Grias enk.»

Müllerhuber zog sich einen Stuhl heran und platzierte ihn zwischen Stefan und Matthias. Bevor er sich setzte, hauchte er Stefan unauffällig einen Kuss auf die Wange.

Manu erschien, um die Bestellungen aufzunehmen. Fünfundzwanzig Jahre lang hatte sie ihr «Nachtcafé» erst abends geöffnet. Daher ja der Name. Doch die neue Bar im Edelweiß machte ihr die Kunden streitig, sodass der Abend allein einfach nicht mehr genug Umsatz brachte.

Holzhammer musste feststellen, dass der langjährigen Bardame und Raucherin das helle Sonnenlicht keineswegs schmeichelte. Außerdem hatte sie ihr gewohntes Abend-Outfit einfach beibehalten. Zu dunkel umrandeten Augen, gelbgrauer Haut und fusseligen Haaren trug sie eine schwarze, halb durchsichtige Bluse mit fächerförmigen Ärmeln. Der Eindruck einer faltigen Fledermaus drängte sich geradezu auf.

«Ein großes Mineralwasser», bestellte Holzhammer. Und wappnete sich für den Spott, der jetzt kommen musste.

Aber es kam keiner. Hatte Müllerhuber etwa wieder seinen Geheimcode angewandt und die anderen unter dem Tisch getreten? Egal. Hauptsache, kein Alkohol.

«Und, was macht euer Toter?», fragte Christine ihn.

«Ist immer noch tot.»

«Ich hab den ja manchmal gern gesehen», sagte sie. «Wenn er so dasaß, sein silbernes Resthaar wie einen Lorbeerkranz u-förmig um den Kopf gelegt ...»

«Und die Vogelscheiße seitlich runterlief ...», ergänzte Holzhammer eingedenk der Informationen aus Würzburg. Die Sendung selbst hatte er ja nie gesehen.

«Also ehrlich, muss das sein?», sagte Matthias und stellte sein Glas ab, ohne zu trinken. Er war zwar der Größte am Tisch, aber sicher nicht der Härteste.

«Schon gut, mir haben auch noch andere Verbrechen zu bieten», lenkte Holzhammer ein und sah zu Martin Müllerhuber hinüber.

Der verstand die Aufforderung und berichtete von den seltsamen Einbrüchen, angefangen mit der Rekordforelle über die drei Brauchtumswaffen bis zu den eineinhalb Alphörnern. «So ein Alphorn ist 3 Meter 60 lang, wie wir nun wissen.»

«Leider wissen», warf Holzhammer ein.

«Jedenfalls fragt man sich doch, was das soll», fuhr Müllerhuber fort. «Warum klaut jemand so ein sperriges Ding, anstatt – sagen wir mal – beim Juwelier einzubrechen? Also wenn ihm schon die Bank zu riskant ist und ihm sonst nichts einfällt, wo es Bargeld zu holen gibt.»

«Die Vorderlader kann man wahrscheinlich gut bei eBay verkaufen», sinnierte Christine.

«Nur ein Volldepp würde das versuchen», sagte Holzhammer. «Kein Stück ist wie des andere, und der Böllermacher hat Fotos von allen. Da bräucht man ned amal die Seriennummer, die könnt man direkt über die eBay-Fotos identifizieren.»

«Vielleicht ein verarmter Sammler», schlug Christine vor.

«Hm», machte Holzhammer. «Des würd zumindest erklären, warum der Kerl von jedem Modell nur ein Exemplar mitgenommen hat. Die fehlten halt noch in seiner Sammlung.»

«Na gut», sagte Müllerhuber, «das wär zumindest ein

Ansatz. Trotzdem unwahrscheinlich, dass wir den finden, wenn nicht noch verwertbare Spuren auftauchen.»

«Da komm ich ja noch mit», sagte Matthias. «Fanatische Sammler sollen zu allem fähig sein. Aber wer in Buddhas Namen klaut einen ausgestopften Fisch?»

«Nicht irgendeinen ausgestopften Fisch», sagte Holzhammer murrend.

«Ach Franz, du weißt doch, dass Matthias sich nicht für die lokalen Attraktionen interessiert», sagte Christine. «Er weiß nicht mal die Namen der Berge, die man von hier aus sieht.»

«Den Watzmann weiß ich», widersprach Matthias.

«Ja, das ist aber auch der einzige. Ansonsten kennst du nur die besten Motorradstrecken.»

«Das ist auch viel wichtiger.»

«Ich wüsste jedenfalls, was ich mit der Riesenforelle machen würde», sagte Christine. «Ich würde sie mir zu Hause über den Kamin hängen und sie jeden Abend beim Rotwein verträumt ansehen. Und dabei an den nächsten Urlaub in Berchtesgaden denken.»

«Dann ist es ja gut, dass du schon in Berchtesgaden wohnst», sagte Martin Müllerhuber. «Sonst müssten wir jetzt eine Haussuchung bei euch machen.»

«Bei mir kannst du gern eine Haussuchung machen», sagte Stefan grinsend. «Vielleicht findst sogar ein Alphorn.»

Prompt wechselte Müllerhubers Gesichtsfarbe ins Rote.

«Ich war übrigens heute auf dem Untersberg», sagte Christine unvermittelt.

Holzhammer verstand und fragte nach: «Und? War's schön?»

Christine erzählte, wie sie kurz vor dem Gipfel in den Gewitterschauer geraten und ins Stöhrhaus geflüchtet war. «Da war vielleicht was los, mein lieber Mann. Ich hab 'ne halbe Stunde auf meine Kaspress mit Kraut gewartet.»

«Ja, die waren vor zwanzig Jahren schon lecker», erinnerte sich Holzhammer. Damals war er noch zu Fuß auf die Berge gekommen. Heute brauchte er dazu den Hubschrauber, wenn es von Berufs wegen mal sein musste. Dabei hasste er die Fliegerei. Und dann noch in so einer winzigen Kugel.

«Und, bist du danach noch zum Gipfel?», fragte Müllerhuber Christine.

«Ja, sobald es nur noch tröpfelte, bin ich raus und hab Platz gemacht. Die Leute standen ja schon zwischen den Tischen. Dabei wäre eigentlich noch Platz gewesen. Aber links in der Ecke saß eine Gruppe Asiaten, die meinten, ihre Rucksäcke hätten auch Anspruch auf einen Sitzplatz. Die waren überhaupt etwas seltsam.»

«Na ja, riesige Rucksäcke und von oben bis unten in den teuersten Funktionsklamotten, aber irgendwie sahen sie überhaupt nicht nach Urlaub aus.»

«Bei ‹Europe in six days› würde ich auch nicht nach Urlaub aussehen», sagte Matthias. «Das ist doch Stress pur.»

Da konnte Holzhammer nur zustimmen. Auch die anderen nickten. Dann sagte eine Weile niemand etwas. Alle fünf saßen zufrieden da, schauten auf den Watzmann und freuten sich, dass sie nicht durch Europa reisen mussten, sondern einfach in Berchtesgaden sein durften.

Irgendwo in der Nähe meldete sich ein Handy mit dem typischen Standardton. Erst nach allgemeinem Herumschauen wurde Holzhammer bewusst, dass dieses Allerweltsbimmeln aus seiner eigenen Hosentasche kam.

Zefix, es hatten einfach zu viele Leute seine Privatnummer. Jemand aus der Familie konnte es nämlich nicht sein, denen hatte er spezielle Klingeltöne zugewiesen. Ein Anruf von Marie kündigte sich zum Beispiel mit dem unheilschwangeren «da-da-da-daaaam» von Beethoven an. Wenn seine liebe Frau ihn unbedingt sprechen wollte, bevor er sowieso heimkam, war meistens Gefahr im Verzug.

Das Handy klingelte unbeirrt weiter. Und nun musste Holzhammer auch noch einsehen, dass er es im Sitzen nicht aus der blöden Uniformhose herausbekommen würde. Die spannte nämlich neuerdings, was das Zeug hielt. Konnte eventuell an der Schweinshaxe vom Sonntag liegen. Oder an den phantastischen Sahnetorten auf dem Geburtstag seiner Schwägerin.

Schließlich hatte er das Handy heraußen. Es klingelte immer noch und zeigte eine einheimische Nummer.

«Wer stört?», meldete er sich.

«Servus, da ist der Wasti vom Stöhrhaus.»

Wenn das keine Steilvorlage war! Aber der Hüttenwirt klang nicht zu Scherzen aufgelegt. Also sagte er nur: «Grias di, Wasti, was gibt's?»

«Du musst sofort auffikommen. Unfall im Riesending.»

«Und was rufst da mi und ned die Rettung?», fragte Holzhammer mit einer ordentlichen Portion Empörung in der Stimme.

«Die Rettung ist schon verständigt. Aber du musst auch kommen, unbedingt.»

«Mei Wasti, warst du zu lang in der Sonne? Des läuft

doch alles automatisch über die Leitstelle. Wenn die meinen, dass sie die Polizei brauchen, dann werden sie den Polizeibergführer schon rufen. Und wenn du schon höchstpersönlich die Polizei in Marsch setzen musst, wieso zum Henker rufst du ned in der Dienststelle an, sondern bei mir privat?»

«Es ist halt so ...» Wasti zögerte kurz. «Mei, du bist halt einfach der Beste. Wie du voriges Jahr die dreisten Rucksackdiebe geschnappt hast, dank dir übrigens noch amal dafür. Außerdem hab ich nur deine Nummer gespeichert, und unser Telefonbuch haben die Gäste im Frühjahr zu Klopapier verarbeitet. Als die Seilbahn kaputt war, gab es gewisse Engpässe ...»

Es war doch wirklich zum Bullenmelken. Eben noch hatte er zufrieden dagesessen und den schönsten Berg der Welt bewundert, schon wurde er wieder hochgescheucht. Und womit? Mit Geschichten über die unappetitliche Zweitnutzung eines Hüttentelefonbuchs.

«Also, Wasti, jetzt amal langsam. Was geht dich die Sache überhaupt an?»

«Mei, der Eingang zur Höhle ist doch versperrt. Nach dem Unfall vor zwei Jahren wurde ein fettes Gitter angebrach, und man kommt nur noch mit Genehmigung an den Schlüssel. Diese da hatten aber keine Genehmigung. Und das Gitter ist trotzdem offen.»

«Mei Toni, des ist wirklich was für den Polizeibergführer. Da braucht's doch mich ned.»

«Normal ned. Aber in dem Fall schon. Versteh mi doch.» Wastis Stimme klang jetzt fast flehentlich.

Der Hauptwachtmeister kriegte langsam die Kurve. Ihm

schwante etwas. «Und äh, wer hat alles einen Schlüssel für des Gitter?»

«Offiziell nur die Gemeinde. Aber inoffiziell hab auch ich einen. Falls mal was ist. Aber den find ich halt nimmer.»

Das war es also, der Hüttenwirt hatte Angst, dass man ihm die Sache anhängte und er für den Einsatz blechen musste. Und nur seinem Freund Franz Holzhammer traute er zu, die Wahrheit ans Licht zu bringen.

Das hatte man nun davon. «Schon gut, Wasti. Ich bin auf dem Weg.»

Er drückte die rote Taste, um das Gespräch zu beenden, und direkt danach die Kurzwahltaste für die Rettungsleitstelle Traunstein. Bloß nicht lange drüber nachdenken.

«Servus, da ist Holzhammer Franz, KI Berchtesgaden. Ich müsst mit auffi zum Riesending.»

«Kein Problem, für einen Mann ist noch Platz im Christoph. Aber beeil dich. Zwischenlandung in zehn Minuten in der Strub.»

«Ist recht, servus.»

Erst jetzt bemerkte Holzhammer die vier neugierigen Gesichter seiner Freunde rundherum.

«Hilft nix, ich muss sofort in die Strub. Von da geht mein Taxi zum Untersberg», sagte er.

«Soll ich mit?», fragte der brave Müllerhuber sofort.

«Geht ned, die haben nur für einen Platz. Ich nehm den Wagen, du findst ja zurück.»

Ein guter Polizist ist immer im Dienst, brabbelte es in Holzhammers Hirn, während er die Treppe von Manus Café hinuntertrabte.

5

Dicht an der Mauer entlang bretterte Holzhammer die schmale Straße unter dem Haus der Berge hinunter, dann über die Eisenbahnschienen und gleich wieder rechts hinauf.

Der Mann von der Leitstelle hatte gesagt, dass der Hubschrauber in der Strub zwischenlanden würde, dem Kasernengelände der Gebirgsjäger. Die Anlage stammte aus der Nazizeit. An wie vielen Stellen man nach dem Krieg das Hakenkreuz abgekratzt und durch ein Edelweiß ersetzt hatte, wusste heute niemand mehr. Es waren auch immer wieder Stimmen laut geworden, die meinten, die äußerliche Kosmetik hätte nicht gereicht.

Bei den Einheimischen waren die Jager jedoch immer beliebt gewesen, und auch mit Nachwuchssorgen hatte dieser Truppenteil niemals zu kämpfen gehabt. Die Bewerbungen kamen von überall her, selbst Fischköpfe von der Ostseeküste wollten zu den Gebirgsjägern. Sie stellten sich den Dienst wie einen einzigen langen Abenteuerurlaub vor. Seit die Bundesrepublik auch am Hindukusch verteidigt wurde, konnte der Abenteuerurlaub allerdings sehr schnell in blutigen Ernst umschlagen.

Als Holzhammer den Landeplatz erreichte, schwebte Christoph 14 gerade ein. Neben der weißen Markierung mit dem großen H stand bereits der Tankwagen bereit. Der Hubschrauber kam also nicht direkt aus Traunstein, sondern war bereits in den Bergen im Einsatz gewesen. Schönes Wetter bedeutete eben auch viele Unfälle.

Holzhammer zog den Kopf ein und stapfte unter den Rotoren hindurch. Im Hubschrauber saßen bereits drei Personen: die Pilotin, auf deren Headset mit Filzstift «Lissi» geschrieben stand, die Notärztin Dr. Renate Angerer und ein mehr oder weniger junger Bergwachtler mit verspiegelter Sonnenbrille.

Erst als die Sonnenbrille ihn mit den Worten «Servus, Fastschwiegervater» begrüßte, erkannte Holzhammer, wer sich dahinter verbarg. Es musste wohl Michi Unterforstberger sein, der ehemalige Klassenkamerad seiner Tochter Heidrun, der mit fünfzehn schwer in sie verliebt gewesen war. Erste Liebe und so, ganz schlimmer Fall – bis hin zu Blümchen im Marmeladenglas vor der Holzhammer'schen Haustüre. Aber Heidrun, die Spätentwicklerin, hatte ihn eiskalt abblitzen lassen. Möglicherweise zu Recht, wenn er sich die affige Spiegelbrille so ansah.

Nach einem kurzen musternden Blick verwies die Pilotin den Bergwacht-Michi nach hinten und verfrachtete Holzhammer auf den Beifliegersitz. Oder wie immer das bei Hubschraubern hieß.

Noch bevor die Rotoren ganz zum Stillstand gekommen waren, meldete das Bodenpersonal «Tank voll», und auf ging's. Schon flogen sie über die Stanggaß hinweg. Rechts unten konnte Holzhammer deutlich sein Haus erkennen. Da war auch seine geliebte Gartenhütte. Und irgendjemand schleppte gerade etwas hinaus.

Zefix, welchen seiner Schätze hatte Marie nun wieder erwischt! War etwa schon wieder irgendwo eine wohltätige

Tombola? Wenn sie nur nicht seinen kleinen Freund, den Mähroboter, entführte. Über dieser Sorge vergaß Holzhammer sogar seine Furcht vor dem Fliegen.

Schon hatten sie das Plateau des Untersbergs erreicht und schwebten über die Zehnkaser-Alm mit ihren verstreuten Hütten. Noch etwas höher, und sie überflogen das Stöhrhaus. Zahlreiche Wanderer schauten zu ihnen hoch. Für die Feriengäste waren Hubschraubereinsätze immer höchst spannend.

Hinter dem Stöhrhaus begann ein kleinteiliges, hügeliges Gelände aus Latschenfeldern und Karstgestein. Der einzige deutlich erkennbare Wanderweg über die Hochfläche verlief ganz am rechten Rand. Trotzdem steuerte die Pilotin zielsicher und ohne auf die Instrumente zu sehen quer über das Latschengewirr. Vermutlich war sie auch bei der großen Rettungsaktion vor zwei Jahren im Einsatz gewesen und würde nie mehr in ihrem Leben vergessen, wo der Eingang zum Riesending zu finden war.

In wenigen Metern Höhe fegten sie jetzt über das Krummholz hinweg. Da, mitten im Gewirr stand jemand und winkte. Aber das hätte es gar nicht gebraucht. Während Holzhammer sich noch fragte, wo in aller Welt man hier landen sollte, ging es auch schon senkrecht hinunter. Direkt unter dem Hubschrauber tat sich der provisorisch angelegte Landeplatz von damals auf.

Noch bevor die Kufen richtig aufgesetzt hatten, drängten die beiden Helfer hinaus. Seile schleiften über Holzhammers Kopf hinweg. Sollten sie. Erst als der Hubschrauber sich garantiert nicht mehr rührte, kletterte er selbst hinaus.

Der kleine Mann, der ihnen gewinkt hatte, sprach kein

Wort Deutsch, sondern Englisch mit asiatischem Akzent. Zusätzlich erschwert wurde die Verständigung durch ständige dumpfe Zwischenrufe aus Richtung Höhle. Unten schienen sich mindestens zwei Personen zu befinden, einer davon der Verletzte. Womöglich waren auch beide verletzt, das war nicht herauszubekommen, obwohl die Ärztin es eindringlich versuchte. Zumindest waren sie offenbar nicht allzu weit hineingestiegen, das würde die Rettung erleichtern.

Es gab keine Handyverbindung zu den Eingeschlossenen. Nicht einmal hier auf dem Plateau hatte man Empfang. Deshalb hatte der oben Gebliebene bis zum Stöhrhaus rennen müssen, um Hilfe zu rufen. Anschließend war er wieder zurückgekehrt, um den Hubschrauber einzuweisen. Und wohl auch, um seinen Kameraden Mut zuzusprechen. Allerdings sah er selbst momentan ziemlich mutlos aus.

«Ich muss runter», sagte Doc Renate.

«Ein Spaziergang wird das aber nicht», warnte Michi. Gleichzeitig machte er sich daran, ein extralanges Seil an den Abseilring am Höhleneingang zu hängen.

«Wir haben nicht den Hauch einer Ahnung über die Lage da unten», sagte die Ärztin, während sie in den Klettergurt stieg. «Vielleicht hat der Kerl sich bloß den Fuß verstaucht, vielleicht ist er kurz vorm Verbluten. Da kann ich nicht hier in der Sonne sitzen, bis der Fußtrupp eintrifft und ihn mir hochholt.»

«Kann ich was helfen?», fragte Holzhammer.

«Mei Holzei, das wird hoffentlich nicht notwendig sein», sagte Michi. «Wir sind ja nur die Vorhut. Die Bergwacht Berchtesgaden ist mit acht Mann und Höhlenausrüstung auf dem Weg. Sie nehmen die Materialseilbahn. Müssten eigentlich bald auftauchen. Aber im schlimmsten Fall, wenn der Doc unten Hilfe braucht, könntest du mich dann per HMS ablassen?»

Uff. Theoretisch wusste Holzhammer, wie das ging, aber praktisch hatte er es seit Jahren nicht mehr gemacht. Trotzdem nickte er tapfer. Und hoffte, dass es nicht dazu kam.

Inzwischen hatte Renate sich eingehängt. Michi checkte ihren Karabiner und nickte. Renate stemmte beide Füße gegen die Kante des Abgrunds und überließ ihr Gewicht dem Seil. Schritt für Schritt lief sie an der rauen, gezackten Wand des Schachts hinab ins Dunkle. Dann war sie verschwunden. Sie vertraute also dem verspiegelten Michi bedenkenlos ihr Leben an. Vielleicht war er doch nicht so verkehrt.

«Das Blöde an diesen Scheißhöhlen sind die Ecken und Kanten», sagte Michi, während er kontinuierlich Seil gab. «Das ist schon was anderes als das Ablassen in der Kletterhalle.»

Holzhammer nickte, als hätte er selbst schon zig Höhlen befahren. In Wirklichkeit war es das Letzte, was ihm einfallen würde. Höhlen waren tief, dunkel, kalt und gefährlich.

Schon um den Sichernden nicht abzulenken, trat Holzhammer einige Schritte zurück, bis außerhalb des Gitters. Wenige Meter entfernt hockte der Asiate auf einem Stein und rührte sich nicht. Er hatte die Beine angezogen, den Kopf gesenkt und die Augen geschlossen. Nur seine Finger trappelten nervös auf den Knien herum. Fast ein Bild des Jammers, wären da nicht die teuren Markenklamotten gewesen.

Holzhammer ging hinüber und tippte den Sitzenden an. «Passport, please.»

Der Mann blickte hoch. Es war klar, dass er verstanden

hatte. Doch zur Antwort zückte er nicht etwa seinen Ausweis, sondern schüttelte schlicht den Kopf. Konnte er nicht, oder wollte er nicht?

Holzhammers Erfahrung sagte ihm, dass er es hier mit einem Fall von begründeter Polizei-Allergie zu tun hatte. Doch da sie nicht in Russland waren oder Guantanamo, ließ er die Sache zunächst auf sich beruhen. Stattdessen machte er mit dem Handy einfach zwei Fotos von dem Knaben. Eins von vorn und eins von der Seite.

Selbst wenn der Fremde plötzlich seine Kräfte wiederfand und davonlief, ganz egal in welche Richtung, würde er nicht weit kommen. Die Abstiegsmöglichkeiten vom steilen Untersberg waren begrenzt und die Zusammenarbeit mit den österreichischen Kollegen bestens. Im Falle eines Falles könnte er den gesamten Untersberg innerhalb weniger Minuten vollständig absperren lassen.

Also ließ er den Mann sitzen und machte sich an die Untersuchung des Absperrgitters. Mit seinen daumendicken Eisenstäben wirkte es äußerst massiv. Das sollte man auch verlangen können für 20 000 Euro.

Manche hatten gemeint, das sei ein bisschen viel für ein simples Gitter. Aber so simpel war es eben nicht, wenn man bedachte, wen die Absperrung fernhalten sollte. Höhlenforscher zeichneten sich bekanntlich durch einen ausgeprägten Wühlinstinkt aus. Das Gitter durfte also keinesfalls zu umgehen sein, indem man bloß irgendwo ein paar Steine herausbrach. Auch der Durchmesser der Eisenstäbe hatte seine Berechtigung, sollten sie doch handelsüblichen Bolzenschneidern allemal standhalten.

Die quadratische Tür bestand aus ebenso dicken Eisenstäben wie der Rest des Gitters, nur dass die Stäbe hier waagerecht verliefen anstatt senkrecht. Darauf hatte ein hinzugezogener Fledermausexperte bestanden.

Holzhammer wusste praktisch nichts über Fledermäuse. Nur, dass sie ein eingebautes Radar hatten und ziemlich wendige Flieger waren. Das reichte für die starke Vermutung, dass jede gesunde Fledermaus auch mit senkrechten Stäben klargekommen wäre. Aber wozu gab es schließlich Experten. Zumindest war nun sichergestellt, dass auch radartechnisch herausgeforderte oder motorisch minderbegabte Fledermäuse das Riesending weiterhin nutzen konnten.

Sowohl das Gitter als auch die Tür schienen vollkommen unbeschädigt. Bis auf einen kleinen Schönheitsfehler: Die Tür hatte bei ihrem Eintreffen sperrangelweit offen gestanden. Und das, obwohl es offiziell nur einen einzigen Schlüssel zu dem modernen Zylinderschloss gab, welcher in einem Tresor im Rathaus lagerte. Als gelernter Berchtesgadener wusste Holzhammer, dass solche offiziellen Versionen nicht immer den Tatsachen entsprachen. Eigentlich fast nie. Und meistens gab es dafür gute Gründe. Zum Beispiel hätte Holzhammer darauf gewettet, dass auch die Bergwacht einen Schlüssel hatte. Und wenn er zwei und zwei zusammenzählte, wohl ebenso der Hüttenwirt vom Stöhrhaus.

Auch das ergab Sinn. Angenommen, der Zwergpinscher eines Feriengastes sprang durch das Gitter und fand nicht mehr zurück. Oder ein Gamskitz. Oder ein Autoschlüssel. Sollte man da den Bürgermeister aus dem Bett klingeln? Nein, da ging der Hüttenwirt hin und sperrte mal eben auf.

Bis vor zwei Jahren war die Höhle frei zugänglich gewesen. Erst nach der monströsen Rettungsaktion im Sommer

2014 hatte die Gemeinde die dauerhafte Absperrung angeordnet. Einlass erhielten nur noch Höhlenforscher mit ausreichender Erfahrung und vor allem ausreichender Versicherung.

Holzhammer interessierte sich eigentlich nicht die Bohne für Höhlen. Was ihn betraf, waren Höhlen sogar komplett überflüssig. Aber durch die wochenlange Berichterstattung hatten sich einige Fakten über diese Höhle tief in sein Großhirn eingebrannt. Und durch die nächtlichen Hubschrauberflüge, die ihn wochenlang wach gehalten hatten. Die damaligen Versorgungsflüge hatten genau die gleiche Route genommen wie der Hubschrauber heute.

Schon seit langem galt der Untersberg als Eldorado für Höhlenforscher. Es gab so viele Dolinen, Schächte und Spalten, dass man gar nicht wusste, wo man zuerst einsteigen sollte. Als 1996 einige Hobbyforscher auf das unscheinbare Loch in der Nähe des Stöhrhauses stießen, trugen sie es zwar in ihre Karten ein, verschoben eine ernsthafte Befahrung aber auf später. Wer konnte schon ahnen, dass sich ausgerechnet hier der Haupttreffer verbarg!

Erst 2002 wurde die Höhle näher erkundet. Und bald kam die Seilschaft aus dem Staunen nicht mehr heraus. Der Ausruf eines Beteiligten «Was für ein Riesending!» ergab dann auch den Namen. Dabei wurde das wahre Ausmaß bei dieser ersten Befahrung noch gar nicht erkannt. In rund 350 Metern Tiefe glaubte man, den Boden erreicht zu haben. Doch weitere Expeditionen entdeckten immer wieder neue Durchschlüpfe. Mittlerweile lag der tiefste kartierte Punkt in über elfhundert Metern Tiefe. Mehr als einen Kilometer unter der Oberfläche. Und dort begann erst der große Quergang, mit seinem Bach, seinen Wasserfällen und senkrechten Absätzen und einem großen Teich, für dessen Überquerung man eigens ein Schlauchboot in die Tiefe schaffen musste.

Vier Tage brauchten erfahrene Höhlenkletterer bis zum hintersten Ende des Riesendings. Und ausgerechnet dort war 2014 dem Johann Westhauser ein Stein auf den Kopf gefallen. Die größte Rettungsaktion aller Zeiten lief an. 700 Einsatzkräfte aus ganz Europa waren beteiligt, darunter allein 250 hochspezialisierte Höhlenretter. Und nach elf Tagen Schwerstarbeit hatten sie den Verletzten tatsächlich lebend aus dem Bauch des Berges nach oben bugsiert.

So tief war die illegale Truppe heute zum Glück nicht vorgedrungen. Vielleicht hatten sie es auch gar nicht vorgehabt, wollten nur mal ein bisschen Todeshöhlenluft schnuppern. Aber warum hatten sie keine Genehmigung eingeholt?

Holzhammer sah dem Bergwachtler zu, der immer noch damit beschäftigt war, die Notärztin abzulassen. Es ging wirklich recht langsam. Die Ärztin musste nicht nur sich selbst mit Händen und Füßen von den gezackten Wänden fernhalten, sondern auch noch darauf achten, dass das Seil sich nicht verhängte.

«Zehn Meter», rief Michi jetzt nach unten. Nur noch zehn Meter bis zum Seilende.

«Passt!», kam es aus der Tiefe. Und gleich darauf: «Stand!»

Die Notärztin war am ersten Standplatz angekommen und hatte wieder festen Boden unter den Füßen.

«Viel Platz ist da nicht gerade», erklärte Michi ihm. «Wenn da drei Personen stehen, gibt's schon Gedränge. Und direkt daneben geht's obi.»

«Dann hoff ich mal, die Kerle da unten verstehen wenigstens ein bisschen was vom Sichern», sagte Holzhammer.

«Und ich hoff, dass der Fußtrupp bald amal antraben tut», sagte der Bergwachtler und sah suchend in Richtung Hauptweg. «Bald wird's nämlich dunkel, und dann muss der Hubschrauber weg. Außerdem hab ich keine Lust, die Burschen allein auffizuziehen. Und wenn's noch so kloa san.»

Holzhammer grinste. Auf irgendeine Weise hatte Michi natürlich doch noch kommentieren müssen, dass hier Asiaten am Werk waren.

Dann klang wieder Renates Stimme aus der Tiefe, dumpf und hallend wie durch ein Ofenrohr: «Hallo, Oberfläche! Zwei Personen vorgefunden. Beide gesichert, keine akute Gefahr. Wiederhole: keine akute Lebensgefahr. Nur Schock und eine Beinfraktur. Die versorge ich gerade.»

«Verstanden. Also beide transportfähig?», vergewisserte sich Michi.

«In zwei Minuten. Ich lege nur noch den Splint an.»

«Verstanden.»

«Sie kann sich ruhig Zeit lassen mit der Schiene», sagte Michi zu Holzhammer. Dann rief er zu der Pilotin hinüber, die es sich mit dem *Berchtesgadener Anzeiger* in ihrem Hubschrauber gemütlich gemacht hatte: «He, Lissi, funk amal die Kollegen an, ob sie bald amal antraben.»

Lissi legte die Zeitung weg und setzte ihr dickes Headset auf. Kurz darauf streckte sie den Kopf aus der Tür und rief: «Hat etwas gedauert, weil nicht alle auf einmal in die Seilbahn passten. Aber jetzt sind sie auf dem Weg. Müssten jede Minute auftauchen.»

Der Bergwachtler erspähte den Trupp als Erster. «Na,

wer sagt's denn, da kommen sie. Hoffentlich haben sie den großen Flaschenzug dabei.»

Sie hatten. Und auch der Hüttenwirt war mit von der Partie. Holzhammer hatte sich eh schon gewundert, dass der gar nicht auftauchte. Den Hubschrauber musste er ja gehört haben. Aber inzwischen war ihm ein Licht aufgegangen: Der Hüttenwirt musste natürlich seine Seilbahn bedienen, zumal sie heute anstatt der üblichen Bierfässer lebende Fracht beförderte.

Sofort nach dem Eintreffen der acht Bergretter kam Schwung in die Sache. Drei Mann bauten den Flaschenzug auf, ein vierter seilte den fünften in die Höhle ab, komplett mit Gurten und weiterem Bergungsmaterial, das den Transport des Verletzten erleichtern sollte.

Als sein Kopf schließlich über der Kante auftauchte, schoss Holzhammer schnell ein Porträtfoto. Der Mann hatte Dreck im Gesicht. Auch seine gesamte Kleidung starrte vor angetrocknetem Höhlenschlamm. Das rechte Hosenbein war aufgeschnitten, und am Unterschenkel prangte die biegsame Aluschiene, welche die Ärztin angelegt hatte. Der Mann gab keinerlei Schmerzenslaute von sich und sagte auch sonst keinen Piep. Vermutlich hatte Dr. Angerer ihn in den siebten Morphiumhimmel geschickt.

Der Verletzte wurde auf die Außentrage des Hubschraubers gelegt und sorgsam verpackt. Jetzt erschien auch die Ärztin wieder aus dem Untergrund. Sie sah noch einmal nach ihrem Patienten und vergewisserte sich, dass er richtig gelagert war. Als Letzter tauchte der unverletzte Asiate auf und direkt unter ihm der Retter, der ihn heraufbegleitet hatte. Dr. Angerer übernahm es, den Mann zum Hubschrauber zu führen. Anschließend hockte sie sich zu dem Dritten im Bunde, der immer noch zusammengesunken neben dem Gitter saß, und redete beruhigend auf ihn ein.

Holzhammer sah der Szene unbeteiligt zu. Er war müde, er war fertig, ihm reichte es für heute. Er sah zu, wie der Fremde sich aus seiner Erstarrung löste und zögernd aufstand. Er sah, wie Renate seinen Arm nahm und ihn in Richtung Hubschrauber steuerte.

Erst als die beiden den Hubschrauber fast erreicht hatten, schlug Holzhammers Hinterstübchen Alarm. Himmelherrgott, der Hubschrauber war voll! Kein Platz mehr für einen fußkranken Hauptwachtmeister!

«Wohin bringt ihr sie?», konnte er nur noch rufen. Doch selbst darauf erhielt er keine Antwort, der Hubschrauber startete bereits.

Stattdessen antwortete der Einsatzleiter der Bergwacht: «Klinik Berchtesgaden, ich hab schon gefragt. Unsere Rechnung muss ja auch irgendwo hin.»

«Viel Spaß dann beim Eintreiben aus Korea», sagte Holzhammer.

«Mir san ja ned auf der Brennsuppn dahergschwommen», antwortete der Einsatzleiter und deutete auf drei große Rucksäcke. Sie hatten kurzerhand die Ausrüstung der Höhlenforscher als Pfand einbehalten.

Ob das reichen würde? Wer nicht im Alpenverein war, konnte für eine Hubschrauberbergung leicht 5000 Euro loswerden. Daher versuchten einige Kandidaten, sich nach der Rettung zu verdünnisieren. Oder gaben falsche Namen an. Es war sogar schon vorgekommen, dass verstiegene Wanderer sich vor dem Hubschrauber versteckten, wenn ihre

Notsituation von anderen bemerkt und gemeldet worden war. Frei nach dem Motto «lieber erfrieren als zahlen».

Das war auch die Angst des Hüttenwirts – dass er einen vierstelligen Betrag berappen müsste, weil man ihm die Schuld an dem Einsatz zuschob. Holzhammer hatte mit dem Wirt noch gar kein vernünftiges Wort reden können, aber dazu würde er nun Zeit haben. Reichlich Zeit. Mit anderen Worten, es lief auf eine Übernachtung im Stöhrhaus hinaus. Sehnsüchtig sah er dem Hubschrauber nach. So schlimm war der Hinflug doch gar nicht gewesen. Vor allem im Vergleich zu einem Abstieg zu Fuß.

Kurz vor dem Abmarsch der Bergretter konnte Holzhammer wenigstens noch einen Vorhersagepunkt verbuchen: Ganz selbstverständlich fischte der Einsatzleiter einen Schlüssel aus der Brusttasche seiner blau-roten Jacke und versperrte damit die Gittertür. Dann eilten die Bergwachtler mit langen Schritten davon. Der Wirt und der arme Hauptwachtmeister folgten in rasch größer werdendem Abstand.

«Also, wie war das jetzt mit dem Schlüssel?», fragte Holzhammer keuchend. Zefix, nicht einmal Stöcke hatte er dabei.

«Freilich hatte ich einen», sagte Wasti über die Schulter. «Die Gemeinde hat ihn mir anvertraut, falls mal was wär. Ich musste hoch und heilig versprechen, dass ich ihn ned an irgendwelche Kasper herausgeb. Hab ich auch ned.»

Genau wie Holzhammer es sich vorgestellt hatte. «Und wo ist der Schlüssel jetzt?»

«Weg ist er.»

«Und wo war er vorher?»

«Er hat in der Küche an einem Nagel gehangen.»

«Super. Da war er ja praktisch vollkommen sicher. Und wer hat alles davon gewusst?»

«Mei, ich hab halt a Schildl dran gemacht. So a Schlüsselschildl, wie sie auch die Zimmer haben.»

«Also konnt ein jeder, der einmal bei dir in der Küche war, davon wissen. Angestellte, Aushilfen, Freunde, Familie, Handwerker, der Hüttenwart vom DAV, die Helden vom Gewerbeamt ...» Sie waren jetzt stehen geblieben. Sonst hätte der Hauptwachtmeister für diese lange Aufzählung gar nicht genug Luft gehabt.

«Einige Stammgäste auch», gab Wegreiter zu. «Oder die Bergführer, die mit ihren Kunden den Klettersteig gehen. Wenn von denen einer in die Kuchl kommt, weil am Tisch ein Salz fehlt, da achtet keiner darauf.»

«Na phantastisch. Ganz großartig. Und wann hast du den Schlüssel zuletzt gesehen?»

«Heut Vormittag, denk ich. Kurz vor dem Gewitter. Danach war keine Zeit mehr zum Herumschauen, da war die Gaststube voll bis zum Rand. Und kaum hat der Regen aufgehört, da wollten dann wieder alle heraußen sitzen. Also musste ich die Bänke abputzen.» Wasti hob in einer Art Verzweiflungsgeste die Arme.

«Weiter», sagte Holzhammer. Die Aufforderung richtete sich genauso an seine eigenen Beine wie an den Hüttenwirt.

«Ich hab erst bewusst nach dem Schlüssel geschaut, wie des Mandl da in die Wirtsstube einigestürzt kam und was von ‹accident in the Riesencave› geschrien hat.»

«Und da war er weg», folgerte Holzhammer messerscharf.

«Genau. Und jetzt sag, krieg ich a Problem?»

«Hättst halt besser auf den Schlüssel aufgepasst.»

«Mei, was sollt ich denn deiner Meinung nach machen? Den Schlüssel unter der Matratze verstecken? Für so a G'schiss hab ich gar keine Zeit ned», rechtfertigte sich Wasti.

«Es is eh, wie es is», antwortete Holzhammer knapp.

«Wenn nur gestern ned so ein Zugang gewesen wär», jammerte Wasti weiter. «Normalerweise hätten wir doch sofort mitbekommen, wenn ein Fremder sich in die Kuchl schleicht.»

Trotz seiner Müdigkeit hatte Holzhammer plötzlich einen Geistesblitz. Angenommen, er hatte sich bis dahin alles richtig zusammengereimt, und es handelte sich bei dem Übeltäter tatsächlich um jenen Einheimischen, der mit Christines Koreanern zusammen gewesen war. Dann – ja, dann wusste der Betreffende auch, wie sehr das Geschäft auf den Hütten vom Wetter abhängig war.

Wasti gegenüber behielt er diese Überlegung jedoch lieber für sich. Der war schon panisch genug. Sollte man ihm auch noch ein Misstrauen gegen sämtliche Bekannten und Verwandten eingeben? Nein, sollte man nicht.

Leider ließ der Hüttenwirt sich von Holzhammers Schweigen nicht aufhalten: «Normalerweise hätt ja selbst im größten Chaos jemand spannen müssen, wenn plötzlich so a gelbes Mandl in die Kuchl spaziert», überlegte er nun, politisch völlig unkorrekt. «Mei Holzei, was soll ich denn bloß machen? Meinst du, ich brauch an Anwalt?»

Ratsch. Das war Holzhammers Geduldsfaden, der in genau diesem Moment mittendurch gerissen war.

Der Hauptwachtmeister blieb stehen, um genug Luft zum Brüllen zu haben: «Himmelarsch, Wasti! Mach du einfach deine Arbeit, und ich mach meine! Bis jemand auf die Idee kommt, mit dir Hosenpiesler zu reden, hab ich den Schlüsseldieb doch längst hinter Schloss und Riegel!»

Eine ziemlich leichtfertige Prognose – gelinde gesagt. Aber was sollte er machen. Nun ja, einige Dinge fielen ihm schon ein, zum Beispiel ein gebrochenes Bein im Krankenhaus besuchen, Christine die Fotos zeigen ... Wenn er bloß erst wieder im Tal wäre.

Der Rest ihres Marsches verlief schweigend. Als sie am Stöhrhaus ankamen, war es fast dunkel. Und die Bergwachtler wahrscheinlich schon halb bei ihren Fahrzeugen in Ettenberg.

Als erste Amtshandlung rief Holzhammer vom Hüttentelefon aus bei Marie an: «Servus, ich bin's. Du, ich komm heut ned heim, ich schlaf am Stöhrhaus.»

«Du tust WAS? Na super, dann kann ich die Nacht ja bei meinem Freund dem Bergbrenner verbringen.» Dass Marie seine Ansage für einen Scherz hielt, war ihr kaum zu verdenken.

«Im Ernst, ich bin wirklich am Untersberg. Und i kimm heut nimmer obi. Lange Geschichte. Ich erzähl's dir morgen.»

«Mei liaber Franz Holzhammer. Ich hab saures Lüngerl gemacht, verstehst mi. Extra für di, weil du es so magst. Jetzt stinkt die ganze Küch, und du bist ned da.»

Oh weh. Er wusste, welche Überwindung es Marie kostete, sein Lieblingsgericht zuzubereiten. «Tut mir leid, ehrlich. Frier es halt ein.»

«So, einfrieren soll ich es dem Herrn. Vergiss es. Ich wünsch dir morgen viel Spaß beim Abstieg. Brich dir die Haxen.» Klack. Aufgelegt.

Das konnte ja heiter werden, wenn er heimkam.

«Na super. Jetzt ist meine Ehe auch noch im Eimer», sagte er leicht übertreibend zu Wasti. Sollte der sich ruhig mies fühlen.

Wastis schlechtes Gewissen brachte zunächst ein frisch gezapftes Weißbier und wenige Minuten später Kaspressknödel mit Kraut zutage. Dann verschwand der Wirt, um für Holzhammer «ein Bett zu finden», wie er sich ausdrückte.

Mampfend ließ er seinen Blick durch die Stube wandern. Alle Gäste, die jetzt noch hier waren, würden im Stöhrhaus übernachten. An den Tischen verteilten sich zwei Familien mit Kindern, ein verliebtes Pärchen, zwei kartendreschende Männerrunden, eine von Lachanfällen geplagte Jugendgruppe und drei Damen mit zwei Hunden, die Holzhammer spontan für Lehrerinnen hielt. An keinem Tisch wurde Bayerisch gesprochen.

Der Ecktisch mit den Jugendlichen musste der Tisch sein, an dem die Koreaner mit den großen Rucksäcken gesessen hatten. Wirklich gut möglich, dass es sich bei Christines unhöflichen Koreanern und seinen unkooperativen Asiaten um dieselbe Reisegruppe handelte. Sobald er es wieder ins Tal geschafft hatte, musste er ihr unbedingt die Fotos zeigen.

Was trieb eigentlich Wasti die ganze Zeit? Der war schon eine Viertelstunde weg, so lange konnte er doch nicht brauchen, um ein Bett herzurichten.

Schließlich tauchte der Hüttenwirt wieder auf – nicht ohne Holzhammer ein zweites Weißbier mitzubringen. Schnell stellte sich heraus, wo das Problem lag. Nämlich nicht im Beziehen eines Bettes, sondern buchstäblich, wie Wasti gesagt hatte, im Finden eines Bettes. Wie auf den meisten Alpenhütten nächtigte auch im Stöhrhaus der größte Teil der Gäste dicht an dicht im Lager. Die wenigen Zimmer waren Familien mit Kindern oder frisch Verliebten vorbehalten und fast immer ausgebucht.

«Ich wollt dir ned zumuten, dass du zwischen zwanzig Preißn liegst, von denen mindestens drei schnarchen», erklärte Wasti. Also hatte er eine geschlagene Viertelstunde lang versucht, seine Frau zu überreden, Franz Holzhammer in ihr Schlafzimmer zu lassen. «Wo mir doch eh getrennte Betten haben, weil mir oft zu verschiedenen Zeiten aufstehen müssen. Da hab ich mir denkt, des kann ihr doch wurscht sein.»

War es aber nicht. Walburga Wegreiter wollte partout mit niemand anderem das Schlafgemach teilen als mit ihrem Mann. Und selbst das stand nach ihrer kleinen Diskussion für diese Nacht auf der Kippe.

«Grad, als ob ich sie verschachern wollt», klagte Wasti. «Dabei bist du doch eine öffentliche Amtsperson und nicht irgendein Kerl.»

Holzhammer hörte Wastis Klagen geduldig zu und hielt sich an seinem Weißbier aufrecht. Doch plötzlich durchzuckte ihn die wahnwitzige Parallelität der Ereignisse. Auch hier oben gab es also heute Ehekrach, genau wie bei ihm daheim. Und verrückterweise aus haargenau dem gleichen Grund: In beiden Fällen ging es darum, wo er, Franz Holzhammer, heute Nacht sein Haupt bettete.

Er prustete los, dass der Schaum seines zweiten Weißbiers quer über den Tisch flog.

Die Gäste von den anderen Tischen schauten herüber, einige tuschelten. Holzhammer konnte es ihnen fast von den Lippen ablesen: «Schau mal, der lustige Dicke mit dem

Weißbier.» «Ja, einfach zum Schießen.» «Der typische Bayer.» «Das gibt's wirklich nur in Bayern.»

Wie kamen die Leute eigentlich auf so etwas? Er selbst hatte schon lachende Dicke aus aller Herren Länder gesehen. Und manch einer hatte dabei sogar Weißbier getrunken.

Auch Wasti sah ihn verdattert an. «Was ist los, ich hab doch nur mein Bestes versucht.»

«Du wolltest mir also dein Ehebett abtreten, mei, Wasti, das hätt ich doch gar ned annehmen können», sagte Holzhammer immer noch glucksend. Die wirkliche Erklärung behielt er für sich. Der Streit mit Marie war Privatsache.

«Magst vielleicht an Enzian?», fragte Wasti. Als wäre dies das Zweitbeste, was er nach seinem Ehebett anzubieten hatte.

«Na, dank schön.» Holzhammers Schwur von heute Morgen hatte sich zwar eh schon erledigt, aber vor Hochprozentigem machte er heute lieber halt.

Noch einmal wanderte sein müder Blick durch die Gaststube. Am vermeintlichen Koreanertisch blieb er hängen. «Heut Mittag sollen ein paar Koreaner dahinten gesessen sein», sagte er und deutete mit dem Kinn. «Womöglich dieselben, die wir aus der Höhle gezogen haben.»

«Wer sagt das?»

«Die Christine, a gute Freundin von mir.»

«Du hast Freundinnen?»

«Stell dir vor. Und jetzt sag schon, hast du die Leut gesehen?»

«Tut mir leid, während dem Regen war ich die ganze Zeit am Herd. Und wenn ich ned am Herd war, war ich im Keller, Vorräte auffiholen. Ausgegeben haben die Walburga und die Mitzi.»

Trotz des unsittlichen Ansinnens ihres Gatten bequemte sich kurz darauf Walburga Wegreiter, Holzhammers Handyfotos anzusehen. Auch Mitzi, die junge Aushilfe, warf einen Blick darauf. Doch beide konnten mit den Bildern nichts anfangen. Sie hatten heute Mittag weder Zeit noch Veranlassung gehabt, sich irgendwelche Gesichter zu merken.

Na gut. Mehr konnte er heute nicht tun, mehr fiel ihm auch gar nicht ein. Außer dass er unendlich müde war. Kurz darauf krabbelte er die Treppe zum Lager hinauf. Wasti hatte sich alle Mühe gegeben, es ihm auf den drei unbelegten Plätzen gleich neben der Tür möglichst bequem zu machen. Dazu hatte er drei weitere Matratzen quer darübergelegt und das Ganze mit Laken befestigt. Auf den doppelten Matratzen kam Holzhammer sich vor wie die Prinzessin auf der Erbse. Aber nur kurz. Dann ratzte er weg wie ein Murmeltier im Winterschlaf. Ob und wie viele Preußen tatsächlich in dieser Nacht schnarchten, ob sie im Schlaf Hochdeutsch redeten oder sonst was trieben – Prinzessin Holzhammer bekam nichts davon mit.

Am nächsten Morgen weckte ihn vielfaches, aggressives Rascheln. Seine letzte Hüttenübernachtung war schon eine Weile her, aber an dieses Geräusch erinnerte er sich. Offenbar galt das rätselhafte Naturgesetz immer noch, nach dem die frühesten Aufsteher ihre Habseligkeiten grundsätzlich in die lautesten Plastiktüten verpackten. Die spätesten Zubettgeher übrigens auch.

Holzhammer sah auf die Uhr. Halb sieben. Er hatte neun

Stunden geschlafen wie ein Stein. Dass er in seine verschwitzten Sachen von gestern steigen musste, störte ihn wenig. Nur zwei Gedanken füllten sein Hirn: «Hoffentlich gibt es hier gescheiten Kaffee» und «Wie komme ich bloß von diesem Drecksberg herunter».

Die Materialseilbahn war leider keine Option. Zum einen war es sowieso verboten. Nur bei Einsätzen der Bergwacht drückte man ein Auge zu und da auch nur für die Auffahrt, wenn es wirklich pressierte. Und zum anderen würde er sich in dem offenen Ding zu Tode gruseln – selbst dann, wenn sich auf der Hütte ein passender Hüftgurt für ihn finden sollte. Was äußerst unwahrscheinlich war.

Die Frage nach dem Kaffee klärte sich als Erstes. Kaum war Holzhammer auf einen freien Platz in der Gaststube geplumpst, als auch schon Wasti mit einem köstlich duftenden Haferl auftauchte.

«Der ist aus unserer privaten Maschine», flüsterte der Wirt. «Und? Hast du gut geschlafen?»

«Bestens. Der Einzige, der geschnarcht hat, war wohl ich.» Das hatte er aus den missbilligenden Blicken seiner Lagergenossen geschlossen.

«Super. Ich hab übrigens für zehn Uhr den Hubschrauber bestellt.»

Hatte er sich verhört? «Hubschrauber? Ich hab gedacht, dafür hast du die Materialseilbahn.»

«Theoretisch schon. Auch der Alpenverein hätt am liebsten, dass ich für alles ausschließlich die Bahn hernehmen tät. Wegen der Umwelt. Aber praktisch ist es halt a so, dass es ziemlich unpraktisch ist. Dann muss ich nämlich die Bierfässer erst mit dem Auto zur Seilbahn fahren, dann in die

Seilbahn umladen, an der Bergstation wieder ausladen und es dann irgendwie zu Fuß von der Bergstation zur Hütte schaffen. Ich bin doch kein Muli.»

«Verstehe. Und der Hubschrauber kann direkt neben der Kellertür landen.»

«Ganz genau. Er schafft sogar mehr auf einmal herauf als die alte Seilbahn. Wenn man dazu noch die gewonnene Arbeitszeit rechnet, rentiert sich das locker.»

«Ich bin begeistert. Und dass er ausgerechnet heut kimmt, hat ned zufällig etwas mit mir zu tun?»

«Freilich ned.» Wasti grinste. «Und – was darf's zum Frühstück sein?»

6

Der alte Steinadler saß auf einem verdorrten Ast, der hoch oben aus der Grauen Wand ragte. Schon seit einigen Minuten beobachtete er einen seltsamen schwarzen Vogel, der langsam taleinwärts flog. Er war kleiner als die nervigen Raben, mit denen man sich als Adler oft herumärgern musste, aber er hatte etwas Beunruhigendes an sich. Die Flügel des Fremden waren rund und die Flugbewegungen eckig. Dazu gab er ein surrendes Geräusch von sich, das eher an die Boote auf dem Königssee erinnerte als an irgendetwas Lebendiges.

Während der Adler noch in seinem Gedächtnis kramte, änderte der Eindringling plötzlich seine Flugrichtung. Er steuerte nun schnurstracks auf den Horst zu. Höchste Zeit einzugreifen. Wozu war man schließlich ein Greifvogel?

Er breitete die Schwingen aus und sprang nach vorn ins Leere. Wie gewohnt ging es einige Meter abwärts, bevor die Luft ihn trug. Sein Küken, das im Horst an der gegenüberliegenden Wand herumzeterte, würde bald flügge sein. Schon seit Tagen hüpfte der kleine Racker auf dem Rand des Horstes herum und machte Krafttraining mit den Schwingen. Wenn dem Nachwuchs jetzt etwas passierte, wäre die ganze Arbeit der letzten Monate umsonst gewesen. Die langweilige Brüterei, das Erlegen und Heranschleppen von Murmeltieren. In diesem Jahr war der Adlervater ganz besonders auf seinen Nachwuchs bedacht. Im letzten Jahr nämlich hatte seine junge Gemahlin aus unerfindlichen Gründen auf einem Baumhorst bestanden, und bei einem heftigen Gewitter war das ganze Heim samt Nachwuchs heruntergefallen und davongespült worden.

Deshalb hatte er sich dieses Jahr durchgesetzt und auf dem altbewährten Horst gegenüber des Wimbachschlosses bestanden. Er lag windgeschützt in einer Nische der senkrechten Felswand, die den Regen zumindest teilweise abhielt. Niemand konnte seinem Kleinen hier etwas anhaben. Niemand, der nicht fliegen konnte. Deshalb störte es ihn auch nicht, dass der Horst weithin sichtbar war. Oft schauten Menschen vom Talgrund herauf und sahen den Adlereltern bei der Arbeit zu. Sollten sie.

Der schwarze Brummer hatte ihn offenbar noch nicht entdeckt. Er flog weiter unbeirrt auf den Horst zu. Der Adler nahm die Verfolgung auf. Er war viel schneller als das komische Ding. Schon war er über ihm. Überrascht sah er, dass die vier runden Flügel des Unbekannten sich nicht auf und ab, sondern rasend schnell im Kreis bewegten. Für das Auflösungsvermögen seiner Augen war es kein Problem, diese Bewegung zu erkennen. Langsam begann er zu zweifeln, dass es sich um ein Lebewesen handelte.

Der Adler war jetzt direkt über dem schwarzen Brummding, und endlich schien es ihn zu bemerken. Es unternahm einige unbeholfene Manöver, offenbar, um ihn abzuschütteln. Amüsiert beobachtete der Adler seinen Kontrahenten. Niemand machte ihm in der Luft etwas vor. Um das zu demonstrieren, tauchte er elegant unter dem Fremden weg, setzte sich dann wieder über ihn, drehte sich mehrmals kurz auf den Rücken und schlug schließlich einen kompletten Salto. Das sollte der Rundflügler ihm mal nachmachen.

Stattdessen suchte der Fremde nun sein Heil in der Flucht. Er drehte talauswärts und erhöhte die Geschwindigkeit. Das Brummen ging in ein gehetztes Pfeifen über.

Ein Adler jagt normalerweise nicht in der Luft, er schlägt seine Beute am Boden. Nicht weil er es nicht kann, sondern weil Raben und Dohlen einfach fürchterlich schmecken.

Er fuhr die Beine aus, baute Körperspannung auf und spreizte die Füße. Kurz die Schwingen angelegt, und schon tauchten seine Krallen in das Flügelgewirr unter ihm. Einige Sekunden lang versuchte der Fremde, seine Flügel weiterzubewegen. Dann hing er wehrlos still in seinem Griff.

Kaum hatten seine Krallen das glatte, kühle Material berührt, wurde dem Adler endgültig klar, dass man den Eindringling nicht essen konnte. Also einfach fallen lassen? Nein, er würde es seinem Sohn mitbringen. Zweifellos war es für einen Adler gut zu wissen, dass heutzutage nicht alles Vogel war, was flog.

Zwei Stunden später hatte der Hauptwachtmeister wieder den festen Boden des Talkessels unter den Füßen. An diese Hubschrauberei könnte er sich fast gewöhnen.

Eigentlich hatte er nach Hause fahren wollen, um sich umzuziehen. Aber dann fand er eine SMS auf seinem Handy. Rolf Berg schrieb: *Wo treibst du Sauhund dich herum, ruf mich gefälligst an.*

Holzhammer kannte den knorrigen Spurensicherer gut

genug, um eine gewisse Dringlichkeit aus der freundlichen Zeile herauszulesen. Und während er im Auto Bergs Nummer antippte, steuerte er ganz automatisch Richtung Wache.

«So, bist du endlich zurück von deiner Bergtour», meldete sich sein Schulfreund.

«Lass bloß gut sein», stöhnte Holzhammer. «Was gibt's bei dir?»

«Wir haben doch diesen Baumspezi zugezogen. Der hat uns jetzt zehn Seiten Untersuchungsergebnis geschickt. Schnittkanten, Schnittmuster, Schnitt-sonstwas. Der Kerl hat sich nicht nur unsere Fotos angeschaut, sondern auch noch eigenhändig Proben von der Tanne genommen.»

«Super», sagte Holzhammer, während er die Bahnschienen überquerte.

«Und jetzt schwört er halt Stein und Bein, dass es eine Drohne war», fuhr Rolf Berg fort.

«Drohne wie Quadrocopter?»

«Drohne wie Octocopter. Wahlweise mit c oder mit k.»

«Oktopus? Häh?» Holzhammer war nicht ganz bei der Sache, weil er gerade einem LKW vom Berchtesgadener Hofbräu ausweichen musste.

«Oder auch Multicopter», ergänzte Rolf Berg.

«Bleiben mir halt bei Drohne, du Intelligenzbolzen», antwortete Holzhammer.

«Wie es beliebt. Aber es ist schon ned ganz unwichtig. Ich hab dir eh den ganzen Bericht gemailt.»

«Also was! Himmelarsch, ich hab noch mein Gewand von gestern an.» Der Hauptwachtmeister hatte sich zwar entschlossen, zunächst zur Wache zu fahren, aber das änderte nichts am Geruch seines Oberhemds.

«Es läuft darauf hinaus, dass es ein ziemlich professionelles Gerät gewesen sein muss», fuhr Rolf Berg unbeeindruckt fort.

«Verstehe.» Holzhammer saß jetzt bei offener Tür auf dem Polizeiparkplatz. «Also kein kleiner Junge mit seinem neuen Spielzeug. Und dieses Ding hat wirklich genau in der Mordnacht den Baum rasiert?»

«Na ja», druckste Berg.

«Rolf, ich komm nach Traunstein und daschiaß dich.» In manchen Gesprächen ist es die höchste Drohung, den anderen beim Vornamen zu nennen.

«Mei, auf jeden Fall denkt der Experte, dass es in einer Nacht war. Aufgrund der Spurrillen an den Schnittstellen oder so ähnlich.» Berg zögerte eine Sekunde oder auch zwei, bevor er weitersprach: «Er kann nur ned sagen, ob es genau diese Nacht war.»

Holzhammer stieg aus dem Wagen und knallte die Tür zu. Damit unterbrach er gleichzeitig – und absichtlich – die Verbindung seines Handys zur Freisprechanlage. Er hätte doch gleich heimfahren sollen. Aber wo er schon mal hier war …

Auf seinem Schreibtisch lagen diverse Telefonzettel und sonstige Nachrichten, alle exakt an der Tischkante ausgerichtet. Also alle von Müllerhuber. Er griff zum Hörer und rief ihn zu sich.

«Du stinkst wie ein Iltis», sagte der noch in der Tür.

«Danke. Bin gleich wieder weg. Sag mir nur in drei Sätzen, was das hier alles für Zeug ist.»

«Also kurz gesagt: Der Woferl fragt nach seiner Forelle, der Böllermacher fragt nach seinen Böllern, der Alphornbauer fragt nach seinen Alphörnern, der Rolf hat dreimal angerufen und außerdem einen Bericht geschickt wegen ...»

«Mit dem hab ich schon geredet.»

«Okay. Außerdem will die Maisenlehnerin aus der Ramsau wissen, ob sie Schmirtzeks Zimmer wieder vermieten kann.»

«Von mir aus soll sie. Aber frag der Form halber den Kasper da oben.» Holzhammer deutete zur Decke.

«Gut. Ah ja, die Würzburger haben sich auch noch amal gemeldet, aber im Grunde wollten sie nur wissen, ob wir noch was für sie haben. Da wollt ich fragen, soll ich denen diese komische Tannennadel-Expertise schicken, oder machen mir uns damit bloß lächerlich?»

«Du meinst diese Doktorarbeit mit dem unbekannten Flugobjekt, das möglicherweise in der Mordnacht am Toten Mann war, aber möglicherweise auch ned? Mei, schick sie denen halt. Sollen auch ihren Spaß haben.»

«Gut. Dann, äh ...» Müllerhuber überlegte kurz. «Ja, dann müsst es das gewesen sein.»

«Und wegen der Einbrüche gar nix Neues? Keine Spuren, keine Zeugen? Niemand hat gesehen, wie einer nachts mit einem dreieinhalb Meter langen Alphorn auf dem Buckel durch Bischofswiesen schleicht?»

«Also, von dem Fisch gibt's gar nix. Beim Böllermacher waren Fingerabdrücke am Fensterglas, aber die sind ned in der Kartei. Bisher auch keine Brauchtumswaffe bei eBay oder speziellen Waffenseiten. Hab selbst nachgeschaut.»

«Guter Bub. Mir könnten höchstens noch die Münchner Kollegen fragen, ob sie Lust haben, ein paar Läden für solches Zeugs abzugrasen. Aber für drei einzelne Stücke ist das im Grunde Overkill.»

«Hab ich mir auch gedacht. Wir hatten ja gestern schon die Idee, dass die direkt in eine Privatsammlung gewandert sind.»

«Eben. Und die Alphörner?»

«Da gibt's eventuell einen Zeugen. Ein Anlieger hat angerufen. Er hat noch spät seinen Hund ausgeführt. Dabei will er einen Kombi gesehen haben, bei dem was aus dem Kofferraum aussigragt haben soll. Zu dem wollt ich gleich amal hinfahren.»

«Sehr gut, des machst», sagte Holzhammer. «Geh am besten mit ihm Gassi. Vielleicht fällt ihm an Ort und Stelle noch was ein.»

«Gut. Ich nehm die Hundeleine mit», sagte Müllerhuber.

«Und ich geh jetzt duschen», sagte Holzhammer und stand auf. «Danach fahr ich zur Christine, zur Klinik und zur Bergwacht. Mir telefonieren uns dann später zusammen.»

Müllerhuber hatte ein großes Fragezeichen im Gesicht, sagte aber nichts. Wahrscheinlich wollte er nicht länger als unbedingt notwendig mit Franz Iltis Holzhammer die Zimmerluft teilen.

Als Holzhammer heimkam, war Marie nicht da. Auf dem Küchentisch lag ein Zettel: *Bin bei Lene. Wenn du Hunger hast, schleck einfach am Tiefgefrorenen.*

Puh, da würde er noch zu Kreuze kriechen müssen. Ein Glück, dass er am Stöhrhaus so gut gefrühstückt hatte.

Eine halbe Stunde später stieg er frisch geduscht und deodoriert wieder in den Wagen. Er sah auf die Uhr. Was, erst 12 Uhr? Rein gefühlsmäßig hatte er schon längst Nachmittag. Zefix, das war einfach nicht sein Tempo. Er kam ja kaum noch mit sich selber mit. Andererseits passte die Zeit gut, um Christine in der Klinik aufzusuchen. Da saßen die Patienten am Mittagstisch und nicht bei ihr auf der Couch.

Er fuhr in die Schönau und parkte direkt vor dem Haupteingang der Rehaklinik. Christines Büro lag im Erdgeschoss, am Ende eines langen Ganges. Er klopfte.

«Ja, bitte?», rief es etwas undeutlich von drinnen.

Holzhammer trat ein. Christine saß an ihrem riesigen Designerschreibtisch und kaute. Direkt vor ihr lag eine aufgerissene Papiertüte, in der sich Radieserl, geschabte Möhren und eine angebissene Schnitzelsemmel tummelten. Daneben stand eine kleine Flasche mit dickem Gemüsesaft, der neuerdings Smoothie hieß.

«Du lebst gesund», sagte er.

«Man tut, was man kann», sagte Christine und griff wieder nach der Schnitzelsemmel.

Das mochte er so an ihr: Die meisten hätten jetzt lang und breit gefragt, was los war, warum er gekommen war, was gestern noch alles auf dem Untersberg passiert war und wer weiß was noch alles. Nicht so Christine. Sie wusste, dass er nicht ohne Grund hereinplatzte. Und dass sie den Grund sogleich erfahren würde. Also aß sie einfach weiter, bis es wirklich etwas zu sagen gab.

«Drei Asiaten haben versucht, ins Riesending einzusteigen», sagte er. «Einer ist dabei abgestürzt. Mich würd interessieren, ob des die gleichen sind, die du gestern im Stöhrhaus gesehen hast.»

Er holte sein Handy heraus, stellte sich neben sie und wischte durch die Fotos.

«Ich denk schon, dass es die gleichen sind», sagte Christine. «Aber meine waren zu viert. Außerdem war noch ein Berchtesgadener dabei.»

«Vier? Bist du sicher?»

«Ziemlich. Moment, ich versuch noch mal, mir die Szene ins Gedächtnis zu rufen.» Christine hörte auf zu kauen und schloss die Augen. «Ja, es waren vier», sagte sie dann. «Vier Koreaner und ein Berchtesgadener. Aber nur drei von diesen auffallend großen Rucksäcken.»

Holzhammer mopste ein Radieschen und drehte es nachdenklich zwischen den Fingern. «Mei, wo gibt's denn des – hauen zwei von der Gruppe einfach ab und lassen ihre Kollegen allein. Einer davon höchstwahrscheinlich noch der Führer.»

«Ja, klingt seltsam. Zu blöd, dass ich den nicht kannte.»

«Aber du würdest ihn wiedererkennen?», fragte Holzhammer.

«Klar. Hast du denn schon einen Verdacht?»

«Leider nein.» Holzhammer seufzte. «Einen Mangel an Bergführern ham mir hier im Talkessel ja ned wirklich.»

«Mist. Gerade jetzt, wo ihr auch noch den toten Piepmatz am Hals habt. Tut sich denn da wenigstens was?»

«Hör bloß auf. Das Einzige, was mir bis jetzt haben, ist ein Gutachten über eine Tanne mit Dreitagebart.»

«Was?», krächzte Christine und hätte sich fast an ihrer Semmel verschluckt.

Holzhammer erzählte von den abrasierten Nadeln. «Und dieser Gutachter meint nun herausgefunden zu haben, dass es eine Drohne war. Genauer gesagt, eine ziemlich große Hummel von einer Drohne. Bloß ob es in der Mordnacht war oder vielleicht in der Nacht davor, das kann der Herr Gutachter natürlich ned sagen.»

«Diese Dinger vermehren sich in letzter Zeit wie die Fliegen», sagte Christine. «Angeblich sollen die uns demnächst sogar die Pakete bringen.»

«Hab ich auch schon gehört», sagte Holzhammer. «Hoffentlich bin ich in Pension, bevor die Polizei mit Schmetterlingsnetzen ausgerüstet wird, um verirrte Drohnen einzufangen.»

Christine lachte. «Och, das hält bestimmt schlank. Außerdem solltest du nie in Pension gehen.»

«A paar Jährchen hab ich ja noch. Deshalb muss ich jetzt auch weiter, Diebe und Mörder fangen», sagte Holzhammer. «Dank dir derweil.»

«Keine Ursache. Sag Bescheid, wenn ich jemanden identifizieren soll.»

«Darauf kannst du wetten. Also servus, pfüat di.»

Damit überließ er Christine wieder ihrer Brotzeit.

Auf dem Weg nach draußen überlegte er sich, dass es vielleicht besser wäre, zuerst zur Bergwacht zu fahren. Sollten in den Rucksäcken irgendwo Personaldokumente stecken, hätte er immerhin schon einen Trumpf in der Hand. Dann ginge es nur noch um den Schlüsseldiebstahl und illegales Betreten – oder hieß das bei einer Höhle illegales Befahren? Außerdem könnte er danach vielleicht beim Bräustüberl vorbeischauen. Langsam meldete sich doch sein Magen.

Die Bergwachtstation bestand aus einem großen Raum für Ausrüstung und Fahrzeuge und einem kleinen Büro.

Auch hier aß man gerade zu Mittag, als Holzhammer eintraf. Drei Mann saßen auf Billigstühlen um einen Resopaltisch, der sich unter geräuchertem Schinken, feinem Speck und diversen Wurstwaren nur so bog.

«Servus, Holzei. Magst auch was?», wurde er begrüßt.

Eine Begrüßung, die er nur begrüßen konnte. «Aber freilich.»

«Haben wir gespendet bekommen», sagte einer der drei, mit dem Kinn über den Tisch deutend. «Wir haben doch gestern den Hund vom Metzger aus der Rabenwand geholt. Da kam er heut mit all dem Zeug an.»

«Glück gehabt», sagte Holzhammer und zauberte blitzartig ein Brotzeitmesser aus seiner Jacke hervor. Er erkannte auf Anhieb, dass die Sachen von seinem Lieblingsmetzger stammten.

Ungefragt bekam er ein Weißbierglas und eine geöffnete Flasche gereicht.

«Dank dir.» Fachmännisch stülpte er die Flasche in das Glas und zog sie immer nur so weit wieder heraus, dass nichts überlief.

Festen Talboden unter den Füßen, eine feine Brotzeit vom besten Metzger und ein Schönramer Weißbier dazu oder zwei. Vielleicht wurde es doch noch ein guter Tag. Mit seinem eigentlichen Anliegen hatte es plötzlich gar keine Eile mehr.

«Sag, bist du eigentlich nur zum Brotzeitmachen gekommen?», fragte schließlich der Diensthabende. Dass er hier momentan der Chef war, erkannte man daran, dass neben seinem Weißbierglas ein Funkgerät stand.

«Eigentlich wollt ich einen Blick auf die Rucksäcke eurer

Kundschaft von gestern werfen», antwortete Holzhammer. «Aber des hat Zeit.»

«Die stehen da hinten.» Der Diensthabende deutete mit dem Taschenmesser, das er zum Speckschneiden benutzte, durch die offene Tür in die hinterste Ecke des Lagerraumes.

Holzhammer stand auf und ging hinüber. Auf den ersten Blick konnte man erkennen, dass alle Rucksäcke nagelneu waren.

«Ihr habts gar ned einigeschaut, oder?», rief Holzhammer über die Schulter.

«Na, mir ham eh ois», rief jemand zurück, gefolgt von dreistimmigem Gelächter.

Sie hatten alles und daher keinen Grund zum Klauen. Als Polizist fand Holzhammer das nur bedingt witzig. Er griff sich einen Rucksack nach dem anderen am Schultergurt und schleifte sie zu der langen Werkbank am Fenster. Zwei der Säcke wogen wohl um die 20 Kilo. Der dritte war etwas leichter.

Der erste enthielt ausschließlich Kletterausrüstung: ein langes Statikseil, dazu Sicherungsschlingen, Karabiner, Gurte, Abseilgerät, Steigklemmen und eine Art Strickleiter. Im zweiten Rucksack fanden sich ein weiteres Seil und noch mehr Gurtzeug, außerdem drei sogenannte Schlaze – knallgelbe, wasserdichte Overalls speziell für Höhlenforscher. Die Dinger sahen nicht besonders bequem aus. Wahrscheinlich wollten die Möchtegernforscher sie erst anziehen, wenn sie den ersten Quergang der Höhle erreicht hätten.

Der dritte Rucksack war deutlich leichter als die anderen, obwohl er genauso groß war. Schnell stellte sich heraus, warum. Holzhammer förderte drei wasserdichte Schleifsäcke zutage und daraus wiederum diverse rechteckige Kunststoffboxen. Die Boxen waren innen mit Schaumstoff gepolstert, dessen maßgeschneiderte Vertiefungen extrem teuer aussehendes Fotozubehör enthielten. Ganz unten lag noch ein Schleifsack voller Leuchtstäbe. Als wollte man das ganze Riesending ausleuchten wie zu einem Rockkonzert.

Holzhammer breitete alles auf der langen Werkbank aus. Es wirkte wie die Auslage eines Fachgeschäfts für Höhlenbedarf. Jeder, wirklich jeder Gegenstand war nagelneu, selbst von den Schleifsäcken hätte man essen können. Es war auch nichts beschriftet, nicht einmal die völlig gleich aussehenden Helme waren irgendwie gekennzeichnet. Er stand vor der ausgebreiteten Ware wie ein Verkäufer, der auf Kundschaft wartet. Doch stattdessen kamen jetzt die drei Bergwachtler herüber.

«Na servus», sagte der erste.

«Wehe, du räumst das ned wieder zamm», sagte der zweite.

«Unfassbar», sagte der Diensthabende. «Die hatten so viel Zeugs dabei, aber das Wichtigste fehlt.»

«Ich weiß, Personaldokumente», sagte Holzhammer.

«Schmarrn», sagte der Diensthabende.

Was meinte er dann?

Seine beiden Kollegen kamen gleichzeitig drauf und sagten es im Chor: «Ein Erste-Hilfe-Set.»

«Ah», sagte Holzhammer.

Fast peinlich, dass ihm das nicht aufgefallen war. Aber er hatte halt andere Prioritäten. «Was würdet ihr denn sagen, kommt das öfter vor, oder ist das extrem ungewöhnlich?»

«Bei irgendwelchen Tageswanderern ist das fast schon normal», sagte der erste.

«Ich schätz mal, die Hälfte hat auch auf der Königssee-Umrundung nichts dabei», sagte der zweite.

«Aber ohne einen Fetzen Verbandszeug in eine Höhle einzufahren, noch dazu ins Riesending ...», sagte der Chef.

«Zefix, was sind das bloß für Vögel», sagte Holzhammer. Er erwartete keine Antwort. Die musste er allein finden.

Seine letzte Hoffnung war die Kamera der Unbekannten. Er zupfte sie aus ihrem Schaumstoffbett. Mit der teuren Optik hätte er gewiss phantastische Fotos von dem Chaos vor ihm machen können. Er suchte den Knopf für den Wiedergabemodus. Nichts. Mit der Kamera war noch kein einziges Foto gemacht worden. Auch sie war offenbar eigens für diese Aktion angeschafft worden.

Die Gruppe wollte also Fotos vom Riesending machen. Ziemlich professionelle Fotos. Handelte es sich um Journalisten, die für den koreanischen Ableger der *Bild*-Zeitung arbeiteten? Oder eine asiatische Höhlenzeitschrift? Aber warum hatten sie sich dann keine Genehmigung geholt?

Holzhammer hatte wenig Ahnung von fremden Kontinenten und ihren Bewohnern. Aber viel Ahnung von Kriminellen. Und diese Heimlichtuerei roch für Franz Holzhammer nach einem krummen Ding, und zwar 8000 Kilometer gegen den Ostwind. Oder wie weit auch immer es nach Korea war.

Er verabschiedete sich und ließ die Bergwachtler mit dem ganzen Kramladen zurück. Fast hätte er sie noch angewiesen, nichts anzufassen, wegen Corpus Delicti. Aber man sollte den Bogen nicht überspannen. Sollten sie die Rucksäcke ruhig wieder einräumen.

Wieder im Wagen, rief er Müllerhuber an. «Servus, bist du schon fertig mit Gassigehen?»

«Ja, bin wieder auf dem Weg zur Wache.»

«Fein. Ich fahr grad bei der Bergwacht los und hol dich in ein paar Minuten ab. Dann schauen wir mal beim Krankenhaus vorbei.»

Als Holzhammer an der Wache ankam, stand Müllerhuber schon draußen. Federnd schwang er sich auf den Beifahrersitz.

«Man sieht, dass du heut in deinem eigenen Bett geschlafen hast», sagte Holzhammer.

«Nicht nur das. Ich hab auch was herausbekommen», sagte der junge Polizist mit Stolz in der Stimme.

«Glückwunsch. Ich nämlich ned», antwortete Holzhammer. Normalerweise hätte er es extra frustriert klingen lassen, damit der Erfolg seines Schützlings umso größer erschien. Doch diesmal war er tatsächlich frustriert und brauchte sich damit gar keine Mühe zu geben.

«Also der Nachbar, Bartl Wiesegger heißt der, ist zwar an die neunzig, aber noch fast so fit wie sein Dackel», erzählte Müllerhuber.

«Gibt's überhaupt noch Dackel? Ich hab gedacht, die wären komplett aus der Mode», sagte Holzhammer und bremste, um einen Stapel Amerikaner in Turnschuhen und Bermudas über den Zebrastreifen zu lassen.

«Es ist ein sehr alter Dackel», klärte Müllerhuber ihn auf. «Deshalb muss er auch so spät noch mal raus. Sonst hält er die Nacht nicht dicht. Na ja, sein Herrchen vielleicht auch nicht.»

«Verstehe. Zwei inkontinente Vorkriegsdackel beim Gassigehen. Und was war jetzt mit den beiden?»

«Wir sind die Strecke abgegangen. Er geht immer die gleiche, direkt beim Alphornbauer vorbei. Da zeigt der Alte mit seinem Gehstock auf die Straße und meint, genau hier wär der Wagen vorbeigekommen. Silberner Kombi. Ein VW hat er gemeint, ‹hoch wie ein Kübelwagen, aber länger›. Die kennt er wohl noch aus dem Krieg.»

«Na, ob uns das jetzt weiterhilft ...»

«Jetzt wart doch. Er hat sich nämlich einen Teil vom Nummernschild gemerkt. War wohl mal Späher oder so. Jedenfalls soll es mit ‹DNA› angefangen haben. Mit anderen Worten ...»

«... DN Strich A, also Mietwagen von Hertz», ergänzte Holzhammer. «Das hatten wir auch noch nicht – ein Herr Einbrecher, der im Mietwagen vorfährt.»

«Ich frage einfach bei Hertz, wer in letzter Zeit einen Kombi gemietet hat, und schon haben wir ihn», sagte Müllerhuber zuversichtlich.

«Schaun wir mal.» Seine eigene Zuversicht hielt sich in Grenzen.

Ein paar Minuten später betraten sie die Kreisklinik Berchtesgaden, berühmt für ihre künstlichen Hüften.

Die Frau an der Anmeldung kam ihm bekannt vor und begrüßte ihn auch so: «Servus, Holzei, lang ned gesehen. Was brauchst denn?»

Ihre Stimme brachte ihn schließlich drauf: Sie sang mit Marie im Kirchenchor. Aber der Name fiel ihm ums Verrecken nicht ein. Vielleicht Leni oder Resi? Oder Barbara?

«Grias di. Mir müssten zu dem Mandl, des gestern mit dem Hubschrauber vom Untersberg gebracht worden ist.»

«Das ist weg», sagte Leni oder Resi. Oder Barbara.

«Mach keine Witze. Schau schon die Zimmernummer nach.»

«Nein, wirklich. Zwei Spezln haben ihn heut Morgen abgeholt. Er ist gestern Abend noch operiert worden, weil der Bruch offen war. Und heut ganz in der Früh kam einer und fragte nach der Rechnung. Das hat mir die Kollegin erzählt, die bis zwölf Uhr da war.»

«Wie – fragte nach der Rechnung?»

«Ja, das kommt bei ausländischen Unfallpatienten manchmal vor. Die zahlen einfach bar und verschwinden. Ist dem Chef eh das Liebste. Entweder sie lassen sich heimholen, oder sie übersiedeln in ein Hotel, komplett mit privater Krankenschwester und allem.»

«Und der hat auch bar gezahlt?»

«Nicht er selbst, sondern einer der beiden Kumpel, die ihn abgeholt haben. Der hat ein paar große Scheine hingelegt und wollte nicht mal Wechselgeld. Dann haben sie den Patienten im Rollstuhl rausgefahren, und weg waren sie.»

«Na gut, dann brauch ich bitt schön eine Kopie von der Rechnung.»

«Moment.» Die Frau drehte ihnen den Rücken zu, um irgendwelche Ein- oder Ausgangskörbe zu durchsuchen.

Müllerhuber flüsterte: «Was wetten wir, was auf der Rechnung steht? Donald Duck?»

«Oder Donald Trump», schlug Holzhammer ebenso leise vor.

Kurz darauf bekamen sie die Rechnung präsentiert. Sie war adressiert an *Kim Jong Il, Pyongyang*.

«Der ist wohl ned in der gesetzlichen Krankenversicherung», kommentierte Müllerhuber. Ob er den verstorbenen nordkoreanischen Staatschef meinte oder den verschwundenen Patienten, blieb offen.

Gegen 15 Uhr rollten sie schon wieder auf den Polizeiparkplatz. «So ein Scheißtag, eigentlich langt's mir für heut», sagte Holzhammer, während sie auf den Eingang zuschritten.

«Mei, Chef. Man kann ja ned jeden Tag an Mord aufklären. Immerhin wissen wir jetzt, dass mit unseren Superspezialhöhlenforschern definitiv was faul ist. Und mit dem Alpenhorndieb wahrscheinlich auch», sagte Müllerhuber.

«Mit Dieben ist immer was faul», gab Holzhammer zurück.

7

Während Holzhammers Abwesenheit hatte die Polizeisekretärin Frau Grassl ganze Arbeit geleistet. Sein Schreibtisch sah aus wie ein überdimensionales Worträtsel. In mehreren Reihen und Spalten verteilten sich gelbe Klebezettel mit Aufschriften wie *Frage Forelle Tatortreinigung?*, *Böllermacher: Versicherung?*, *Alphornbauer: wann zurück?*, *Bergwacht: Stinkstiefel Rucksäcke abholen*. Und zu allem Überfluss auch noch *Dr. Fischer: sofort melden*.

Frau Grassl war eigentlich längst im Rentenalter und die einzige Person in der ganzen Dienststelle, die von allen gesiezt wurde. Wäre sie zwanzig Jahre jünger und würde Outlook benutzen wie jeder normale Mensch, dann hätte er den ganzen Mist nur sehen müssen, wenn er den Computer einschaltete. Hmmm. Konnte es sein, dass die überständige Polizeisekretärin in Wirklichkeit gar nicht zu alt für Computer war, sondern nur eine besonders effiziente Nervensäge?

Holzhammer breitete den *Berchtesgadener Anzeiger* von vorgestern über die Zettel und überlegte, ob er jetzt gleich heimgehen sollte oder erst in zehn Minuten. Da klingelte sein Diensttelefon.

Der Diensthabende aus der Wachstube war dran, ein ziemlicher Jungspund. «Holzei, du musst herkommen. Hier ist einer, der nur ganz komisches Englisch spricht. Und er führt sich auf wie sonst was.»

«Seit wann bin ich der Übersetzer vom Dienst? Hol halt die Frau Dings, wie heißt sie noch, die mir immer holen.»

«Die meldet sich ned. Und ich brauch vor allem eine Autoritäts ... also Verstärkung. Und du bist halt der Autoritäteste», stotterte der Jungspund. «Jetzt kimm halt, ich hab an schweren Stand hier.»

Holzhammer war schon aufgestanden. Das hatte man davon, wenn man der Autoritäteste war. Und irgendwie freute es einen ja auch, dass die jungen Kollegen sich bei Schwierigkeiten so selbstverständlich an ihn wandten – an den mit der größeren Erfahrung und nicht an den mit dem höheren Rang.

Franz Holzhammer war der einzige verbliebene Hauptwachtmeister in ganz Bayern. Eigentlich war dieser Dienstgrad längst abgeschafft, zusammen mit dem einfachen Dienst. Aber Holzhammer hatte nicht nur die meisten Fortbildungen verweigert, sondern auch seine alte Uniform niemals hergegeben.

Er wusste selbst nicht mehr so genau, was ihn damals geritten hatte. Jedenfalls hatte er dem Polizeipräsidenten einen Brief geschrieben, dass er nicht «auf dem Papier» befördert zu werden wünsche. Er bleibe eh, was er sei.

Der Polizeipräsident hatte den Brief kopfschüttelnd unter den Polizeidirektoren für die bayerischen Bezirke herumgezeigt, und der Direktor für Oberbayern hatte schließlich gesagt, dass Berchtesgaden schon immer etwas anders gewesen sei. Da könne man nichts machen und solle es auch besser nicht versuchen. Also hatte es eine Sonderanweisung an die Personalabteilung gegeben, einen gewissen Franz Holzhammer, Dienststelle Berchtesgaden, weiterhin als Hauptwachtmeister zu führen.

In der Praxis hatte das zur Folge, dass Holzhammer von da an im zentralen Polizeicomputer als Undercover-Agent geführt wurde. Nur für die Geheimen gab es im Computer die Möglichkeit, falsche Berufsbezeichnungen und sogar falsche Namen anzulegen. Das alles wusste er erst seit ein paar Wochen. Seit Martin Müllerhuber im Polizeipräsidium München einen Computerkurs absolviert hatte. In diesem Kurs wurde unter anderem die Hackertechnik des sogenannten Social Engineering behandelt. Bei dieser Methode nutzte man keine komplizierte Technologie, sondern entlockte die benötigten Informationen oder Passwörter direkt einer eingeweihten Person.

Anschließend sollten die Teilnehmer mit dieser Technik eine selbstgestellte Aufgabe lösen. Müllerhuber wusste sofort, was er wollte: Er würde sich Einblick in die Personalakte seines direkten Vorgesetzten verschaffen, eines gewissen Franz Holzhammer. Der Kursleiter war skeptisch, aber der junge Polizeimeister blieb dabei.

Müllerhuber spazierte schnurstracks in die Personalabteilung und ließ bei einer älteren Beamtin seinen jungenhaften Charme spielen. Er trank schlechten Kaffee und aß alte Kekse, und nach einer halben Stunde lag Holzhammers Akte offen vor ihm. Natürlich hatte er dem daheim alles brühwarm erzählt. Seitdem wusste Holzhammer, dass er offiziell Geheimagent war – und zwar so geheim, dass bis dahin nicht einmal er selbst etwas davon gewusst hatte.

Was einem nicht alles durch den Kopf ging, während man über die uralten Fliesen der schönsten Polizeiwache Bayerns stapfte. Am Ende des Ganges öffnete er die Tür zur Wachstube.

Da stand ein zeternder, zappelnder Asiate im Anzug. Sein abgehackter englischer Redeschwall wurde von rhythmisch flatternden Ellbogen begleitet, als wollte er gleich abheben. Von asiatischer Gelassenheit jedenfalls keine Spur. Obwohl er so heftig gestikulierte und wie Rumpelstilzchen herumhüpfte, warf der anthrazitfarbene, dreiteilige Anzug des Mannes kaum Falten. Der feine Zwirn war offensichtlich maßgeschneidert. Nur die blassgelbe Krawatte und das passende Einstecktuch flatterten.

Normalerweise war Englisch mit exotischem Akzent kein Problem für einen Berchtesgadener Polizisten, hatte man hier doch ständig mit Touristen aus aller Welt zu tun. Aber die explosive Stimmung des Mannes machte seine abgehackte Aussprache noch schwieriger zu verstehen.

Aus dem ganzen Redeschwall ragten für Holzhammer vorerst nur einzelne Wörter hervor. «stolen» und «robbed» waren dabei, ebenso «eagle» und «nest». Zwischendurch versuchte er es anstatt mit «eagle» auch mal mit «big bird».

«Er redet die ganze Zeit von seinem großen Vogel», sagte der Wachhabende. «Vielleicht sollten wir ihm einfach eine Freifahrt nach Gabersee spendieren.»

Gabersee war die riesige psychiatrische Klinik in der Nähe von Wasserburg. Holzhammers Großtante Steffi war nach dem Tod ihres Mannes eine Weile dort gewesen, weil sie angefangen hatte, Gegenstände aus dem Fenster zu werfen. Man hätte ja gewartet, bis sie von selbst damit aufhörte, beziehungsweise bis die Wohnung leer war, aber Tante Steffi wohnte bekanntlich an der belebten Maximilianstraße und noch dazu im obersten Stock. In Gabersee hatte man sie im Erdgeschoss untergebracht und ihre Trauerarbeit so weit modifiziert, dass sie nur noch vereinzelt Papierkügelchen aus dem Fenster schnipste.

«Ich glaub eher, dass unser Gast beklaut wurde, und zwar am Kehlstein», sagte Holzhammer. Das Kehlsteinhaus hieß bei den englischsprachigen Besuchern nämlich «Eagle's Nest». Und dass sich dort im Touristengewühl manchmal Taschendiebe herumtrieben, war kein Geheimnis. «Aber des klären mir jetzt alles ganz in Ruhe, drüben bei mir.»

«Danke», entfuhr es dem Wachhabenden. Seine verkrampft hochgezogenen Schultern sanken sichtlich herab.

Holzhammer wandte sich nun an den Fremden: «Please come with me. I will help you.» Damit schritt er zur Tür der Wachstube und winkte den Asiaten hindurch.

Er verfrachtete den Fremden in sein kleines Büro und wies auf den leicht schäbigen Besucherstuhl vor dem Schreibtisch. «Please sit down.»

Folgsam setzte sich der Mann. Aber ruhiger wurde er auch im Sitzen nicht. Er kippelte von einer Backe auf die andere, wippte mit den Füßen und fing auch gleich wieder mit seinem Redeschwall an. Holzhammer kramte in seinem Hirn. Sicher wäre der Kerl besser zu verstehen, wenn er langsamer sprach. Aber wie beruhigte man einen aufgedrehten Asiaten?

Ja, freilich, das war es doch: «You want tea?»

«Oh yes, please», antwortete der Fremde höflich und auch etwas erstaunt, wie der Hauptwachtmeister an den hochgezogenen Augenbrauen zu erkennen meinte.

Er rief bei Frau Grassl im Sekretariat an. «Servus, da ist der Franz. Könnten 'S eventuell a Kanne Tee für mich machen?»

Am anderen Ende blieb es zwei Sekunden lang stumm. Dann kam ein entgeistertes: «Tee?»

«Ja, Tee, ausnahmsweise. Wenn's keine Umstände macht. Mit zwei Tassen, bittschön. Ich hab an Japaner da.»

«Ah, aha, ach so!» Man hörte die Erleichterung, dass Kollege Holzhammer doch nicht plötzlich übergeschnappt war.

Während sie auf den Tee warteten, versuchte Holzhammer sich an Small Talk. Schönes Wetter heute. Nice weather today. Mehr fiel ihm allerdings nicht ein.

Zum Glück erschien kurz darauf Frau Grassl mit einem lackierten Tablett voller Teezubehör. Neben der kleinen Kanne standen zwei passende Tassen, eine Zuckerdose inklusiver silberner Zuckerzange, ein winziges Milchkännchen und eine Untertasse mit Zitronenscheiben.

Holzhammer kombinierte messerscharf: Frau Grassl hatte das Büro des Chefs geplündert. Dr. Klaus Fischer war der Einzige hier, der regelmäßig Tee trank. Immer morgens, während er die Zeitung las, und nachmittags, bevor er heimging. Manchmal sogar zwischendurch. Holzhammer selbst hätte eher aus einer laubgefüllten Regenrinne getrunken, als freiwillig Tee zu sich zu nehmen.

Den aufgeregten Asiaten jedoch schien bereits der Anblick der dampfenden Kanne zu beruhigen. Holzhammer goss die Tassen voll und machte eine einladende Geste zu den aufgereihten Zutaten. Er hatte keine Ahnung, was Asiaten in ihren Tee taten.

Dieser jedenfalls gar nichts. Er legte beide Hände um die Tasse, hob sie zwei Handbreit über den Tisch und verharrte so. Na gut. Was tat man nicht alles für die Völkerverständigung. Holzhammer hob seine eigene Tasse auf ähnliche Weise, und Zentimeter um Zentimeter arbeiteten sie sich synchron in die Höhe bis zum Mund. Holzhammer ließ sogar ein paar Tropfen des Gebräus in seinen Mund eindringen. Wenn das nicht reichte, wusste er auch nicht weiter.

Tatsächlich schien der Asiate sich zu entspannen. Als er die Tasse nach einem tiefen Schluck zurückstellte, blieben seine Hände ruhig auf dem Tisch liegen, anstatt wie vorher auf der Armlehne herumzutrommeln.

Holzhammer versuchte es mit einer einfachen Frage: «May I see your passport, please.»

Das letzte Mal war diese Aufforderung wenig erfolgreich gewesen. Aber diesmal gab es keine Probleme. Ohne zu zögern, griff der Mann in die Brusttasche. Er war kein Japaner, aber das stand bei Holzhammer sowieso nur stellvertretend für asiatische Touristen jeglicher Nationalität. Er war Koreaner – aus Südkorea logischerweise. Aus Nordkorea kam keiner raus. Aus Südkorea hingegen kamen nicht nur Touristen, sondern außerdem jede Menge modernster Elektronik. Auch Holzhammers neuer Laptop stammte von dort.

Der Koreaner hieß Park Ki-do, wobei Park der Nachname war. Er war vor zwei Wochen über den Flughafen Frankfurt nach Deutschland eingereist und von dort direkt nach Salzburg weitergeflogen. Seitdem residierte er im Fünfsternehotel am Obersalzberg. Das musste man sich erst mal leisten können.

Also gut. Holzhammer hatte zwar noch ein paar andere Sachen auf dem Tisch, darunter ein klitzekleiner Mord, aber da der Herr Park nun so kooperativ und vernünftig war, sollte man ihm auch helfen. Also noch mal von vorn. Was war passiert?

Der Mann sprach nun langsamer und bemühte sich sichtlich, Holzhammers Zwischenfragen zu beantworten. Kein Zweifel, ihm war die Sache äußerst wichtig. Aber je mehr der Hauptwachtmeister zu verstehen glaubte, desto rätselhafter wurde die Geschichte. Was auch immer passiert war, es hatte sich nicht am Kehlstein abgespielt, wie er zunächst vermutet hatte. Aber wieso redete Herr Park trotzdem dauernd von einem «Eagle's nest»? Er schien den Hauptwachtmeister aufzufordern, ja geradezu anzuflehen, sich so schnell wie möglich in einen Adlerhorst zu begeben. Waren dem guten Herrn Park vielleicht doch ein paar Reiskörner aus dem Topf gefallen?

Wenn ein Franz Holzhammer sich einmal in ein Rätsel verbissen hatte, dann löste er es auch. Das galt für Schachaufgaben, und das galt erst recht für Polizeiaufgaben. In Gedanken ging er seine Humanressourcen durch. Den Begriff hatte er aus der Zeitung, große Unternehmen bezeichneten so ihre Mitarbeiter. Der Mensch war kein Mensch mehr, sondern nur noch eine Ressource – wie eine Kiesgrube oder eine Saline. Und was man mit einer Kiesgrube oder einer Saline machte, wusste ja wohl jeder: Man beutete sie aus. Für die Rendite.

Bei diesem Begriff fiel ihm plötzlich ein, woher er eigentlich wusste, dass «Republic of Korea» für Südkorea stand und dass bei Koreanern der Nachname immer vorn stand. Er wusste es von Heidrun, seiner schlauen und zielstrebigen Tochter. Sie war dabei, eine steile Karriereleiter in der Bank emporzuklettern, und hatte voriges Jahr ein zweimonatiges Praktikum bei der Filiale in Seoul absolviert.

Ja, Heidrun würde Herrn Park gewiss perfekt verstehen. Allerdings wohnte sie seit zwei Jahren nicht mehr im Talkessel, sondern in München. Er wählte ihre Handynummer.

«Servus, Papa, was gibt's?», meldete Heidrun sich ein bisschen reserviert. Sicher befand sie sich noch im Büro.

«Servus, mein Mäuschen, kannst mir vielleicht kurz aushelfen? Ich hab einen Koreaner hier und versteh ums Verrecken ned, was der verzählt. Er will an Diebstahl melden, so viel ist klar, aber was und wo, bring ich einfach ned aussi. Vor allem, weil er dauernd vom ‹Eagle's nest› redet, aber anscheinend ned den Kehlstein meint. Du verstehst sein Englisch doch viel besser, kannst du vielleicht ganz kurz mit ihm reden?»

«Gib ihn mir halt», sagte Heidrun knapp.

Er gab den Hörer weiter. Herr Park lauschte kurz hinein, dann hellte sein Gesicht sich auf, und er begann, lebhaft und schnell ins Telefon zu sprechen. Schließlich beendete er seinen Wortschwall mit zahlreichen «Thank you» und weiteren Dankesformeln und reichte den Hörer zurück.

«Und?», fragte Holzhammer gespannt.

Doch zunächst scholl ihm nur heilloses Gelächter entgegen.

«Was ist, jetzt sag schon!», drängte er.

«Sorry, Paps», sagte sie schließlich, die letzten Gluckser unterdrückend. «Ich musste mir schon die ganze Zeit das Lachen verbeißen, um diesen Herrn Park nicht zu unterbrechen.»

«Und, darf ich auch mitlachen?»

«Also, es geht wirklich um einen Adlerhorst», begann Heidrun und verfiel schon wieder ins Kichern.

Holzhammer verlor langsam die Geduld: «Sapperlot, Heidrun, eben noch hättst du mich am liebsten abgewimmelt, und jetzt hast du plötzlich alle Zeit der Welt zum Gackern. Wenn du mir ned sofort sagst, was los ist, san Weihnachten und Geburtstag gestrichen.»

Eine schlimmere Drohung fiel ihm auf die Schnelle nicht ein. Dabei war Heidrun achtundzwanzig und verdiente mindestens doppelt so viel wie er.

Aber sie reagierte wie eine brave Tochter. Endlich bekam er eine verständliche Antwort: «Dein Geschädigter hat im Wimbachtal eine Drohne fliegen lassen. Ein Adler hat sie sich geschnappt und in seinen Horst getragen.»

Was hörte er da? Sein Mitgefühl für den Bestohlenen löste sich in Luft auf. Wozu gab's eigentlich die Flugverbotszonen! Sobald die Steinadlerpaare sich im Februar oder März für einen Bruthorst entschieden, wies der Nationalpark entsprechende Sperrgebiete aus. Gleitschirm- und sonstige Flieger waren angehalten, einen großen Bogen um die Horste zu machen, bis die Jungadler flügge waren.

«Verstehe. Und hat der Depp gesagt, warum er ausgerechnet dort mit seinem Flieger spielen musste?»

«Das musst du ihn selbst fragen», sagte Heidrun.

«Schon recht. Sonst noch was?»

«Er hat danach mehrere Stunden unter dem Horst gewartet. Angeblich war das Gerät ziemlich teuer. Er hoffte, dass die Adler es über Bord schmeißen, wenn sie merken, dass man es nicht essen kann. Haben sie aber nicht.» Heidruns letzter Satz kam mit einer gewissen Genugtuung herüber.

«So, und was wollte er mit dem Schrotthaufen? Des Ding muss doch komplett hin gewesen sein von den Adlerkrallen. Und selbst wenn ned – spätestens der Sturz aus der Felswand hätt ihm den Rest gegeben. So a Drohne ist doch kein Gummibärli ned.»

«Jedenfalls will er jetzt, dass die Polizei ihm sein Eigentum wiederbeschafft», sagte Heidrun.

«Ha», machte Holzhammer grimmig. «Dir jedenfalls vielen Dank für die Hilfe. Bist meine Lieblingstochter.»

«Kein Problem, Papa. Aber erzähl mir unbedingt, wie es weiterging.» Damit war Heidrun weg.

Dem Adler konnte Holzhammer nur gratulieren. Aber was sollte er jetzt mit Herrn Park machen? So eine Dreistigkeit. Erst den Adler stören und ihn dann auch noch bei der Polizei anzeigen, wenn er zurückschlägt. Wo gab's denn so was. Jedenfalls nicht im Alpennationalpark Berchtesgaden. Und bei Hauptwachtmeister Franz Holzhammer schon gleich gar nicht.

Trotzdem wollte er halbwegs diplomatisch sein. Gäste waren schließlich Gäste, und Berchtesgaden lebte vom Tourismus. Also erklärte er dem Koreaner, dass er tun würde, was er konnte: «I will do what I can.»

Bis dahin musste Herr Park eben abwarten. Und jetzt raus hier. Das sagte Holzhammer natürlich nicht, stattdessen stand er auf und öffnete die Tür. Herr Park ließ zwar den Kopf hängen, ging aber mit. Zur Sicherheit geleitete Holzhammer ihn bis zum Parkplatz. Dort konnte er zusehen, wie der Koreaner in einen riesigen Geländewagen stieg. Sicher schon bei seiner Ankunft am Flughafen Salzburg gemietet.

Jetzt aber heim.

Marie war immer noch nicht da. Und nun? Richtig, er wollte sich ja vom Wohlergehen seines kleinen Freundes überzeugen. Und wenn er schon einmal hinausstapfte zur Gartenhütte ... Immerhin war Freitagnachmittag, als hart arbeitender Hauptwachtmeister durfte man es sich da wohl ein bisschen gut gehen lassen.

Zwei Flaschen aus dem Kasten Schönramer im Keller waren schnell heraufgeholt. Jetzt noch ein Weißbierglas aus dem Küchenschrank gefischt und kurz ausgespült. Nicht etwa, weil er Maries Spülkünsten nicht traute, sondern weil man das eben so machte. Weißbiergläser durften bekanntlich niemals Spülmittel sehen, weil dies den Schaum zusammenfallen ließ. Damit der Schaum aber nicht gar zu sehr schäumte, spülte man das Glas vor dem Füllen kurz aus.

Perfekt ausgerüstet für eine gemütliche blaue Stunde, stapfte Holzhammer durch den Garten zu seiner geliebten Hütte. Wie lange war es her, dass er mit Andi das Fundament gegossen hatte? Drei Jahre? Vier Jahre? Jedenfalls hatte es sich gelohnt. Dieser Platz war zu seiner ganz persönlichen Oase geworden. In der bequemen Liege auf der kleinen, überdachten Veranda verbrachte er seine schönsten Mußestunden. Und im Inneren der Hütte verwahrte er einige Dinge, von denen Marie nicht unbedingt etwas wissen sollte.

Er konnte seiner vor 36 Jahren Angetrauten den Zugang zur Hütte schlecht verweigern, das hätte sie eh nur misstrauisch gemacht. Aber bisher war er immer davon ausgegangen, dass sie gar keinen Grund sah, sein Heiligtum zu betreten. An die Gartengeräte dort brauchte sie ja nicht heran.

Maries Gartelei beschränkte sich auf die Blumenbeete und Kräutertöpfe rund um die Terrasse vor dem Wohnzimmer. Stundenlang zupfte, kratzte und schnipselte sie dort mit winzigen Werkzeugen herum, ohne dass man hernach einen

Unterschied sah. Die Schäufelchen, Härkchen und Scherchen dafür verwahrte sie in der Küche.

Für grobe Arbeiten wie Rasenmähen oder Laubrechen war ausschließlich der Herr des Hauses zuständig. Der sich bis gestern auch als alleiniger Herr der Hütte gefühlt hatte. Erst der Blick aus dem Hubschrauber hatte ihn eines Besseren belehrt.

Holzhammer stellte Flaschen und Glas neben der Liege ab und schloss die Hütte auf. Bei seinen geheimen Schätzen handelte es sich nicht etwa um eine Pornosammlung, nur um das klarzustellen. Dennoch drohte den Dingen, die er hier verwahrte, von weiblicher Seite Gefahr.

Einiges hätte Marie sofort in die Mülltonne entsorgt, wie zum Beispiel sein altes durchlöchertes Fußballshirt. Anderes hätte sie umgehend irgendwo gespendet, wie zum Beispiel Andis elektrische Eisenbahn. Sicher, sein Sohn würde niemals wieder damit spielen. Aber Erinnerungen an viele schöne Vater-Sohn-Stunden knüpften sich daran. Was für einen Spaß hatten sie gehabt, wenn sie die Strecke auf- und umbauten und die Züge fahren ließen. Manchmal hatten sie auch Zugunglück gespielt und die Loks zusammenkrachen lassen. Daher hatten einige Wagen nur noch drei Räder.

Wenn Marie wüsste, dass die Eisenbahn noch hier war, hätte sie garantiert nichts Eiligeres zu tun, als sie irgendeinem Kindergarten zu bringen. Und kaum wäre sie weg, würde die Erzieherin alles in den Müll werfen.

Auch von Heidrun hatte er etwas aufgehoben. Holzhammer angelte einen vergilbten, mit Reepschnur verschlossenen Schuhkarton vom obersten Regal. Er öffnete den Bergsteigerknoten, mit dem er den Karton verschlossen hatte. Ja, da waren sie – Heidruns alte Schulhefte. All die Einsen und Sternchen, komplett und nach Jahrgängen sortiert.

Ob Marie die Hefte wirklich weggeschmissen hätte? So weichherzig sie sonst auch war, wenn es ums Aufräumen ging, konnte sie brutal zuschlagen – ohne jede Sentimentalität. Er hingegen wollte die Andenken an die Kindheit seiner Kinder niemals missen. In dieser Hinsicht war er ein richtig sentimentales Weichei. Einer, der die Schulhefte seiner Tochter in einem Schuhkarton aufbewahrte. Als Polizist in Berchtesgaden behielt man das lieber für sich.

Als er den Karton zurückstellte, fiel sein Blick auf das flache, runde Etwas am Boden unter dem Regal. Erst jetzt erinnerte er sich an den ursprünglichen Zweck seiner Inspektion. Richtig, er hatte ja nach seinem kleinen Freund schauen wollen. Und da war er – unversehrt und nicht gespendet. Der kleine grüne Mähroboter.

Seit Jahren versteckte Holzhammer den Grünen vor Marie, was natürlich ein ganz klein bisschen kindisch war. Aber es machte ihm eine diebische Freude, die damit verbundenen Herausforderungen zu meistern. Zum Beispiel wenn Marie früher als erwartet heimkam, während der Grüne gerade mitten auf dem Rasen mümmelte. Dann lief Holzhammer schnell zum Tor, nahm Marie die Einkäufe oder sonst was ab und begleitete sie als lebender Sichtschutz zur Haustür. Einmal, als der Roboter direkt neben der Einfahrt gegrast hatte, hatte er die Entdeckung nur verhindern können, indem er geistesgegenwärtig seinen Pullover ausgezogen und über den Grünen geschmissen hatte.

Die erste Herausforderung war der Draht gewesen, der rund um den Rasen hatte verlegt werden müssen, um dem

Roboter seine Grenzen aufzuzeigen. Da der Draht direkt vor den Blumenbeeten verlief, musste Marie beim Garteln früher oder später darauf stoßen. Was sollte er sagen, wenn sie ihn danach fragte?

Tagelang hatte er über einer Ausrede gegrübelt. Bis sie ihn schließlich traf wie ein Blitz. Die Mutter aller Ausreden. Von da an hatte er es kaum erwarten können, sie endlich anzubringen. Und eines schönen Sommertags war es so weit gewesen.

«Du, Franz, was ist denn das für ein Draht da im Garten?», hatte Marie gefragt.

«Welcher Draht? Ach so, der Draht ...», hatte er möglichst beiläufig getan, als hätte er das Ding schon fast vergessen. «Ja also, das ist das WLAN-Kabel für die Gartenhütte.»

Marie hatte zwar ein bisschen komisch geschaut, aber vielleicht war ihm das auch nur so vorgekommen. Weiter gefragt hatte sie jedenfalls nicht.

Ach ja, seine Marie. Hoffentlich tauchte sie bald auf, sodass er endlich mit ihr ins Reine kommen konnte. Er war sich zwar keiner Schuld bewusst, aber um des lieben Friedens willen würde er sich halt entschuldigen. Holzhammer seufzte. Seinem Chef die Stirn zu bieten, machte ihm gar nichts aus. Aber wenn es um die Familie ging, war er ein harmoniebedürftiges Weichei. Zum Trost nahm er einen tiefen Schluck Weißbier. Bald darauf schlummerte Weichei Holzhammer tief und fest.

Plötzlich war da ein orangefarbener Drache mit rotierenden Flügeln. Seine eisernen Klauen umklammerten Holzhammer und rissen ihn hoch in die Luft. Immer höher wurde er getragen, während er selbst immer leichter zu werden schien. Schon schwebte er hoch über dem Untersberg. Da ließ der Drache ihn los, und er fiel und fiel, direkt in eine tiefe Höhle.

In der Höhle aber wohnten freche Untersbergmännlein, die in unverständlichen Zungen redeten. Sie piksten den armen Holzhammer mit ihren kleinen Spitzhacken, um ihn zu zwingen, ihre riesigen Rucksäcke voller Gold und Edelsteine zu schleppen.

Da gab es plötzlich ein Erdbeben, sodass er und alle Zwerge hin und her geworfen wurden. Gleichzeitig kam Nebel auf, und in dem Nebel materialisierte sich eine wilde Frau. Wollte sie ihm gegen die Zwerge beistehen? Die wilden Frauen vom Untersberg waren den Menschen bekanntlich wohlgesinnt. Allerdings hatten sie manchmal etwas eigenartige Vorstellungen davon, was gut für die Sterblichen war.

«Franz!», rief die wilde Frau. Als Überirdische kannte sie natürlich seinen Namen.

«Franz!», rief sie abermals. Und wiederum bebte die Erde, noch stärker als zuvor.

Endlich schlug Franz Holzhammer die Augen auf. Neben seiner Liege stand Marie und rüttelte an der Armlehne.

«Du Depp kriegst noch Kreuzweh, wenn du hier so lange liegst», schalt sie.

Aber ihn konnte sie nicht täuschen. Er hörte genau, dass sich hinter Maries Kritik reine Fürsorglichkeit verbarg. Folgsam rappelte er sich auf. «Bin halt eingeschlafen. Vorige Nacht hab ich kein Auge zugemacht.»

«Ich mach dir was zu essen», sagte Marie, griff sich die beiden Flaschen vom Boden und marschierte davon.

Er nahm das halbleere Glas, düngte mit dem Noagerl den

Rasen und tappte hinterdrein. Als er in die Küche kam, werkelte Marie schon am Herd.

«Samma wieder gut?», fragte er ihren Rücken. Nur um sicherzugehen.

Ohne sich umzudrehen, fragte Marie zurück: «Und, was gab's nun so Wichtiges am Untersberg?»

«Drei Asiaten im Riesending, einer verunfallt. Den Schlüssel haben sie irgendwie dem Hüttenwirt gemopst. Nun geht dem Wasti die Muffe, dass man ihm den Einsatz aufdrückt. Also hat er mich angerufen, damit ich ihm beisteh. Ich bin mit dem Hubschrauber auffi, aber rückzu war halt kein Platz mehr.»

Jetzt drehte Marie sich um. «Du bist also zum Untersberg, um deinem Kumpel Wasti zu helfen? Das hättst auch gleich sagen können.»

Puh, Marie schien besänftigt zu sein. Hätte er sich eigentlich denken können, schließlich war sie selbst die Hilfsbereitschaft in Person. Er hätte bloß gestern einen Satz mehr zu sagen brauchen. Na gut, dafür würde er heute alles erzählen, was sie nur wissen wollte. Und auch ihr zuhören – wie langweilig und unwichtig ihm die Geschichten über irgendwelche Maleschen ihrer Freundinnen auch erscheinen mochten.

Was hatte sie letztens noch erzählt, von einem Strumpf oder so? Könnte man ja mal Interesse heucheln. «Wie ist es eigentlich mit der Lore ihrem Wadlstrumpf weitergegangen, den sie verloren hatte?»

«Nicht Strumpf – Strickmuster», korrigierte Marie tadelnd. «Die Lore strickt die schönsten Wadlstrümpf weit und breit. Einige von Lores Strickmustern sind uralt. Die hat sie schon von ihrer Oma geerbt. Und die von ihrer Oma.»

«Und die von ihrer Oma, möcht ich wetten», rutschte es Holzhammer heraus.

«Wer weiß», sagte Marie schnippisch. «Jedenfalls war sie damit schon öfter in der Zeitung, und fest steht, dass diese Strickmuster unersetzbar sind. Deshalb haben sie einen unschätzbaren Wert.»

Holzhammer hatte schon den Mund geöffnet, um die Unschätzbarkeit der albernen Strumpfmuster anzuzweifeln. Aber diesmal konnte er sich rechtzeitig zurückhalten. Stattdessen gab er den Verständnisvollen: «Die Ärmste. Sie hatte vermutlich auch keine Fotos oder Scans davon?»

«Natürlich nicht», sagte Marie energisch, fast empört. Als würde das Scannen eines alten, geheimen Familienmusters dieses unverzüglich entweihen.

Doch bevor es an dieser Front zu Unstimmigkeiten kommen konnte, lenkte sie selbst auf ein anderes Thema. Daran merkte Holzhammer, dass auch Marie gern den Ehefrieden wiederherstellen wollte.

«Was ist eigentlich mit deinen anderen Fällen, mit dem toten Mann und dem toten Fisch?», fragte Marie.

«Da schaut es leider düster aus», sagte er. «In beiden Fällen haben mir ned die geringste Ahnung, was das Motiv betrifft. Und des ist noch ned alles. In den letzten Tagen san nämlich noch mehr so komische Diebstähle vorgekommen. Fast so seltsam wie der mit deinem Strickmuster.»

Erst während er das sagte, ging Holzhammer auf, dass die Diebstähle tatsächlich etwas gemeinsam hatten: Bei allen standen Aufwand und Risiko in keinem Verhältnis zum Wert des Diebesgutes. Zumindest konnte man sich über den Wert streiten – was er heute Abend jedoch keinesfalls tun würde.

Stattdessen erzählte er Marie vom Einbruch beim Böllermacher und vom Alphorndiebstahl per Mietwagen. «Mei, Marie, vielleicht waren des tatsächlich die Gleichen. Da bin ich jetzt erst durch deine Story mit dem Strickmuster drauf gekommen.»

Das wäre wirklich phantastisch. Wenn alle Einbrüche von ein und demselben Täter begangen worden wären, schrumpfte die Anzahl seiner Fälle mit einem Schlag von fünf auf zwei. Wenn man das Strickmuster mitzählte und die Bestohlene es nicht bloß verlegt hatte, sogar von sechs auf zwei. Ein Mord und ein Haufen Diebstähle. Damit sollte man klarkommen.

Doch anstatt sich zu freuen, dass er ihren Beitrag anerkannte, grätschte Marie mit einem Einwand dazwischen: «Du sagst, der Dieb hat nur drei Böller mitgenommen. Aber wenn ich genug Geld für einen Mietwagen habe, warum bitte schön stehle ich dann die Böller, anstatt sie einfach zu kaufen?»

«Na ja, ein bisschen teurer ist es schon», widersprach er. «Der kleinste kostet inzwischen um die 500 Euro, der größte sogar 2500. Aber der Hauptgrund könnte sein, dass der Böllermacher sie gar ned hergegeben hätt. Das waren nämlich seine Muster, also Ausstellungsstücke.»

«Richtig, die werden ja für jeden Käufer handgefertigt, mit Monogramm und allem», stimmte Marie zu. «Schon deswegen muss man seinen Namen angeben.»

«Richtig, des kommt noch dazu. Wobei da schon wieder a neue Frage auftauchen tut. Nämlich warum unser Böllerfreund so unbedingt geheim bleiben wollt.»

«Außerdem hätt er ja einfach einen falschen Namen sagen können», stimmte Marie zu.

«Schon komisch, des alles. Der Fisch, die Alphörner, die Böller, was haben diese Dinge bloß gemeinsam?»

«Und das Strickmuster», ergänzte Marie.

«Und das Strickmuster», bestätigte Göttergatte Franz Holzhammer folgsam.

8

«Nicht so schnell!», rief Christine.

Sie rief es direkt neben dem linken Ohr ihres Liebsten. Aber ob Matthias sie durch zwei Helme hindurch überhaupt hörte? Das Tempo drosselte er jedenfalls nicht. Und da sie sich sowieso schon mit aller Kraft an ihm festklammerte, nützte es auch nichts, ihn in die Seite zu zwicken.

Eigentlich hatten sie schon zu Beginn ihrer Beziehung geklärt, dass Christine nicht mit ihm Motorrad fuhr und Matthias nicht mit ihr auf die Berge stieg. Sie hatte Probleme mit ihren Halswirbeln und daher auch mit Motorradhelmen. Außerdem entspannte sie sich lieber bei körperlicher Bewegung, anstatt gefahren zu werden.

Für Matthias hingegen war sein Motorrad der Inbegriff von Freiheit und Abenteuer. Abschalten konnte er sozusagen am besten beim Schalten. Und als sie überlegt hatte, was sie ihm dieses Jahr zum Geburtstag schenken konnte, war sie auf diese glorreiche Idee gekommen. Matthias feierte nicht gern Geburtstag, schon gar nicht auf herkömmliche Weise. Darum musste es ein Geschenk sein, das von typischen Geburtstagsgaben möglichst weit entfernt war.

Heute früh, während Matthias noch schlief, hatte sie sich heimlich aus dem Schlafzimmer geschlichen und den geliehenen Helm aus dem Keller geholt. Dann war sie mit dem Helm auf dem Kopf zurück zu ihm ins Bett gekrabbelt. Tja, und jetzt brausten sie auf seiner 1200er BMW die Haarnadelkurven der Rossfeld-Panoramastraße hinauf.

Zum Glück kam die Rossfeldhütte in Sicht. Sie hatten vorher ausgemacht, dort eine Rast einzulegen. Matthias wurde langsamer und rollte auf den Parkplatz. Erleichtert schob Christine sich den Helm vom Kopf.

«Du bist ja ganz schön gerast», sagte sie, sich den schmerzenden Nacken reibend.

«Ach, das war doch gar nichts. Du solltest öfter mal mitfahren», entgegnete er fröhlich, mit geröteten Wangen.

So kannte sie ihn gar nicht. Sie wusste zwar, dass das Motorrad seine große Leidenschaft war, aber wie sich diese Leidenschaft hautnah anfühlte, hatte sie heute zum ersten Mal erlebt. Bei diesem einen Mal würde es allerdings auch bleiben. Es war leider nicht ihr Ding.

Die überschaubare Terrasse war fast komplett besetzt. Christine dachte schon mit Schrecken, sie müssten gleich weiterfahren. Da stand ganz hinten jemand auf und winkte ihnen zu.

«Na los, dahinten sitzt anscheinend ein Freund von dir», sagte Christine und gab ihm einen kleinen Schubs.

«Auf deine Verantwortung», sagte Matthias und begann, sich durch die Tischreihen zu schieben.

«Ja, grüß dich, Matthias, habe die Ehre», rief der Mann. Er war ungefähr in ihrem Alter und wirkte wie ein ehemaliger Sportler, der jedoch seit Jahren nicht mehr trainierte. Zu seinen breiten Schultern und der immer noch aufrechten Haltung gesellten sich eine rote Nase und ein unübersehbarer Bierbauch.

«Servus, Beppi, lange nicht gesehen», sagte Matthias.

«Kommt, setzt euch her», forderte Beppi sie auf.

Obwohl Christine immer noch keine Ahnung hatte, wer der Typ war, nahm sie die Einladung blitzartig an. Zack, saß sie am Tisch – bevor Matthias es sich womöglich anders überlegte.

«Darf ich vorstellen, Beppi, mein ehemaliger Mannschaftskapitän, Christine, meine Lebensgefährtin», sagte Matthias betont förmlich und ließ sich nun ebenfalls nieder.

Das hätte sie sich ja denken können. Mit den meisten Männern im Talkessel, die halbwegs in seinem Alter waren, hatte Matthias zu irgendeiner Zeit Fußball gespielt. Oder gegen sie. Vor allem der 1. FC Bischofswiesen war wohl ein gefürchteter Gegner gewesen.

«Christine, habe die Ehre», sagte Beppi und deutete im Sitzen eine Verbeugung an. Dabei warf er sein halbvolles Bierglas um. «Hoppla.»

Beppi stellte das Glas wieder hin und bestellte ein neues. Um die Pfütze, die vom Tisch auf seine Hose tropfte, kümmerte er sich nicht. Stattdessen begann er, von Matthias' sportlichen Talenten zu schwärmen: «Der beste Torwart, den ich je hatte.»

Christine wiederum begann zu ahnen, warum Matthias gewisse Vorbehalte gegen seinen ehemaligen Kapitän hegte. Man konnte nur hoffen, dass Beppi nicht mit dem Auto die kurvige Straße heraufgekommen war. Geschweige denn hinunterzufahren gedachte.

«Weißt du noch, der Rockerfasching im Kuckucksnest?», fragte Beppi nun und bekam einen Lachanfall.

Bei dieser Erinnerung schien sogar Matthias aufzutauen. Seine Augen leuchteten. «Ja, das war einfach grandios. So was gibt's heut nimmer. Und wie das Mädel dann die Polizei gerufen hat ...»

Jetzt lachten beide Männer um die Wette. Sie kriegten sich gar nicht mehr ein.

«Und, möchtet ihr mich vielleicht aufklären? Was war denn nun so lustig?», fragte sie schließlich. Nicht nur, weil sie jetzt wirklich neugierig war, sondern auch ein bisschen, weil sie sich ausgeschlossen fühlte. Wenn es um die alten Zeiten ging, konnte sie nun mal nicht mitreden.

«Du kennst doch das Kuckucksnest, die Bar zwischen Bahnhof und Maximilianstraße», vergewisserte sich Matthias.

«Ja, ich war aber noch nie drin, da gehen nur junge Leute hin», sagte Christine.

«Ganz genau», sagte Matthias. «Und früher sind wir da auch hingegangen. Damals lebte der alte Wirt noch, ein echtes Original. Und es war die einzige Tankstelle im Umkreis, wo man mit langen Haaren und Lederjacke gern gesehen war.»

Jetzt mischte Beppi sich ein: «Hast du mal alte Bilder von Matthias gesehen? Der hatte eine richtige Löwenmähne, bis über die Schultern.»

Christine kannte die Bilder. «Ja, ich weiß. Kann man sich heute gar nicht mehr vorstellen.»

Matthias, der offenbar keine Lust hatte, über seine verlorene Haartracht zu reden, fuhr mit der Geschichte fort: «Jedenfalls war im Kuckucksnest Rockerfasching angesagt. Damals wollten wir ja alle kleine Rocker sein. Einige hatten sogar Motorräder.»

«Natürlich keine Harleys», redete Beppi dazwischen.

Matthias beachtete ihn nicht. «Jedenfalls kam einer der Gäste auf die Idee, dass zu einer gescheiten Rockerverkleidung unbedingt ein Motorrad gehört. Also fuhr er seine Kiste den Fußweg obi bis vor die Bar.»

Jetzt war Beppi nicht mehr zu bremsen: «Du musst dir vorstellen, es war zwar Februar, aber helllichter Tag, Faschingsdienstag eben. Die Sonne schien. Es taute. Deshalb stand die Tür vom Kuckucksnest eh offen. Also hatten alle gespannt, was abgeht.»

«Fast alle», warf Matthias ein.

«Richtig. Also der Typ auf dem Moped steht vor der Tür, seine Kumpels um ihn rum und quasi Spalier bis zur Theke hinten an der Wand. Und alle feuern ihn an, er soll jetzt endlich einifahren. War ja nur noch ein Katzensprung.»

«Stimmt genau, aber ein Moped ist nun mal keine Katze», übernahm nun wieder Matthias. «Deshalb war es gar nicht so einfach. Da ist nämlich eine Stufe vor der Tür. Man musste also genug Gas geben, um die Stufe hochzukommen, und danach gleich wieder bremsen, um nicht gegen die Theke zu knallen.»

«Natürlich hat er es schließlich gemacht», sagte Beppi. «Er kommt also echt kunstvoll mit einem Schwung durch die Tür und geht danach direkt in die Klötze. Zwanzig Zentimeter vor der Theke steht das Vorderrad wie eine Eins. Aber das Hinterrad kommt halt rum und streift diese Tussi.»

«Es ist eigentlich nichts passiert, nur das Nummernschild hat sie gestreift», sagte Matthias. «Aber sie regt sich tierisch auf, rennt völlig hysterisch raus und ruft von der Telefonzelle am Bahnhof die Polizei.»

Beppi kicherte. «War natürlich eine Urlauberin. Sie kam dann wieder und hat ewig vor der Tür auf die Polizei gewartet.»

«Bis dahin war das Moped natürlich längst wieder oben auf dem Parkplatz», fügte Matthias ein.

Beppi nickte. «Eh klar. Irgendwann kommen zwei Bullen angeschlendert, und sie drückt denen ihre Story rein. Hihihi ...» Der ehemalige Fußballkapitän versank in hilflosem Gekicher.

Die Schultern von Matthias zuckten auch schon verdächtig, aber immerhin schaffte er es, die Geschichte zum Abschluss zu bringen: «Die Bullen also rein in die Kneipe und erzählen uns ‹draußen steht a besoffene Norddeutsche, die meint, es hätt sie da herinnen ein Motorrad überfahren›.»

Jetzt lachte auch Christine lauthals los. Sie hatte schon die ganze Zeit gekichert, sie liebte diese alten anarchischen Geschichten.

Dann fiel ihr etwas ein. «Sagt mal, wer war eigentlich dieser Motorradfahrer?»

«Ähm», machte Beppi und sah zu Matthias, der daraufhin unschuldig eine kleine Melodie flötete.

Hätte sie sich ja gleich denken können. Matthias und seine wilden Zeiten, manchmal erzählte er davon. Rockerfeste, Motorradtreffen, Saufereien. Bis er eines Tages auf ein Buddhistentreffen geriet. Ein Mädchen hatte ihn hingeschleppt, Matthias war nur mitgegangen, weil er sie flachlegen wollte. Als er das Treffen verließ, war er nach eigener Aussage ein anderer Mensch. Es musste wohl stimmen, denn der Matthias von heute war ruhig, sanft und gelassen. Manchmal fast zu gelassen für Christines Geschmack. Nur vorhin auf dem Motorrad war eine Energie aufgeblitzt, die sie an ihm noch nicht gekannt hatte.

Bald darauf verabschiedeten sie sich von Beppi, um weiterzufahren. Christine war ein bisschen besorgt, dass die frisch aufgewärmten Erinnerungen an frühere Heldentaten sich auf Matthias' Fahrstil auswirken könnten.

«Oben halten wir aber noch mal an, oder?», bat sie sicherheitshalber. Am höchsten Punkt der Panoramastraße befand sich ein großer Aussichtsparkplatz. Wenn sie dort einen Halt einlegten, würden sie zumindest nicht mit Höchstgeschwindigkeit über die flache Strecke am Scheitel der Ringstraße brausen – hoffentlich.

«Aber freilich halten wir oben an», versprach Matthias und rollte drei Kurven weiter brav auf den Aussichtsparkplatz.

Christine trat nach rechts an die Brüstung. Direkt unter ihr breitete sich der grüne Talkessel von Berchtesgaden aus, und dahinter lag bilderbuchmäßig der Watzmann. Eigentlich die Watzfamilie, denn jede der markanten Zacken stand bekanntlich für ein Familienmitglied: Watzmann, Watzfrau und die sieben Watzkinder. Von denen sich allerdings aus jeder Perspektive einige hinter ihren Eltern versteckten.

Als sie sich an der Watzfamilie sattgesehen hatte, drehte Christine sich um und ging über die Straße. Die Aussicht nach Osten war weniger lieblich als das Berchtesgadener Postkartenmotiv, dafür umso dramatischer. Rechts blickte man in kahle, zerfurchte Felswände, die «Wilder Freithof» genannt wurden. Durch den oberen Teil des Felslabyrinths leitete der Schustersteig auf den Hohen Göll.

Einige Meter des Steigs hatte Christine in unangenehmer Erinnerung. Die ausgesetzte und ungesicherte Passage führte über abschüssige, glatte Platten, die zudem mit losen Steinchen bedeckt waren. Man ging wie auf Kugellagern, die nur darauf aus zu sein schienen, Wanderer in den Abgrund zu kugeln.

Ließ man den Blick weiter in die Ferne schweifen, glitt er an dem kilometerlangen Bergriegel des Kuchlerkamms entlang, der sich vom Hohen Göll bis fast nach Golling erstreckte. Über seine Höhe führt eine extrem lange und schwierige Bergtour ohne jegliche Wasserstelle. Zu schwierig jedenfalls für Christine.

Da ertönte hinter Christine die etwas klägliche Hupe eines Motorrads. Matthias saß abfahrbereit auf der Maschine und schwenkte ihren Helm. Ja, sie sollten sich auf den Weg machen. Inzwischen wurde es voll hier oben. PKWs und Motorräder aus ganz Deutschland füllten den Parkplatz.

Erleichtert bemerkte Christine, dass Matthias sich nun bewusst zurückhielt. Sie tuckerten gemächlich dahin, obwohl die ebene Scheitelstrecke gewiss zum Rasen einlud. Die Straße überquerte hier mehrmals die Grenze zu Österreich, weshalb es nach dem Krieg einiger Verrenkungen bedurft hatte, sie fertig zu bauen.

Im Purtschellerhaus, das nun in Sicht kam, verlief die Grenze sogar genau durch die Gaststube. Direkt nach dem Krieg, als Österreich einige Jahre lang nichts von Deutschland wissen wollte, war die Berghütte daher der einzige Treffpunkt für Freunde und Verwandte dies- und jenseits des Hohen Göll gewesen.

In der engen Kurve beim Ahornkaser wurde Christine plötzlich heftig nach vorn geworfen. Zum Glück war da der breite Rücken von Matthias. Gerade noch rechtzeitig hatte er eine Vollbremsung hingelegt. Direkt hinter der Kurve stand ein großer SUV mitten auf der Fahrbahn. Vollidioten! Am liebsten wäre Christine abgestiegen, um dem Fahrer die Meinung zu sagen. Sie standen saublöd hier, und überholen ging nicht, weil ständig Fahrzeuge entgegenkamen.

Nach einer gefühlten Ewigkeit setzte sich das Hindernis endlich in Bewegung. Stinksauer behielt Christine den Wagen nun ständig im Auge. Und dann sah sie es: Knapp vor dem SUV flog eine Drohne in niedriger Höhe die Straße entlang!

Das war doch nicht zu glauben. Ausgerechnet diese gefährliche Route hatten die Typen sich ausgesucht, um ihr elektronisches Spielzeug auszuführen. Und das auch noch vom Auto aus. Immer wieder sah der Beifahrer zu ihr hin und dann wieder nach unten auf seinen Schoß, wo er die Fernbedienung halten musste.

Auf einem halbwegs ebenen Stück traute sie sich, eine Hand von Matthias' Bauch zu lösen und nach vorn zu deuten.

Ein behandschuhter Zeigefinger hob sich vom Lenker, und der Helm vor ihr nickte zweimal. Matthias hatte die Drohne auch gesehen. Dieses Drohnenunwesen nahm inzwischen wirklich überhand. Ständig las man von Unfällen oder Beinahe-Zusammenstößen. Hatte nicht auch Holzhammer von einer Drohne erzählt? Nein, eigentlich nur von der Spur einer Drohne. Aber Schaden hatte die auch angerichtet, an einer Tanne nämlich. Ausgerechnet am Schauplatz des Mordes.

Schon komisch, dass jetzt schon wieder eine zur falschen Zeit am falschen Ort auftauchte. Vielleicht sollte man einfach mal Drohne und Drohne zusammenzählen?

Christine fasste einen Entschluss. Und als der Wagen vor ihnen plötzlich beschleunigte, drückte sie ihre Knie gegen die Schenkel von Matthias. Wie bei einem Pferd, dem man die Sporen gibt. Vergessen waren ihre Angst und ihre Nackenschmerzen. Matthias verstand und gab Gas.

Sie sausten an der Enzianbrennhütte vorbei und passierten kurz darauf die südliche Mautstelle. Wenige Meter weiter mündete die Panoramastraße auf eine Bundesstraße. Hier bog der SUV rechts ab. Christine erwartete, dass der Unbekannte jetzt richtig aufdrehen würde, aber stattdessen ruckelte er direkt nach dem Abbiegen auf einen unbefestigten Parkplatz.

Während sie noch überlegte, was da zu tun wäre, tat Matthias schon genau das Richtige. Er fuhr gemütlich vorbei und hielt erst bei der nächsten Einbuchtung. Dort mussten sie nicht lange warten, bis der SUV wieder in Sicht kam. Jetzt flog jedoch keine Drohne mehr voran.

Kaum hatten sie sich wieder drangehängt, als der Wagen plötzlich links abbog. Matthias ließ sich zurückfallen, denn jetzt gab es nicht mehr viele Möglichkeiten. Auch Christine konnte das Ziel der Drohnenfreunde nun erraten. Und irgendwie passte es. Es war garantiert nicht das Tiergehege mit den zahmen Murmeltieren, sondern …

Ha, sie hatte richtig geraten. Als die Sicht nach rechts frei wurde, kam der große Wagen wieder in Sicht. Er fuhr dick und breit die geschwungene Auffahrt zum Fünfsternehotel hinauf. Dann verschwand er in der Tiefgarage.

Christine streckte vor Matthias' Bauch einen Daumen in die Höhe. Er nickte. Gemütlich fuhren sie nach Hause.

9

Samstag, halb zwölf. Bei Franz Holzhammer lief immer noch das Projekt «Göttergatte». Daher saß er jetzt in der Küche und schälte Kartoffeln.

«Weißt du eigentlich, dass dein Freund Matthias heute Geburtstag hat?», fragte Marie vom Herd her.

Wusste er nicht. Er legte die Kartoffel weg und zückte sein Smartphone. Das wusste es auch nicht, kein Eintrag in der Geburtstagsliste. «Bist du sicher?»

«Sicher bin ich sicher. Und weißt du, woher ich das weiß?» Marie wartete seine Antwort nicht ab. «Als seine Mutter noch lebte, hat sie zum Geburtstag von ihrem Matthias immer Hirschrücken gemacht. Und den hat sie bei uns in der Fleischabteilung bestellt.»

Das war zwanzig Jahre her. Marie hatte ein Gedächtnis wie ein bayerischer Elefant. Der Möchtegern-Göttergatte überlegte kurz, ob er dieses Kompliment aussprechen sollte, ließ es aber glücklicherweise bleiben.

Zwei Kartoffeln später fiel ihm etwas auf: «Sag amal, wer soll die eigentlich alle essen?»

«Wart's ab und schäl weiter», beschied ihn Marie.

Also wartete er ab und schälte weiter.

Kurz darauf schellte es an der Tür.

«Machst du auf?», sagte Marie. Es war keine Frage.

Draußen standen Andi und seine Freundin Gerli. Eine angenehme Überraschung, der Herr Sohn hatte sich in letzter Zeit gar nicht so oft blicken lassen. Andi war inzwischen 28, verdiente gut als Zimmerer – im holzreichen Talkessel gab es immer etwas zu zimmern – und lebte seit längerem mit Gerli zusammen in Bischofswiesen.

Als die drei in die Küche traten, standen da plötzlich eine Enzianflasche und vier Stamperl auf dem Tisch. Das hatte es noch nie gegeben. Marie trank fast gar keinen Schnaps, und normalerweise stellte sie auch ihrer Familie nicht ungefragt welchen hin. Schon gar nicht vor dem Mittagessen. Die Flasche konnte also nur eins bedeuten.

Innerlich grummelte Holzhammer ein bisschen. Warum erfuhr er die Nachricht als Letzter? Aber er ließ sich nichts anmerken. Gelassen und mit ruhiger Hand schüttete er die Gläser voll. Dann setzte er sich auf seinen Stammplatz, die kurze Seite der Eckbank. Andi und Gerli rutschten nebeneinander auf die lange Seite, und auch Marie nahm kurz Platz, allerdings sprungbereit, weil das Essen noch nicht ganz fertig war.

Der Hausherr verteilte die Stamperl und hob seins in die Höhe. Die anderen taten es ihm nach. Als alle Stamperl in der Luft schwebten, nickten sie sich zu, jeder jedem, nick, nick, nick, dann wurde synchron getrunken. Bis auf Andi nahmen alle nur einen kleinen Schluck. Andi kippte. Aber auch das gehörte vielleicht zum Ritual. Der ungestüme Freier.

Als alle Stamperl wieder standen, ergriff Holzhammer das Wort. «Glückwunsch. Wann soll's denn sein?»

Das junge Paar strahlte ihn an wie ein zweiköpfiges Grinsepferd. «Ende August», antworteten sie wie aus einem Mund.

Ein uriges, warmes Gefühl stieg in Vater Holzhammer auf. Von ganz tief drinnen kam es und breitete sich aus bis unter die Haarwurzeln. Er war irritierend machtlos dagegen. Sein Stammhalter war dabei, eine Familie zu gründen. Er selbst würde Opa werden, noch einmal kleine Holzhämmer auf den Knien schaukeln ... Herrje, du alter Trottel, krieg dich wieder ein!

Die beiden Verlobten waren aufgestanden, damit man sie besser umarmen konnte. Holzhammer ließ Marie den Vortritt, damit das Essen endlich fertig wurde. Dann drückte er die beiden selbst ausgiebig. Erst beide zusammen, dann jeden einzeln. Er küsste sogar beide auf die Wangen, wozu er sich bei Andi auf die Zehenspitzen stellen musste.

«Bei wie vielen wart ihr denn schon?», fragte er, als sie wieder saßen.

In Berchtesgaden war es immer noch Sitte, zur eigenen Hochzeit persönlich einzuladen. Das Hochzeitspaar zog von Tür zu Tür, und wer solchen Besuch bekam, musste absolut zwingend sofort einen Schnaps auf den Tisch stellen. Am Ende des Tages war das Brautpaar dann sternhagelvoll. So war der Brauch von alters her.

«Nur bei Tante Steffi im Markt und bei Onkel Sepp auf der Alm», antwortete Andi.

«Das geht ja noch», sagte Holzhammer.

«Den Rest machen wir morgen», ergänzte Gerli. «Aber natürlich nicht alle zweihundert.»

«Was, zweihundert, bist du irre?», widersprach der Bräutigam.

«Ja freilich, wir wollten doch eine große Hochzeit», sagte Gerli. «Eine richtige Bauernhochzeit.»

«So, wollten wir das? Davon weiß ich ja gar nichts», sagte Andi. «Außerdem sind wir keine Bauern.»

«Aber mein Opa war einer. Und dein Opa auch», konterte Gerli.

Selbstverständlich gab Andi irgendwann nach. Genauso wie sein Vater es vor über dreißig Jahren getan hatte. Holzhammer warf Marie einen Blick zu und sah, dass sie sich auch erinnerte. Die beiden tauschten ein heimliches Lächeln.

Dann tischte Marie den Schweinsbraten auf und teilte ihn in acht dicke Stücke. Als dann auch noch eine Schüssel mit exakt acht Kartoffelknödeln auftauchte, war der Fall klar: Offenbar war er der Letzte, der die wichtige Neuigkeit erfuhr.

Er hatte sich gerade Soße genommen, als das Telefon klingelte. Er sah zu Marie, die gewohnheitsmäßig als Einzige auf einem Stuhl saß. Auch das war irgendwie alter Brauch, die Hausfrau musste schnell aufstehen können, um zwischendurch zum Herd zu flitzen.

Marie stand auf und ging zum Telefon. «Ja, grüß dich, das ist ja schön.»

Pause.

Blick zum Göttergatten. «Ja, ist er.»

Pause.

«Weißt was, kommt doch einfach zum Kaffee vorbei. Natürlich nur, wenn ihr sonst nichts vorhabt.»

Kurze Pause.

«Fein, sehr schön. Bis gleich.» Marie legte auf.

«Sag ned, du hast jetzt wen eingeladen», sagte Holzhammer.

«Nur Christine und Matthias», antwortete Marie leichthin.

«Puh. Ich dachte schon, eine von deinen Ratschkathln mit Anhang», rutschte es ihm heraus. Dabei lief doch eigentlich immer noch das Projekt «Göttergatte».

Kurz nach dem Essen stellte sich heraus, dass Marie auch gebacken hatte. Und zwar nicht nur einen Kuchen, sondern drei. Holzhammer nahm zur Kenntnis, dass der Gram über seine Abwesenheit Marie nicht sonderlich ausgebremst hatte. Aber vielleicht war es auch genau umgekehrt, und mit der ganzen Backerei hatte sie sich nur ablenken wollen. Diese Variante gefiel ihm besser.

Jetzt dämmerte Holzhammer auch, warum Marie so spontan die Schönauer eingeladen hatte. Mit drei Kuchen im Rücken war das ein Selbstläufer. Und da klingelten sie auch schon.

Auch Christine und Matthias bekamen als Erstes einen Enzian und die gute Nachricht serviert. Dann gab's Kaffee und besagte Kuchen.

«Wir waren heute mit dem Motorrad unterwegs», erzählte Christine.

«Ich dachte, du hasst Motorradfahren», sagte Holzhammer erstaunt.

Marie verdrehte die Augen. «Mei, Franz, verstehst ned, die Christine hat ihm zum Geburtstag geschenkt, dass sie mit ihm fährt.» Und zu Christine gewandt, schob sie nach: «Keine Ahnung von Frauen, der Mann.»

Na super. Er war also nicht nur der, der alles zuletzt erfuhr, sondern außerdem ein Trottel, der nichts von Frauen verstand. Jetzt war gefälligst mal jemand anders dran, wenigstens für die nächsten paar Minuten.

Holzhammer wandte sich vorwurfsvoll an Matthias: «Genau, wieso weiß ich eigentlich nix von deinem Geburtstag, du Freund, du?»

«Weil niemand es weiß», sagte Matthias ohne jegliches Schuldbewusstsein.

«Und warum weiß es niemand?», bohrte Holzhammer polizistenmäßig nach.

«Weil es für einen Buddhisten kein besonderer Tag ist», erklärte Matthias. «Kein Verdienst, keine Leistung, für die man sich feiern lässt. Bloß ein Datum, das nichts bedeutet. Im vorigen Leben hatte ich einen anderen Geburtstag, und im nächsten Leben werde ich wieder einen anderen haben. Bis ich ins Nirwana eingehe.»

Verdammt, der Kerl hatte es drauf, sich aus der Affäre zu ziehen. Holzhammer hatte darauf hinausgewollt, dass hier wohl einer zu geizig war, um an seinem Geburtstag einen auszugeben. Nicht ganz im Ernst natürlich – nur so ein bisschen sticheln. Aber gegen diese tiefsinnige Erklärung kam er nicht an.

«Wann wird das mit dem Nirwana denn schätzungsweise sein?», fragte er, weil ihm nichts anderes einfiel.

Christine mischte sich ein: «Also, wenn es nach guten Taten geht ...»

«Sag jetzt nichts Falsches», drohte Matthias.

«Schon gut, wir wollten dem Franz ja eigentlich was ganz anderes erzählen.» Damit wandte Christine sich Holzhammer zu: «Du hast doch von der Drohnenspur am Toten Mann erzählt. Tja, und wir haben jetzt auch was Seltsames mit einer Drohne erlebt.»

Sie berichtete von dem SUV und wie sie ihn zum Kempinski verfolgt hatten. Holzhammer war ganz Ohr. Schon wieder war eine Drohne zur falschen Zeit am falschen Ort gewesen.

«Unsere Drohne sah übrigens ziemlich professionell aus», ergänzte Matthias. «Das war kein Spielzeug.»

«Seit wann kennst du dich denn mit so was aus?», fragte Christine.

«Gar nicht. Aber so schnell, wie die flog, und mit der dicken Kamera dran ... Außerdem hatte sie nicht nur vier Flügel, sondern acht. Das ganze Ding war viel größer und leistungsfähiger als der übliche Kinderkram.»

«Das hast du alles gesehen?», fragte Christine verblüfft. «Und ich dachte, du guckst die ganze Zeit auf die Straße.»

«Die Rossfeldstraße? Die fahr ich doch im Schlaf», antwortete Matthias wegwerfend. «Da brauch ich gar nicht mehr hinschauen.»

«Nur gut, dass ich das nicht wusste», sagte Christine.

«Das Nummernschild von dem SUV habt ihr euch ned zufällig gemerkt?», unterbrach Holzhammer das Geplänkel.

«Jedenfalls fing es mit DN an», sagte Matthias.

«Das ist doch mal was. Dann war es nämlich ein Mietwagen, und zwar von derselben Autovermietung wie der Wagen, mit dem die Alphörner in Bischofswiesen abtransportiert wurden.»

«Also wenn die Autos zusammenhängen und die Drohnen auch ...» Christine zögerte.

Staubtrocken fiel Matthias ihr ins Wort: «Alles hängt mit allem zusammen, das sage ich dir seit Jahren. Aber du glaubst mir ja nicht.»

Christine warf ihm einen undefinierbaren Blick zu. Dann wandte sie sich an Holzhammer: «Franz, zähl doch noch mal alle Vorfälle der letzten Tage auf.»

«Also: Toter Mann am Toten Mann», begann er.

«... von einer Drohne zu scharf rasiert», ergänzte Andi vollkommen falsch.

Kein Wunder, dass sein Sohnemann nichts mitkriegte, knutschte er doch die ganze Zeit mit seiner Verlobten. «Blödsinn, der wurde mit einem Stein daschlogn. Geh, Andi, knutsch weiter und quatsch ned.»

«Jetzt die Diebstähle», sagte Christine. «Da war also die Forelle, dann die Handböller, außerdem die Alphörner ...»

«Das antike Strickmuster für die Wadlstrümpf nicht zu vergessen», ergänzte Marie.

«Hm», machte Christine. «Also mit anderen Worten Berchtesgadens berühmtester Fisch, Berchtesgadens traditionellste Strümpfe, die traditionelle Waffe der Berchtesgadener Weihnachtsschützen und ein in Berchtesgaden gefertigtes traditionelles Musikinstrument. Fällt euch was auf?»

«Alles typisch Berchtesgaden», sagte Holzhammer automatisch.

Warum war er nicht selbst darauf gekommen? Wie ihm das weiterhelfen sollte, wusste er allerdings noch nicht. Und nun musste er sich auch noch über sich selber ärgern – über die Fehler, die er gemacht hatte. Erster Fehler: Er hatte jeden Diebstahl isoliert betrachtet. Zweiter Fehler: Er hatte viel zu sehr in den üblichen Bahnen gedacht. Hatte mit Gewalt versucht, die Fälle in das übliche Schema zu pressen. Zum Beispiel hatte er sich am Geldwert aufgehängt und stundenlang überlegt, wer wie viel für die Gegenstände zahlen würde. Anstatt zu erkennen, dass hier etwas komplett anderes lief.

Mitten in Holzhammers selbstkritische Gedanken platzte die Stimme von Matthias: «Stimmt schon, alles typisch und berühmt, fast wie aus dem Tourismuskatalog. Genau die Sachen, auf die die Fremden abfahren. Und Christine natürlich.»

Das Letzte war eine Anspielung auf Christines haltlose Begeisterung für jegliche Berchtesgadener Traditionen und Bräuche. Normalerweise wäre Holzhammer darauf eingestiegen, aber momentan interessierte ihn nur eins: Wo konnte er ansetzen, wie konnte die neue Erkenntnis ihn weiterbringen? Sein privater Thinktank war eh fast vollständig versammelt; vielleicht brachten sie noch etwas zustande, bevor ihre Gehirne ins Kuchenkoma fielen.

«Also gut», fing er an. «Angenommen, die Diebstähle hängen zusammen. Was ist dann mit den Drohnen? Auch die Rossfeldstraße ist ja ein touristisches Highlight.»

«Aber klar», rief Christine eifrig. «Und die Adler erst recht! Sogar das Riesending passt dazu. Das kann man zwar nicht besichtigen, aber weltberühmt ist es allemal.»

«Und was ist mit dem Toten Mann?», fragte Matthias. «Ihr sagt, da war auch eine Drohne. Aber ein berühmter Gipfel ist das nicht gerade. Wie hoch ist der, zwölfhundert?»

«1392», sagte Christine. «Aber ich verstehe, was du meinst.»

«Jedenfalls ist es hübsch dort», äußerte Marie, die sich die ganze Zeit zurückgehalten hatte. «Man sieht den Göll –

und den Watzmann – und den Hochkalter – und ins Wimbachgries …»

«Stimmt», sagte Christine. «Der Tote Mann ist zwar selbst kein Highlight, aber man hat eine grandiose Aussicht von dort. Und da man den Watzmann nicht klauen kann, nimmt man, was man kriegt – ein schönes Foto vom Watzmann.»

«Das kann man auch einfacher haben, gibt's doch an jeder Ecke zu kaufen», sagte Matthias.

Plötzlich spürte Holzhammer ein Kitzeln in der Nase. Wie ein loser Faden, der höhnisch herumbaumelte. Ein loses Ende, das er nur zu packen brauchte.

«Seid amal stad, ich muss zurückspulen», sagte er.

Das war das Schöne an seinen Freunden. Sie hörten die Dringlichkeit und taten es einfach. Guckten zwar ein bisschen komisch, aber schwiegen wie die Fische.

Und dann hatte er es. Die Adler erst recht, hatte Christine gesagt. Auch die Adler waren ein Berchtesgadener Highlight, und auch sie waren mit einer Drohne gefilmt worden. Nämlich von Herrn Park, der im Kempinski wohnte – genau wie die Drohnenfreaks von der Rossfeldstraße.

«Ich brauch die Drohne», brach Holzhammer das Schweigen.

«Die Rasierdrohne vom Toten Mann?», fragte Matthias.

«Nein, die Fotografierdrohne vom Adlerhorst», spezifizierte Holzhammer.

«Wer ist denn der Adler Horst?», fragte Andi und wischte sich Gerlis Lippenstift vom Mund.

Spontan stellte Holzhammer seinen Enkelwunsch ein paar Jahre zurück. Dann erklärte er, was er meinte. Höchstwahrscheinlich hatte Park nicht erst im Wimbachtal angefangen zu filmen. Bei so einer heiklen Sache würde man vorher üben, alles ausprobieren. Man würde nicht nur ein paar Runden fliegen, sondern auch Probeaufnahmen machen. Und weil die Speicherkarten inzwischen reichlich Platz hatten, brauchte man diese Probeaufnahmen nicht unbedingt zu löschen, bevor es zu den Adlern ging.

«Wenn es um Technik geht, sind Männer doch Spielkinder», sagte Holzhammer. Wer wüsste das besser als er. «Und angeben tun sie auch gerne. Wenn ich so ein Ding hätte, würde ich jedenfalls zuallererst um meine Kumpels herumkurven und sie aus jedem Winkel ablichten.»

«Du schon», sagte Matthias.

Aber Christine nickte. «Vielleicht würde die Speicherkarte tatsächlich was bringen. Und wenn wir halbwegs richtigliegen, könnte die Adlerdrohne sogar dieselbe sein, die bei dem Mord dabei war.»

«Ganz genau, und die Nadelspuren täten es beweisen!», rief Holzhammer. «Also mach ma jetzt a Hausdurchsuchung bei Familie Adler.»

«Und was ist mit dem Durchsuchungsbefehl?», fragte Christine. Scherzkeks.

«Durchsuchungsbeschluss», verbesserte Holzhammer automatisch. Er war inzwischen hellwach. Endlich gab es eine klare Richtung zu verfolgen – die allerdings eine senkrechte Felswand emporführte. «Stellt sich nur noch die Frage, wie ich an den Horst drankomm.»

«Na ja, wir haben fast August», sagte Christine. Komische Antwort.

«Was hat das damit zu tun?»

«Ganz einfach, die Adlerjungen sind jedes Jahr zwischen Ende Juli und Anfang August flügge», erklärte Christine. «Und sobald die ganze Familie ausgeflogen ist, steigen ein paar Kletterer für den Nationalpark zum Horst auf, um Fressreste und Kotproben zu sammeln. Das wird dann analysiert, um mehr über die Lebensbedürfnisse der Adler zu erfahren. Früher haben das immer die Huber Buam gemacht.»

«Das ist ja ganz toll, aber wenn es um Mord geht, kann ich ned zwei Wochen zuwarten. Ich brauch meine eigenen Kletterer, und zwar sofort.»

«Ich mach das!», rief Andi.

Sofort gingen beide Frauen auf die Palme.

«Der Adler kratzt dir die Augen aus!», quietschte Gerli.

«Ihr habt doch beide den Verstand verloren», diagnostizierte Marie.

«Keine Sorge, ich werd schon jemand finden», sagte Holzhammer beruhigend. Familienstreit war das Letzte, was er heute wollte.

Davon abgesehen, fand auch er die Idee nicht gerade prickelnd. Freilich war Andi ein guter Kletterer. Aber deshalb setzte man seinen eigenen Sohn noch lange nicht den schädeldurchdringenden Klauen eines wütenden Adlers aus. Zumindest nicht ohne guten Grund.

Um von der Wer-Frage abzulenken, warf er die Wo-Frage auf: «Man müsste überhaupt erst einmal wissen, wo dieser Horst genau ist.»

«Kein Problem, das kriege ich raus», sagte Christine. «Aus der aktuellen Verbotszone kann man schließen, welcher Horst es ist. Dann braucht man nur noch die genauen Daten in den jährlichen Forschungsberichten nachzuschauen. Da stehen alle Horste drin, komplett mit Foto, exakter Höhe und GPS-Daten.»

«Und diese Forschungsberichte hast du natürlich», sagte Holzhammer. Bei Christine wunderte ihn nichts mehr.

«Ja, eine Praktikantin vom Nationalpark hat sie mir besorgt. Wir kamen ins Gespräch, als sie bei uns zur Reha war.»

«Na, dann nix wie her mit den Daten.»

«Ich sag sie dir durch, sobald ich zu Hause bin», versprach Christine.

Bald darauf verabschiedeten sich die Schönauers. Andi und seine Verlobte wollten noch zum Abendessen bleiben.

Als Marie und Gerli einmal gemeinsam verschwanden, kam Andi prompt auf die Kletterei zurück. «Paps, ich mach das locker, das weißt du.»

«Komplett wurscht, ob ich des weiß. Mama bringt mich um, wenn dir was passiert», sagte Holzhammer laut. So laut, dass man es notfalls auch im Hausgang hörte. Dann dämpfte er seine Stimme. «Aber wenn ich sonst keinen find, derfst mit. Abgemacht?»

«Abgemacht», sagte Andi verschwörerisch. Gerade noch rechtzeitig, bevor Gerli und Marie wieder auftauchten.

Nach dem Abendessen, als alle weg waren, verzog Holzhammer sich mit seinem Laptop in die Sofaecke und las ein bisschen über Adler nach. Immer wieder stand da, wie toll und selten die Viecher waren. Das brachte ihn ins Grübeln.

Nicht auszudenken, wenn er im *Anzeiger* als übereifriger Adlerschinder gebrandmarkt würde. Was man im Talkessel von übereifrigen Polizisten hielt, sah man ja an seinem Chef. Der wurde inzwischen nicht einmal mehr zum Geburtstag des Landrats eingeladen. Ganz zu schweigen vom Jahrestag der Weihnachtsschützen.

Das mit dem Durchsuchungsbeschluss war zwar als Witz gedacht gewesen, aber vielleicht sollte er sich tatsächlich etwas in der Art besorgen. Aber nicht vom Staatsanwalt in Traunstein. Als er mit seinen Überlegungen so weit gekommen war, klingelte das Handy.

«Horst 17a», sagte Christine anstatt einer Begrüßung. «Hast du was zu schreiben?»

«Freilich.» Schnell öffnete er die Notiz-App auf dem Laptop.

Sie sagte ihm die GPS-Koordinaten durch. «Übrigens, die Wand ist ein 7er.»

«Gut zu wissen.»

«Ach, und noch was: Wenn die Adler Girlandenflug zeigen, ist Vorsicht angebracht.»

«Was für Flug?»

«Girlandenflug. Du erkennst ihn, wenn du ihn siehst. Damit zeigt der Adler, dass er sauer ist, und spätestens dann sollte man besser verschwinden.»

«Äh, na gut. Dank dir derweil.» Keine Ahnung, wovon die Frau redete.

Das Wichtigste war jetzt, zwei Kletterer aufzutreiben. Viele im Talkessel konnten einen 7er klettern, in der Halle sowieso, aber auch draußen im Klettergarten. Ohne vorgebohrte Haken wurde die Luft schon etwas dünner. Aber wie viele konnten einen 7er klettern, während sie von zweieinhalb wütenden Adlern angegriffen wurden? Ganz zu schweigen von der Motivation, sich auf so einen Kamikaze-Einsatz einzulassen.

Bei dem Wort «Motivation» fiel Holzhammer natürlich gleich Martin Müllerhuber ein. Aber war der gut genug im Klettern? Sein Adlatus war dermaßen übermotiviert, dass er sich womöglich selbst dann freiwillig melden würde, wenn er der Aufgabe gar nicht gewachsen war. Den jungen Polizisten wollte Holzhammer genauso wenig einer Gefahr aussetzen wie seinen Sohn.

Aber dann fiel ihm ein, wie souverän Müllerhuber im vorigen Jahr den Maibaum bezwungen hatte. Welchen Schwierigkeitsgrad hatten wohl Maibäume auf der internationalen UIAA-Skala? Immerhin waren sie senkrecht und besaßen keinerlei Griffe.

Er sah auf die Uhr und beschloss, dass man einen gesunden jungen Mann am Samstagabend um 21 Uhr durchaus noch anrufen konnte. Als die Verbindung hergestellt wurde, drang dröhnender Lärm aus dem Handy. Gar nicht gewusst, dass der sanfte Müllerhuber auf Heavy Metal stand.

Um gegen das schwere Metall anzukommen, erhob er die Stimme: «Servus, Martin, wie schaut's aus, mir müssten einen Adler daheim besuchen.»

«Servus, Chef.» Die Musik wurde leiser. «Was sagst, wen besuchen wir?»

Holzhammer erklärte, was sie sich überlegt hatten. Noch bevor er zur entscheidenden Frage kam, fiel Müllerhuber ihm ins Wort: «Klar bin ich dabei!»

«Das soll ein 7er sein. Ist das deine Liga?», fragte er sicherheitshalber nach.

«Ja, freilich, kein Problem. Sag einfach, wann's losgeht.» Das klang beruhigend glaubhaft. Müllerhuber schien wirklich keinerlei Bedenken zu haben.

Blieb noch die zweite Frage: «Na gut, schön. Und weißt du vielleicht auch einen zweiten Mann? Mit wem kletterst du sonst?»

«Die ernsteren Routen geh ich normalerweise mit dem Hopfi. Wir kennen uns ewig und sind schon als Buben überall herumgekraxelt.»

Hopfi? Richtig, der DAV-Vorsitzende Korbinian Hopfinger hatte einen Sohn in Müllerhubers Alter. Kein Wunder, dass der einen zuverlässigen Kletterpartner abgab. Und wenn er nach seinem Vater kam, war so eine vogelwilde Aktion genau sein Ding. Na bestens, dann war ja …

Aber Müllerhuber hatte leider noch nicht ausgeredet. «Blöderweise ist der Hopfi momentan mit seiner Einheit im Kosovo.»

Mist. Hopfi war also bei den Gebirgsjägern. Zu Holzhammers Zeit hatte es noch keine Auslandseinsätze gegeben, daran war nicht einmal zu denken gewesen. Aber jetzt war das ganz normal. Wegen ihrer Geländegängigkeit waren die Jager ziemlich gefragt in den Schluchten des Balkans. Schon seltsam, wie die Dinge manchmal liefen. Vor wenigen Jahren war noch die Auflösung der «Trachtentruppe» im Gespräch gewesen, jetzt wurden sogar neue Mittel bewilligt.

«Und wann kommt er wieder?»

«In drei Monaten. Seine Einheit ist erst letzte Woche abgeflogen.»

Zefix. Wäre ja auch zu schön gewesen.

10

Marie klopfte missbilligend auf ihrem Frühstücksei herum. «Muss das unbedingt sein, dass du während dem Sonntagsfrühstück hier herumtelefonierst?»

«Ja», antwortete der verhinderte Göttergatte schlicht.

Er versuchte gerade, Rolf Berg zu erreichen. Der Leiter der Spurensicherung war immer noch fit wie ein Turnschuh. Ging locker allein die Watzmann-Ostwand, das wusste Holzhammer zufällig genau. Vor ein paar Jahren hatte er den Rolf nämlich per Hubschrauber direkt aus der Wand pflücken lassen, um ihn an einen Tatort zu holen. Mann, war der sauer gewesen.

Nach dem zehnten Klingeln war er endlich dran.

«Servus, Rolf, wie schaut's denn bei dir mit Klettern aus?»

«Um das zu fragen, holst du mich am Sonntagmorgen aus der Badewanne? Mann, ich steh hier splitternass im Wohnzimmer. Das Parkett wellt sich schon vom Wasser, und von draußen schauen die Nachbarn eini. Ich hab gedacht, es geht mindestens um Mord.»

«Geht's ja auch – letzten Endes.» Wieder erklärte Holzhammer die Situation. Doch diesmal hatte er kein Glück, sondern musste die entscheidende Frage ausdrücklich stellen: «Müllerhuber ist dabei, den kennst du ja. Nur der zweite Mann fehlt noch. Also – wie schaut's aus?»

«Wenn das ein Videotelefon wäre, könntest du sehen, wie

ich dir einen Vogel zeige», erklärte Rolf Berg. Er ließ sich auch nicht umstimmen. Offenbar hatte er eine Adler-Allergie.

Das war's dann wohl. Plan B trat in Kraft. Aber das würde er Marie gewiss nicht beim Sonntagsfrühstück auf die Nase binden.

«Ein letzter Anruf noch», sagte er stattdessen.

Zur Antwort riss Marie grimmig ihre Butterbrezel auseinander.

Aber was sollte er machen, er musste ja weiterkommen. Das Projekt «Göttergatte» war jedenfalls endgültig gestorben. Ein unlösbarer Fall, den er zu den Akten legte. Vielleicht sollte er Müllerhuber bitten, darüber eine Aktennotiz anzufertigen.

Bei dem Gedanken musste er unwillkürlich grinsen, und Marie bezog es auf sich. Sie hielt gerade ein Glas mit selbstgemachter Konfitüre in der Hand. Das knallte sie jetzt scheppernd auf den Tisch, dass alle Teller hopsten. Dann marschierte sie hinaus.

Holzhammer seufzte. Irgendwann würde er das geradebiegen. Aber jetzt wollte er gern mit dem Adlervater sprechen. Im besten Fall erteilte der ihm eine Art Absolution, das wäre besser als jeder Durchsuchungsbeschluss. Der sogenannte Adlervater hieß mit bürgerlichem Namen Dr. Horst Almstätter und war der leitende Biologe des Alpennationalparks. Seit vielen Jahren kümmerte er sich mit besonderer Leidenschaft um die Steinadler.

Zefix, wieso stand der Kerl nicht im Telefonbuch? Da fiel ihm ein, dass Almstätter offiziell auch das Haus der Berge leitete. Und das hatte sonntags geöffnet.

«Der Chef ist heute auf Adlerwanderung im Klausbachtal», erfuhr er, als er dort anrief.

Holzhammer beschloss, einfach nach Hintersee zu fahren und Almstätter vor Ort aufzusuchen. Er würde den Adlervater schon finden. Und daheim war es momentan eh zu gefährlich.

Er wusste, wie diese Adlerwanderungen abliefen. Treffpunkt war die örtliche Infostelle des Nationalparks – dort wo die zwei Adlersilhouetten an der Fassade prangten. Hier bekamen die Leute zunächst einige Informationen über die Lebensweise der Steinadler. Dann führte der Ranger die Gruppe weiter ins Tal hinein, meistens auf eine bestimmte Waldwiese, wo bereits einige Nationalpark-Praktikanten mit aufgebauten Fernrohren warteten.

Der weitere Verlauf war Glückssache und hing allein von den Adlern ab. Ob sie sich sehen lassen würden, wusste man vorher nie. Aber angeblich klappte es meistens.

Während der Fahrt nach Hintersee hing Holzhammer seinen Gedanken nach. Eigentlich interessierte er sich gar nicht besonders für Viecher. Aber die Steinadler waren so ein Riesenthema im Talkessel, dass man gar nicht umhinkam, ein paar Dinge über sie aufzuschnappen. Zum Beispiel, dass sie ein Leben lang zusammenblieben. Allerdings verfügte so ein Adlerpaar über wesentlich mehr Platz als ein handelsübliches Menschenpaar. Die Adler besaßen ein ganzes Tal mit sechs oder acht Horsten. Wenn es einmal Streit gab, konnten sie sich also leicht ein paar Tage aus dem Wege gehen.

Nur während der Brutzeit waren sie aufeinander angewiesen. Schon Wochen vorher wählten sie gemeinsam die diesjährige Kinderstube. Der auserkorene Horst wurde alsdann sorgsam renoviert, gesäubert und verschönert – und von den Rangern als Schutzzone ausgewiesen.

Nach welchen Gesichtspunkten die Adler ihre Entscheidung trafen, war immer noch unbekannt. Man wusste nicht einmal, ob das Paar gemeinsam entschied oder ob das Weibchen immer das letzte Wort hatte. Holzhammer persönlich tippte auf Letzteres – aus ziemlich chauvinistischen Gründen.

Er war jetzt am Eingang des Klausbachtals angekommen. Die öffentliche Straße endete hier, eine Schranke versperrte Unberechtigten die Weiterfahrt. Ein Druck auf die polizeiliche Fernbedienung ließ die Sperre zur Seite gleiten. Zweihundert Meter weiter befand sich die Informationsstelle, ein malerischer uralter Almkaser, den man eigens hierherverfrachtet hatte.

Ein Schild am Zaun wies auf die Attraktionen des Freigeländes hin. Insbesondere den neuen Barfußerlebnispfad solle man unbedingt ausprobieren. Holzhammer war einmal im Garten auf eine Biene getreten. Das war ihm Barfußerlebnis genug.

Adlerfans waren keine zu sehen, die mussten schon beim nächsten Programmpunkt sein: Warten auf den Adler. Kein Problem, der kurze Spaziergang würde ihm guttun.

Während Holzhammer den Sandweg entlangstapfte, glitt sein Blick an den hohen Felswänden hinauf, die das Tal auf beiden Seiten rahmten. Unwillkürlich suchte er die Wände nach soliden Horst-Standorten ab.

Einige Minuten später erblickte er die Adlerfreunde. Wie Schwammerl nach einem warmen Sommerregen bedeckten sie fast die ganze Wiese. Was für ein Aufriss um ein paar Piepmätze, die man bestenfalls wenige Minuten lang als ferne Schemen zu sehen bekam.

Was hatten Adler, was andere Vögel nicht hatten? Freilich, sie waren groß. Aber sonst? Sie flogen, sie piepten, sie brüteten. Das tat auch der Zaunkönig, der hinter der Gartenhütte wohnte.

Holzhammer nahm Kurs auf das Zentrum der Versammlung, dorthin, wo die Stative mit den Fernrohren standen. Sie wiesen wahllos in die verschiedensten Richtungen, hatten also keinen Vogel im Visier. Trotzdem hatte sich vor jedem eine kleine Schlange gebildet. Was wollten die – vergrößerte Luft gucken?

Die meisten Adlerbegeisterten trugen normale bunte Sommerkleidung. Einige aber hatten sich ganz in Grün geworfen, um zu zeigen, dass sie ernsthafte Ornithologen waren. Holzhammer vermutete stark, dass den Adlern die Farbe vollkommen wurst war. Ihn selbst hatte jedenfalls noch keiner mit Handschlag begrüßt, bloß weil er eine grüne Uniform trug.

Der Adlervater war leicht zu identifizieren. Eine ganze Menschentraube umflatterte ihn wie hungrige Küken, die um Futter betteln. Nur dass sie keine Würmer wollten, sondern Informationen. Zum Glück musste Almstätter die nicht bröckchenweise hervorwürgen, sondern hatte alle Antworten sofort parat.

Als der Adlervater Holzhammer erblickte, unterbrach er seine Erklärungen mitten im Satz. «O mein Gott, ist was passiert? Doch nicht eins von den Brutpaaren? Wenn es wieder so ein verfluchter Gleitschirm war, dann ...»

«Keine Sorge», sagte Holzhammer schnell. «Keinem

Adler ist was passiert. Keinem Menschen übrigens auch ned.»

Das konnte ja heiter werden. Wie sollte er dem Vogelfreund bloß erklären, dass es unbedingt notwendig war, bei einem der Brutpaare zu fensterln? Vielleicht hätte er lieber gar nicht erst gefragt. Aber jetzt war es zu spät.

«Ich, äh, ich bräucht nur einen fachlichen Rat», fing Holzhammer an. «Vertraulich», schob er nach und schaute verschwörerisch.

«Gut, gehen wir ein bisschen zur Seite», sagte Almstätter betont.

Holzhammer verstand, dass dies hauptsächlich den neugierigen Zuhörern galt. Die sollten gefälligst zurückbleiben und nicht mitdackeln.

Nach ein paar Schritten – zehn von Almstätter und fünfzehn von Holzhammer – waren sie halbwegs außer Hörweite und blieben unter einer Kiefer stehen. Die paar Sekunden hatten Holzhammer gereicht, um einen Schlachtplan zu improvisieren.

Der Plan war allerdings sehr einfach: komplette Ehrlichkeit. Holzhammer wollte einfach alles auf den Tisch legen oder genauer gesagt auf die Kiefernwurzel. Nicht nur sämtliche Fakten zu den Diebstählen und dem Mord, sondern auch die Vermutungen, die sich daran knüpften. Dass alles mit allem zusammenhing – die Diebstähle, der Mord, die Drohnen. Almstätter musste einfach verstehen, dass es um Leben und Tod ging.

Aber der interessierte sich nur für eins: «Was sagst du da? Ein Wahnsinniger hat den Wimbach-Adler mit einer Drohne attackiert?»

«Genau genommen hat der Adler die Drohne attackiert», korrigierte Holzhammer unvorsichtigerweise.

«Natürlich hat er das! Weil er sich gestört fühlte! Noch so ein Ding, und es kommt zum Brutabbruch.»

Almstätter verteidigte seine Adler wie eine Wildsau ihre Frischlinge. Vielleicht sollte man es mit der Ehrlichkeit doch nicht übertreiben.

Holzhammer wechselte das Thema: «Sag amal, wann werden denn die Jungvögel wohl flügge sein?»

«Das dauert nicht mehr lange. Hier im Tal in einer Woche ungefähr.»

«Und drüben im Wimbachtal?»

«Der Jungvogel ist sogar schon weiter. Die Praktikanten berichten, dass er schon meterweit in die Höhe springt. Damit kräftigt er seine Flügel.»

«Heißt des, er kann eigentlich schon fliegen, traut sich nur noch ned?»

«Ja, wahrscheinlich könnte er. Oder besser gesagt sie, der Größe nach ist es nämlich ein Weibchen. Die sind größer und kräftiger als die Männchen und ... »

Almstätter unterbrach sich und hielt eine Hand hinter sein rechtes Ohr. «Da, hörst du das? Das ist der Jungvogel.»

Tatsächlich erhaschte Holzhammer ein leises Fiepen. Fast wie ein Rehkitz, nur anders betont.

«Eine schöne, kräftige Stimme hat sie», sagte Almstätter voller Adlervaterstolz.

«Ist es dann nicht an der Zeit, die Jungadler zu beringen?», fragte Holzhammer scheinheilig.

«Bist du wahnsinnig, das machen wir schon lange nicht mehr», fuhr Almstätter auf.

Als ob Holzhammer das nicht wüsste. «Aber früher habt ihr es doch gemacht.»

«Schon, aber davon ist man längst abgekommen. Viel zu invasiv, also zu störend», erklärte Almstätter.

Sehr schön. Wenn der Adlervater ihm schon Fremdwörter erklärte, konnte Holzhammer sich auch blöd stellen. «Ja, hat das denn zu Brutabbrüchen geführt?», fragte er mit großen Augen.

«Das nicht gerade. Je länger die Eltern ihr Junges füttern, desto fester wird ihre Bindung zum Nachwuchs. Und je fester die Bindung, desto geringer das Risiko, dass sie den Nachwuchs verlassen.»

«Verstehe.» Das war doch immerhin beruhigend. «Aber die Adler haben sich wohl recht aufgeregt?»

«Das kannst du laut sagen. Es ist sogar vorgekommen, dass die Ranger direkt angegriffen wurden.»

Das war jetzt weniger beruhigend. Jedenfalls wusste Holzhammer nun alles, was er wissen wollte. Ihre Aktion würde den Jungvogel höchstwahrscheinlich nicht gefährden, aber es könnte ungemütlich werden. Auf jeden Fall mussten sie eine Zeit wählen, in der möglichst niemand unterwegs war.

Jetzt hieß es nur noch unauffällig verschwinden, bevor Almstätter fragte, wozu er das alles wissen wollte. Holzhammer griff zum ältesten Trick der Welt.

«Entschuldige, es vibriert», sagte er zu Almstätter und zog sein Handy hervor. Und dann ins Handy: «Ja, ja, versteh, bin schon unterwegs.»

So einfach war das.

11

Es war noch stockdunkel, als die Teilnehmer der heimlichen Expedition sich vor Holzhammers Garage trafen. Müllerhuber war munter und aufgekratzt, Andi gähnte verschlafen, und Holzhammer kriegte kaum die Augen auf. Er war quasi im Blindflug aus dem Haus gestolpert.

«Du fährst», sagte Holzhammer zu Müllerhuber und trottete auf dessen Golf zu.

«Reiß dich zamm, Paps, du bist der Expeditionsleiter», sagte Andi, während er seinen Kletterrucksack in Müllerhubers Kofferraum schmiss.

Holzhammer ließ sich auf den Beifahrersitz fallen. «Sei bloß still.»

Expeditionsleiter? In Bergfilmen stand der immer im Rollkragenpullover an der Kleinen Scheidegg oder im Everest-Basislager vorm Fernrohr und fragte alle fünf Minuten den Wetterbericht ab. Im ungünstigsten Moment schlug das Wetter dann um.

«Da ist Kaffee», sagte Müllerhuber und deutete auf eine Thermoskanne im Fußraum. Der Mann war einfach unbezahlbar.

Am Sonntagabend hatte es noch eine kleine Diskussion über die Ausrüstung gegeben. Da die bei Holzhammers stattfand, hatte sich auch Marie eingebracht. Als Erstes schlug sie vor, dass die Kletterer Motorradhelme tragen sollten, um ihre Augen vor den Adlerkrallen zu schützen. Einstimmig abgelehnt. Als Nächstes meinte sie, Müllerhuber solle wenigstens zur Sicherheit seine Dienstwaffe mitnehmen. An diesem Punkt hatten sie Marie offiziell von der weiteren Planung ausgeschlossen und die Diskussion zur Gartenhütte verlegt.

So kam es auch, dass ihre einzige Spezialausrüstung aus einer langen Greifzange bestand, die eigentlich für die Apfelernte gedacht war. Ob sie sich auch eignete, um renitenten Jungadlern ihr Spielzeug unter dem Hintern wegzuziehen, würde sich zeigen.

Im Internet hatten sich zwar keine Tricks für den Umgang mit Jungadlern gefunden, aber für die Planung war es trotzdem äußerst hilfreich gewesen. Mit Hilfe diverser Karten und Luftaufnahmen hatte Holzhammer herausgefunden, dass ihr idealer Angriffspunkt gar nicht im Wimbachtal lag. Es gab einen Weg, der für die Kletterer viel einfacher war. Allerdings für den Expeditionsleiter viel beschwerlicher.

Müllerhuber fuhr am Eingang zum Wimbachtal vorbei. Erst einen Parkplatz weiter bog er ab, und der Golf machte sich daran, einen steilen Forstweg zu erklimmen. Von nun an zog es sich. Der Sandweg wies enge Kurven auf, die Müllerhuber nur im Schritttempo nehmen konnte.

«Mein armes Auto», beschwerte er sich.

«Kriegst an Orden», brummelte Holzhammer.

Als sie ihr Ziel erreichten, war der Himmel bereits deutlich heller geworden. Genau wie Expeditionsleiter Holzhammer es vorausberechnet hatte, würden sie den weiteren Weg ohne Stirnlampen finden.

«Geht ihr nur füri, dann könnt ihr schon aufbauen», sagte Holzhammer zu seinem Miniteam, «ihr wisst 's ja, wo.»

Müllerhuber hielt sein GPS-Gerät hoch und nickte. Andi und er schulterten ihre Rucksäcke und stoben mit langen Schritten den Hang hinan. Für Holzhammer blieb die Greifzange. Wenn man sie umdrehte, konnte man den langen Stiel ganz gut als Wanderstab benutzen.

Schnaufend quälte Holzhammer sich bergan. Der Aufstieg war zwar nicht lang, aber steil und kreuz und quer mit Windwurf übersät. Und wo keine Bäume lagen, wuchsen Brombeerranken und Brennnesseln. Zum Glück hinterließen die zwei Jungspunde vor ihm einen deutlichen Trampelpfad.

Kurz vor dem Herzinfarkt sah er blauen Himmel durch die Bäume schimmern. Nur noch ein paar Meter, motivierte er sich. Dann stand er neben Andi und Müllerhuber.

Drei Schritte vor ihnen war nichts mehr. Die Felswand zu ihren Füßen fiel hinab bis zum Grund des Wimbachtals. Auf der anderen Seite des urtümlichen Kiesstroms schlummerte der Watzmann. Erst in einer Stunde würden die ersten Wanderer vom Unterkunftshaus aufbrechen, um seine drei Gipfel zu überschreiten.

Andi und Müllerhuber trugen bereits ihre Klettergurte. Müllerhuber hatte außerdem einen Steinschlaghelm auf und das Ende eines Kletterseils an seinem Gurt befestigt. Von dort verlief das Seil durch einen Karabiner, der mit Seilschlingen an einem Baumstamm befestigt war, und von dort schließlich durch den HMS-Karabiner an Andis Gurt. An einem weiter entfernt stehenden Baum hatten die beiden zusätzlich einen Flaschenzug befestigt, durch den ein Statikseil verlief.

Andi erklärte seinem Vater den Aufbau: «Im Prinzip ist unsere Taktik schnell hin und schnell wieder weg. Ich lass den Martin ab, er greift sich die Drohne und klettert wieder auffi. Das Statikseil ist nur für den Notfall. Wenn er Probleme bekommt, kann ich daran zu ihm auffisteigen. Und im schlimmsten Fall ziehen mir ihn mit dem Flaschenzug auffi.»

Holzhammer nickte. Die Einzelheiten hatte er den beiden Kletterern überlassen. Allerdings war er heilfroh, dass Andi sichern sollte und somit auf festem Boden blieb.

«Soll ich die komische Zange nun mit auffinehmen oder ned?», grübelte Müllerhuber.

«Beim Abseilen wird sie dich kaum behindern», sagte Andi. «Bloß beim Auffikraxeln.»

«Stimmt. Aber dann lass ich sie notfalls einfach da.»

«He, meine schöne Obstzange!», protestierte Holzhammer. In Wirklichkeit hatte er sie noch nie benutzt – schon deshalb, weil er gar keine Obstbäume besaß. Die Zange war irgendein Erbstück. Keine Ahnung, wie sie in die Hütte gekommen war.

«Was soll ich lieber zurückbringen», fragte Müllerhuber, «die Zange oder die Drohne?»

Holzhammer beendete die Antreiberei. «Deine Sicherheit ist das Wichtigste, ist doch klar. Du darfst gern ohne Zange zurückkommen. Notfalls auch ohne Drohne.»

«Ich hab mir eh schon überlegt, die wird recht sperrig sein, vielleicht futzel ich bloß die Kamera ab.»

«Genau, des machst», stimmte Holzhammer zu. Je länger er hier an der Felskante stand, desto schlechter wurde sein Gewissen über die ganze Aktion.

Dann verschwand Müllerhuber über die Kante. Holzhammer schaute seinem Sohn zu, der konzentriert und gleichmäßig Seil ausgab. Der Horst musste rund 40 Meter unter ihnen liegen.

Zunächst ging es zügig abwärts. Dann war plötzlich ein Kreischen in der Luft. Nicht von Müllerhuber, wenigstens das nicht. Es klang ähnlich wie das Fiepen, das Holzhammer gestern im Klausbachtal gehört hatte. Bloß irgendwie erwachsener. Und wütender. Und es kam näher.

Zu sehen war anfangs nichts. Die Felswand, an deren Kante sie standen, war geschwungen und die Sicht nach links und rechts somit eingeschränkt. Aber sie brauchten nicht lange zu warten.

Ein Vogel von der Größe eines Drachenfliegers erschien in ihrem Sichtfeld. Er flog unmittelbar an der Felswand entlang. Noch nie hatte Holzhammer einen fliegenden Steinadler aus solcher Nähe gesehen. Der Adler schrie aus vollem Hals, und was sich gestern aus der Ferne noch kläglich angehört hatte, erwies sich aus der Nähe als ziemlich nervtötend.

Holzhammer sah zu Andi hin. Der erwiderte nur kurz seinen Blick und konzentrierte sich gleich wieder auf das Seil.

Der Adler schrie weiter. Außerdem flog er jetzt ein seltsames Manöver – immer auf und ab, in gleichmäßigen Wellen. Verdattert sah der Hauptwachtmeister dem Vogel zu. Kaum war er nach links aus dem Blickfeld verschwunden, tauchte er auch schon in Gegenrichtung mit der gleichen Vorführung wieder auf. Jetzt wusste Holzhammer, was Christine mit Girlandenflug gemeint hatte.

Dann waren es plötzlich zwei. Dieser zweite Flugdrachen schien Holzhammer noch mächtiger als der erste, das musste also die Dame des Hauses sein. Bei den Steinadlern überragten die Weibchen die Männchen – fast wie bei ihm daheim. Barfuß war es kaum zu sehen, aber meistens trug Marie ja Absätze.

Die beiden Adler flogen jetzt Schwinge an Schwinge, fast als würden sie Kriegsrat halten. Zefix, was trieb Müllerhuber so lange?

«Wie viele Meter?», fragte er seinen Sohn.

«Er müsste fast unten sein», sagte Andi. «Schätzungsweise quert er gerade am Dach vorbei. Es bewegt sich nämlich was, ohne dass er mehr Seil braucht.»

Holzhammer rief sich das Foto vor Augen, das Christine ihm gestern noch gemailt hatte. Horst 17a lag gut geschützt unter einem breiten Überhang. Wenn man von unten kam, stellten solche Stellen eine große Herausforderung dar. Zum Abseilen hingegen waren sie ideal. Aber das musste Müllerhuber entscheiden. Vielleicht hielt er es für besser, sich von der Seite anzupirschen, anstatt mit dem Hintern voran in den Klauen des erbosten Jungadlers zu landen.

Immer noch flogen die Adlereltern in unmittelbarer Nähe ihre Girlanden. Man konnte fast meinen, dass sie Zeit brauchten, um eine Entscheidung zu treffen. Da stieß der Adlervater plötzlich senkrecht nach unten und verschwand aus dem Blickfeld.

Ohne nachzudenken, machte Holzhammer zwei Schritte nach vorn, bis hart an die Felskante. «Obacht!», schrie er hinunter.

Müllerhuber war genauso wenig zu sehen wie der Adler. Nur das in die Tiefe laufende Seil ruckelte leicht.

Ein Gebrüll drang aus der Tiefe. Holzhammers Nackenhaare standen sofort senkrecht. War das ein Schmerzensschrei, war Müllerhuber verletzt? Was war da unten los? Maries Vorschlag mit der Dienstwaffe war vielleicht doch nicht so schlecht gewesen, ging es ihm durch den Kopf.

Verzweifelt lauschte er hinunter.

«Hau ab, du verdammtes Mistvieh!», brüllte Müllerhuber.

Holzhammer fiel ein Stein vom Herzen. Das hörte sich nicht unbedingt nach letzten Atemzügen an.

Dann kehrte Ruhe ein. Der untere Adler schien seine Angriffe für den Moment eingestellt haben. Bald darauf bewegte sich auch das Seil wieder. Einige gleichmäßige Rucke teilten Andi mit, dass Müllerhuber weiter runterwollte. Langsam und vorsichtig, genau auf die Spannung achtend, gab Andi weiter Seil.

Beide Holzhammers starrten jetzt nur noch auf das Seil. Bis sie etwas am Kopf traf.

«Au!», schrien Vater und Sohn gleichzeitig.

Holzhammers erster Blick galt Andi. Der stand immer noch fest auf den Beinen und hielt das Seil. Nur auf seiner Wange war ein blassroter Streifen. Holzhammers eigene Wange fühlte sich an wie nach einer Ohrfeige.

Was war passiert? Der Adler war knapp über Kopfhöhe zwischen ihnen hindurchgeflogen und hatte sie beide mit seinen Schwingen gestreift. Quasi geohrfeigt. Jetzt saß er nur wenige Meter entfernt auf einem Ast. Der wütende Adlervater hatte den Kopf nach vorn gestreckt und schimpfte lauter als zuvor.

Holzhammer kam nicht umhin, beeindruckt zu sein. Der Adler musste den Abstand zwischen ihren beiden Köpfen auf den Zentimeter genau geschätzt haben. Er musste vorherberechnet haben, dass der Abstand exakt eine Flügelspannweite betrug – minus einer halben Federlänge für die Ohrfeigen. Auf keinen Fall weniger, denn sonst hätte er sich schwer die Schwingen angehauen und wäre womöglich abgestürzt.

Zum Glück beließ es der Adlervater bei dem einen Angriff. Vorläufig zumindest.

«Was ist denn jetzt?», sagte Holzhammer ungeduldig. «Wir müssen hier weg, Andi.»

«Sehr witzig, Paps», sagte Andi kopfschüttelnd.

Diese Reaktion, Andis Missbilligung sinnloser Hektik, erinnerte Holzhammer plötzlich fatal an sich selbst. Ja, das war er selbst in seinen Zwanzigern.

Das Kletterseil begann, heftig zu ruckeln, und aus der Tiefe drang wieder Gebrüll. Was rief Müllerhuber da? Holzhammer legte beide Hände an die Ohren.

Tatsächlich, es klang wie: «Gib das her, du blöde Schnepfe!»

Und kurz darauf: «Dann eben ned, hau bloß ab damit!»

Weiteres Geruckel. Andi gab noch einen Meter Seil aus. Holzhammer fuhr sich mit der Hand über das verschwitzte Resthaar. Er war kurz davor zu beten.

Da erfüllte ein ausgiebiger, erlöster Juchzer das gesamte Wimbachtal. Es folgten mehrere deutliche Zupfer am Seil.

«Er kommt auffi», übersetzte Andi und machte sich bereit, Müllerhubers Aufstieg nach Kräften zu unterstützen.

Puh. Holzhammer fiel ein weiterer Stein vom Herzen. Auch Andis Gesicht entspannte sich, obwohl noch einige Anstrengung vor ihm lag.

Während Müllerhubers Aufstieg tauchte oben an der Kante das Adlerweibchen wieder auf. Es zeigte nun keinen Girlandenflug mehr. Die Dame nutzte auch nicht elegant kreisend den Aufwind, sondern kämpfte sich beschwerlich empor. Dennoch vermeinte Holzhammer, einen triumphierenden Ausdruck in dem scharfschnabeligen Gesicht zu erkennen. Denn was so schwer in ihren Krallen wog, war nichts anderes als sein mühsam herangeschleppter Obstgreifer.

Dem Adlergatten musste bei diesem Anblick glatt der Schnabel heruntergefallen sein, jedenfalls legte er in seinem Geschrei eine Pause ein.

«Wahrscheinlich ist sie Veganerin», sagte Andi.

Holzhammer senior brach in haltloses Lachen aus. Er kugelte sich geradezu. Es war nicht bloß die Vorstellung einer Adlerin beim Einkochen, sondern mindestens genauso die Erleichterung. Sie hatten das Abenteuer fast überstanden. Müllerhuber befand sich auf dem Rückweg. Niemandem waren die Augen ausgekratzt worden. Der einzige Verlust bestand in einer rostigen Obstzange.

Wenige Minuten später erschien der Kopf von Martin Müllerhuber über der Felskante. Auch er trug ein triumphierendes Grinsen im Gesicht, und sein T-Shirt beulte sich verheißungsvoll aus.

Aber noch saß ihnen der Adler mit seinen ohrengellenden Schreien im Nacken. So angefeuert, bauten sie schnellstmöglich ab und verzogen sich in den Wald. Erst als sie längst außer Sichtweite waren, verstummte der Vogel.

Holzhammer ließ sich an Ort und Stelle auf einen Baumstumpf plumpsen. «Lass sehen», schnaufte er.

Kaum hatte Müllerhuber die Videokamera unter seinem Funktionsshirt hervorgezogen, als Holzhammer gierig danach griff. Die Kamera fiel zu Boden. Natürlich auf den einzigen Stein weit und breit.

«Besser, ihr verlegt die Show», sagte Andi. Ganz als wäre er hier der Älteste und Vernünftigste.

Müllerhuber hob folgsam die Kamera auf und steckte sie in seinen Rucksack.

«Wenn jetzt die SIM-Karte hin ist, bist du schuld», sagte er zu seinem Chef. Dabei blinzelte er Andi zu.

«Das hab ich gesehen», sagte Holzhammer. «Ihr glaubt wohl, bloß weil ihr jüngere Haxen habt, könnt ihr mir blöd kommen.»

Unter weiteren Antreibereien verging der Rückweg zum Auto wie im Girlandenflug. Um acht Uhr befanden sie sich bereits auf der Rückfahrt, den Forstweg hinab.

In der Stanggaß setzten sie Andi bei seinem Wagen ab, und auch Holzhammer stieg in seinen Dienstwagen um. Da er erst aus der Garage setzen musste, kam er kurz nach Müllerhuber auf dem Polizeiparkplatz an.

Bereits auf dem Weg zu seiner Stube klang ihm dröhnendes Gelächter entgegen. Drinnen saß Martin Müllerhuber auf dem Besucherstuhl und betrachtete das Display der geborgenen Kamera.

«Ich will mitlachen», sagte Holzhammer.

«Dann schau.» Müllerhuber hielt ihm die Kamera hin.

«Moment, das können wir besser.»

Holzhammers Augen waren auf die Nähe nicht mehr die besten. Was er natürlich nicht gern zugab. Mit der Rechten startete er seinen Computer, mit der Linken griff er nach der Kamera. Während der altersschwache Polizei-PC sich auf einen anstrengenden Arbeitstag einrichtete, öffnete er das Gehäuse der Digicam und friemelte die Speicherkarte heraus. Als der Rechner endlich hochgefahren war, schob er sie in den Kartenschacht.

Auf der Karte befanden sich über hundert Fotos und

Videoclips. Die zuletzt gemachte Aufnahme erschien zuerst auf dem Bildschirm. Jetzt lachte auch Holzhammer. Um mitschauen zu können, wechselte Müllerhuber auf die andere Tischseite. Er stellte sich neben seinen Chef und stützte die Ellenbogen auf dem Schreibtisch ab.

Der Bildschirm zeigte Müllerhubers Gesicht in Großaufnahme. Sein Mund war weit geöffnet wie zu einem Schrei, und die Augen sahen erschrocken himmelwärts. Das Foto war von schräg unten aufgenommen, was den Kopf noch zusätzlich verzerrte. Richtig unheimlich sah es aus.

«Unser Babyadler ist ja a richtiger Paparazzo», gluckste Holzhammer. «Du bist echt gut getroffen. Siehst aus wie des Bild mit dem Schrei. Bloß ned so lila.»

«Das war, als der Große mir die Zange geklaut hat», sagte Müllerhuber etwas kläglich. «Ein Mordsviech war des. Und dann geht auch noch der Kleine her und macht Fotos davon. So a ausgschamte Bande. Wehe, du zeigst das jemand.»

Sie blätterten weiter. An den Tagen zuvor hatte der Jungadler zahlreiche Selfies geschossen. Meistens war der Schnabel das beherrschende Bildelement.

«Er muss immer wieder auf den Auslöser gepickt haben», sagte Müllerhuber.

«Wahrscheinlich hat ihn das ständige Klicken animiert», sagte Holzhammer. «Er hat gedacht, das Ding lebt noch, und sein Papa hat es ihm zur Übung gebracht.»

Ein paarmal musste der kleine Adler auch die Krallen zu Hilfe genommen haben. Auf diese Weise waren einige gekonnte Halbporträts entstanden, richtig malerisch, mit dem Watzmann im Hintergrund.

Bevor Herr Park sich ins Wimbachtal begeben hatte, war

er mit der Drohne am Obersalzberg unterwegs gewesen. Es gab eine lange Kamerafahrt rund um das Hotel und diverse Aufnahmen von der Aussicht auf den Untersberg. Der Untersberg bei Sonnenaufgang, der Untersberg morgens, mittags, abends und sogar bei Mondschein. «Wie geht das eigentlich?», fragte Holzhammer. «Die Kamera muss ja einen zusätzlichen Fernauslöser haben.»

«Genau», sagte Müllerhuber. «Auf der Fernbedienung sind Knöpfe dafür. Außerdem ein Display, auf dem er sehen kann, was er gerade aufnimmt.»

Endlich wurde es auch polizeilich interessant. Park hatte tatsächlich zunächst geübt. Die Drohne flog einige Kurven und machte Fotos von ihrem Besitzer. Mehrmals landete sie, als hätte er versucht, irgendwas zu korrigieren, vielleicht die Ausrichtung des Objektivs.

Dann kamen Aufnahmen vom Hotelzimmer. Dort stand die leere Packung, und auf dem großen Bett lag die Gebrauchsanleitung. Auch der hatte sein Spielzeug also nagelneu, genau wie die komischen Höhlenforscher. Bloß dass die leider nicht vorher geübt hatten.

Holzhammer klickte weiter. Die allerersten Fotos waren auf der Terrasse des Hotels gemacht worden. Dort, wo man bei schönem Wetter seinen Nachmittagskaffee trank und dazu feinste Petits Fours genoss. Da hatte Herr Park sich nicht getraut, die Drohne fliegen zu lassen. Sie stand fest auf einem weiß gedeckten Kaffeetisch, um den mehrere Personen saßen.

Holzhammer studierte die Gesichter, eins nach dem anderen. «Meine Fresse, das ist es!», trötete er plötzlich.

Müllerhuber neben ihm zuckte richtig zusammen.

«Was ist los, wohl noch nie einen Hauptwachtmeister beim Ermittlungserfolg gesehen», frotzelte Holzhammer. Ihn hatte ein richtiges Hochgefühl überkommen.

«Sorry, ich komm ned mit», gab der junge Polizeimeister zu.

«Kannst du auch ned», beruhigte Holzhammer ihn. Er deutete auf den Bildschirm: «Dieser da ist nämlich der verunglückte Höhlenforscher – der Typ, der aus dem Krankenhaus getürmt ist. Den konntest du ned erkennen, weil du ihn nie gesehen hast. Aber den Kandidaten hier drüben müsstest du eigentlich kennen.» Er deutete auf einen weiteren Kaffeegast.

«Glaub schon, ist das nicht der Dings von der BGLT?»

«Ja, des dad i aa sogn», stimmte Holzhammer zu. «Und deshalb muss ich sofort zu der Christine.»

«Äh was, wieso?» Es kam selten vor, dass Müllerhuber den Gedankengängen seines Chefs nicht folgen konnte.

Holzhammer beließ es dabei. «Pass auf, Bursch, du hältst hier die Stellung. Ich bin vor dem Mittag zurück.»

Damit schnappte er sich die Speicherkarte und joggte auf einem Luftkissen des Optimismus hinaus.

12

Christine saß in abgeschnittenen Jeans und ärmellosem T-Shirt auf dem Balkon und blinzelte in die Sonne. Seit die vordersten Tannen weg waren, kam deutlich mehr Licht auf das Grundstück. Jetzt im Sommer war es angenehm, in der dunklen Jahreszeit aber ein wahrer Segen.

Das Haus in der Oberschönau war in den Sechzigern von Matthias' Eltern erbaut worden. All die Zeit hatte es im Winter mehrere Wochen lang keine Sonne gesehen. Matthias hatte das angeblich nie etwas ausgemacht. Aber Christine hatte es von Anfang an gestört. Sie hatte das Gefühl, von dem vielen Schatten trübselig zu werden – einzugehen wie die sprichwörtliche Primel.

Darum hatte sie im vergangenen Dezember dem Waldbesitzer die vorderste Baumreihe abgekauft, fünf hohe Tannen, und sie fällen lassen. Seitdem saß interessanterweise auch Matthias viel öfter auf dem Balkon.

Jetzt hatte sie schon wieder ein neues Projekt, und diesmal war auch Matthias von Anfang an dafür gewesen. Sie bauten nämlich das Dachgeschoss offiziell zur Ferienwohnung aus, in Wirklichkeit hatten sie aber einen ganz bestimmten Dauerbewohner im Auge.

Natürlich ging es um Stefan, den jüngeren Bruder von Matthias. Mit 18 Jahren war er nach München gegangen und hatte sich dort eine Existenz als freier Fotograf aufgebaut. Jahrelang hatte er sich im Talkessel kaum blicken lassen. Bis er im vorigen Jahr aus Liebeskummer plötzlich den Weg in die Heimat fand – und bald darauf in Berchtesgaden ein neues Glück.

Er war eben doch ein Alpengewächs. Christine erkannte es daran, wie er die Berge ansah und wie er aufblühte, wenn sie gemeinsam auf Tour waren. Momentan war er wegen eines Auftrags in München, und bevor er bei ihr aufschlug, wollte sie alles fertig haben. Aus diesem Grund hatte sie sich die Woche freigenommen. Heute Nachmittag sollte der Maler kommen, und vorher wollte sie eigentlich noch den Kriechboden ausräumen.

Aber dann hatte sie in der hintersten Ecke ein Hornissennest entdeckt. Noch recht klein, aber eindeutig bewohnt. Es zu zerstören, kam nicht in Frage. Christine mochte die großen Insekten, sie erzeugten beim Fliegen so einen gemütlichen Brummton. Und streng geschützt waren sie sowieso. Also hatte sie die Feuerwehr angerufen.

Das war vor einer Stunde gewesen, und sie wurde langsam ungeduldig. Als es endlich an der Tür klingelte, sprang sie auf wie von der Hornisse gestochen. Doch draußen stand kein Feuerwehrler in Schutzkleidung, sondern Franz Holzhammer in Bergschuhen.

«Servus, Christine, ich hab gehört, du machst diese Woche blau.»

«So blau auch wieder nicht», verteidigte sie sich. «Wir bauen um. Aber komm doch rein.»

«Dank dir. Hast du irgendwo einen Rechner? Das hier ist die Speicherkarte aus der Adlerdrohne.» Er hielt das winzige Corpus Delicti hoch. «Du würdest mir wahnsinnig helfen, wenn du schnell die Fotos durchschaust.»

Zwischen den Holzhammer'schen Wurstfingern wirkte das dünne Plättchen reichlich zerbrechlich, aber Christine wusste, dass es in den besten Händen war. Sie gehörte zu den wenigen Eingeweihten, vor denen der Hauptwachtmeister seinen Hang zu moderner Technik nicht verbarg.

Sie führte ihren Lieblingspolizisten ins Wohnzimmer. Die ländliche Sitte, alle Gäste in der Küche zu bespaßen, hatte sie nie verstanden. «Setz dich, ich hol meinen Laptop.»

«Willst du nur die wichtigen Bilder oder auch die lustigen?», fragte er, als sie mit dem Rechner zurückkehrte.

«Ich hab Zeit. Ich muss sowieso warten, bis die Feuerwehr die Hornissen holt.» Sie setzte sich neben ihn auf die Couch, und Holzhammer gab ihr die Karte.

«Fang bei den ältesten an, das sind die wichtigen. Ja, genau. Erkennst du jemand an der Kaffeetafel?»

Christine drehte den Bildschirm, bis die Sonne nicht mehr blendete. Auf dem ersten Foto sah man zwei Asiaten in perfekt geschnittenen schwarzen Anzügen. Sie musterte die Gesichter. «Die zwei waren mit am Stöhrhaus.»

«Stimmt. Aber pass auf, jetzt kommt's. Moment ...» Er klickte einige Bilder weiter. «Was ist mit dem?»

Der Holzhammer'sche Zeigefinger deutete auf einen Kaffeetrinker, dessen Habitus sich deutlich von den anderen unterschied. Sein Sakko hatte eine unmodische Farbe und krumpelte an den Schultern, und der Schlips passte nicht zum Hemd. Außerdem hatte er blaue Augen.

«Ja», sagte sie. «Das ist der Einheimische, der bei ihnen war. Ich kenn ihn nicht. Aber du vermutlich?»

«Freilich. Des ist der Walter Votzbauer. Arbeitet beim Tourismusverband.»

«Und nebenberuflich als Bergführer?», vermutete sie. Warum sonst sollte der Mann sich mit auswärtigen Höhlenforschern auf dem Untersberg herumtreiben.

«Eben ned», sagte Holzhammer. «So weit war ich nämlich auch schon.»

Christine überlegte. «Sind die Koreaner vielleicht Journalisten von irgendeinem asiatischen Reisemagazin? Dann führt Votzbauer sie vielleicht im Auftrag des Tourismusverbands herum. Damit sie auch ja keine Berchtesgadener Attraktion verpassen.»

«Eher weniger», sagte Holzhammer. «Dafür nehmen sie hübsche junge Mädels in Tracht und ned angeschimmelte Buchhalter im Sakko von KiK.»

Nachdenklich klickte Christine noch einmal durch die Fotos. «Du hast sicher recht, Journalisten würden auch nicht so nobel logieren. Diese Leute haben Geld. Also warum klauen sie dann? Und warum holen sie sich keine Genehmigung fürs Riesending? Was sind das bloß für Typen?»

«Des ist die große Frage», erwiderte Holzhammer. «Und die werd ich auch dem Votzbauer stellen. Aber es wär halt schön, wenn ich zu dem Gespräch schon a bisserl was in der Hand hätte. Wenn ich wenigstens die grobe Richtung wüsste. Oder ein kleines Druckmittel hätte. Sonst braucht der ja überhaupt nicht mit mir zu reden.»

«Wie wär's denn mit einer Durchsuchung der Hotelzimmer?», schlug Christine vor.

«So ganz ohne Handhabe? Bei betuchten Touristen im Fünfsternehotel? Vergiss es.» Der Hauptwachtmeister richtete den Blick frustriert zu Boden. Als würde er von einem im Parkett eingebauten Teleprompter ablesen, spulte er weitere

Probleme herunter: «Überhaupt haben mir nur von einem dieser Drohnencowboys den Namen. Das Hotel ist voll von Asiaten, wie sollen mir da die Zimmer der anderen finden? Tagelang mit den Fotos im Hotel herumrennen? Da können mir auch gleich in der Lobby ein Schild aufhängen. *Vorsicht Polizei, Banditen bitte untertauchen.*»

Wenn Holzhammer in dieser Stimmung war, half meistens nur eins: «Willst du vielleicht ein Weißbier?»

Sofort erhellte sich die polizeiliche Miene. «Mei, des wär a Sach.»

Christine beeilte sich, die entsprechenden Utensilien herbeizuschaffen. Schon beim Ritual des Einschenkens entspannte sich ihr Gast. Jetzt musste nur noch ein angenehmes Thema her.

«Übrigens vielen Dank an Marie, die ersten Aufträge für Stefan sind schon eingetrudelt.»

Christine hatte die Hauptwachtmeistersgattin vertraulich gebeten, sich nach Fotoaufträgen für den zukünftigen Mieter ihrer Ferienwohnung umzuhören. Wenn Stefan Arbeit vor Ort hätte, müsste er nicht mehr so oft wegfahren.

Offenbar hatte Marie sofort ihr gesamtes Netzwerk aufgescheucht, vom Frauenbund über den Kirchenchor bis hin zu den ehrenamtlichen Flüchtlingsbetreuerinnen. In wie vielen wohltätigen Handarbeitskränzchen, Spendenkreisen, Vorlesezirkeln und wer weiß was noch für geometrischen Formen Marie engagiert war, wusste sie wahrscheinlich nicht einmal selbst.

«Werd ich ausrichten», sagte Holzhammer und wischte sich etwas Weißbierschaum vom Mund. «Was hat sich denn schon gefunden?»

«Also, für die Grünsteinhütte soll er spektakuläre Fotos vom Klettersteig machen, das ist für ihn ein Kinderspiel. Dann soll er die Watzmannpraline und den echten Watzmann zusammenbringen. Er sagt, das ist eine Frage der Perspektive und der Brennweite. Bloß mit dem Floating-Tank hat er Probleme. Das Floating-Studio will natürlich, dass da total gut aussehende, total glückliche und bis in die Haarwurzeln tiefenentspannte Leute schweben. Aber die ersten Probeaufnahmen sahen mehr nach eingepökelten Wasserleichen aus.»

Mit dieser Schilderung konnte sie Holzhammer sogar einen kurzen Lacher entlocken.

«Ach, des wird schon. Zur Not leg ich mich eini», bot er gut gelaunt an. «Wie geht's denn mit der Wohnung für den Herrn Fotograf überhaupt voran?»

«Fast fertig. Wenn die Hornissen ausgezogen sind, fehlt nur noch der Maler.»

«Sehr gut. Und wen nimmst zum Malen – den Muh?»

«Ich hab den genommen, der gleich unten an der Straße wohnt. Matthias hat gesagt, der ist gut.»

«Das is der Muh», sagte Holzhammer. «Gute Wahl. Erstklassiger Maler und preiswert dazu.»

«Nein, so heißt der nicht. So heißt niemand», widersprach Christine im Brustton der Überzeugung.

«Mei, Madl, so schreibt der sich doch ned offiziell. Der heißt so, weil er mal was mit a Kuh hatte.»

«Was?», japste sie.

«Na ja, ging wohl ned lang die Affäre, mehr so a One-Night-Stand. Und er war besoffen. Aber die Kuh ned.»

«Franz, du treibst mich schon wieder an.»

«Nein, Tatsache. Frag Matthias.»

Jetzt ahnte Christine, dass Matthias die Geschichte bestätigen würde. So war das eben im Talkessel. Wenn jemand etwas anstellte, sprach sich das herum wie ein Lauffeuer. Und ein entsprechender Spitzname war auch schnell gefunden. Aber deswegen ließ man einen erstklassigen Anstreicher noch längst nicht links liegen. Die Witze und Frotzeleien musste er verkraften.

Holzhammer nahm noch einen ordentlichen Schluck und stand dann entschlossen auf. «So. Jetzt greif ich mir diesen Votzbauer. Der soll ausspucken, was er mit den Koreanern zum tun hat. Da muss mehr dahinter sein, als dass er bloß den Bergführer für die macht. Ein Bergführer tanzt ned im Anzug zum Kaffeetrinken an.»

«Klingt gut. Und wenn er leugnet, dass er am Untersberg war, komm ich zur Gegenüberstellung.»

«Abgemacht.»

Der Hauptwachtmeister griff so energisch nach der Speicherkarte, als wär's schon der Votzbauer. Steckte sie ein und polterte die Treppe zur Haustür hinunter.

Im Wagen überlegte sich Holzhammer, dass ein paar Informationen über diesen Votzbauer nicht schaden konnten. Also drückte er auf seinem Handy die Kurzwahlnummer 1.

«Was ist?», meldete Marie sich knapp.

War sie immer noch sauer? Nein, sie war ja heute in der Arbeit. Aber vielleicht auch beides. Manchmal vergaß er glatt, dass Marie neben der Fürsorge für ihn und ihren diversen karitativen Aktivitäten auch noch einen Job hatte. Den würde sie auch niemals aufgeben.

Nirgends traf man mehr Leute, mit denen man ratschen

und die neuesten Gerüchte austauschen konnte, als an der Supermarktkasse. Dort hörte sie jeden Grashalm zuerst wachsen. Schon mehrmals hatte sich diese Tatsache für die Polizeiarbeit als äußerst nützlich erwiesen.

«Ich komm kurz was einkaufen», sagte er.

«Ist gut, dann verschieb ich die Pause.» Damit trennte Marie die Verbindung.

Holzhammer parkte auf dem Gehsteig vor dem Geschäft und schlenderte in der Obstabteilung herum, bis Marie zu ihm kam. Sie nahm ihn am Arm und führte ihn in den Durchgang zum Lager.

«Und, was willst du so Wichtiges einkaufen?», fragte sie.

«Was weißt du über Walter Votzbauer?»

«Hauptsächlich, dass er unfähig ist.»

«Ich dachte, das wär eh Einstellungsvoraussetzung beim Tourismusverband», lästerte er.

Die Holzhammers vermieteten zwar nicht selbst, aber sie kannten jede Menge Privatvermieter. Und bei absolut allen gehörte es zum guten Ton, sich über die mangelhaften Aktivitäten des Verbands zu beklagen.

«Der Votzbauer war für die Messen zuständig», erklärte Marie. «Aber da haben sie ihn weggetan, weil er immer die jungen Praktikantinnen mitgenommen hat anstatt die, die gescheit reden können.»

«Mei, wenn des ois is ... die Einkäufer werden ja auch hauptsächlich Mannsleut sein.»

«Depp. Er soll sie auch belästigt haben. Zumindest so hintenrum. Des ist aber ned offiziell.»

«Schon klar.» Bestimmt war es das alte Lied – keine wollte Anzeige erstatten. «Und jetzt? Ist er geflogen?»

«Noch ned, glaub ich. Aber sie haben ihm Kompetenzen weggenommen und hoffen, dass er von selbst geht. Aber ich fürchte, da können sie lange warten.»

«Warum?»

«Mei, er wird erst gehen, wenn er einen neuen Job hat. Und wer nimmt so einen schon. Außerdem soll er noch andere Probleme haben – geldmäßige.»

«Was denn, Alimente oder Immobilie?»

«Spielsucht.»

«Ah. Das ist übel.» Aber es passte. Holzhammer erinnerte sich an das schäbige Jackett auf dem Foto. Offenbar hielt Votzbauer nur noch mühsam die Fassade aufrecht. So einer würde fast alles tun, um aus der Klemme zu kommen. Ob auch ein Mord dabei war?

«Wo er wohnt, weißt du ned zufällig?»

«Kreilbachweg 5c», sagte Marie wie aus der Pistole geschossen.

«Super. Dafür sollt ich dir glatt einen Salat abkaufen.»

«Als wenn du Salat essen tätst.»

«Also dank dir, bis heut Abend. Bussi.»

Holzhammer ging zwischen den Kassen hindurch hinaus. Im Spiegeln der Schiebetür sah er gerade noch, wie eine der anderen Kassiererinnen aus ihrem Sitz schnellte. Garantiert, um Marie ganz vertraulich zu fragen, was los war.

Er fuhr zur Wache und ging in den Bereitschaftsraum. «Komm, du hast jetzt Mittag», sagte er zu Müllerhuber.

Der fragte nicht lange, sondern folgte ihm einfach zum Wagen. Holzhammer fuhr hinunter zum Bahnhof, reihte sich in den Kreisel ein und nahm die Ausfahrt Richtung Königssee.

Erst als Holzhammer am Ortsausgang links abbog, meldete sein Beifahrer sich zu Wort: «Ich verbringe meine Mittagspause also am Jenner?»

«Vorderbrand», sagte Holzhammer. «Bist eingeladen.»

Sein Magen hing nämlich schon wieder in den Kniekehlen. Es war inzwischen Nachmittag, und er hatte seit dem sehr frühen Frühstück nichts gegessen. So konnte er nicht arbeiten. Und die Adresse, die Marie ihm genannt hatte, befand sich auch da oben.

Der Parkplatz am Gasthof platzte aus allen Nähten, die Autos standen schon entlang der Straße. Kein Wunder bei dem schönen Wetter. Auf der Terrasse waren alle Tische besetzt, bis auf den Stammtisch. Als die Wirtin sie sah, deutete sie mit der Hand dorthin und rief: «Extra für euch! I kimm gleich.»

Holzhammer ließ sich auf die geräumige Bank fallen. Genau der richtige Platz, um einen Schlachtplan zu entwerfen – womöglich sogar bei einer Schlachtplatte. Mal sehen, was die Karte hergab. Am Ende entschied er sich für den Schweinsbraten. Der verrückte Müllerhuber bestellte tatsächlich einen Salat.

Als die Weißbiergläser vor ihnen standen, rückte Holzhammer mit den Neuigkeiten heraus. «Christine hat den Votzbauer identifiziert, und Marie sagt, dass der tatsächlich beim Tourismus arbeitet. Allerdings hat er da Probleme.»

«Dann hat also Votzbauer im Stöhrhaus den Schlüssel geklaut?»

«Davon geh ich aus. Jedenfalls knöpfen mir zwei uns den Kerl jetzt vor.»

«Good cop, bad cop?», fragte Müllerhuber.

«Und wer von uns soll der good cop sein? Ich seh da keinen.»

Müllerhuber wurde wieder ernst. «Was wissen wir denn noch über den Kerl?», fragte er und zählte gleich selber auf: «Erstens, Votzbauer war mit den Koreanern Kaffeetrinken. Zweitens, er war mit ihnen am Untersberg ...»

«Drittens, er hat einen Bergkameraden im Stich gelassen», sagte Holzhammer. «Erst hat er denen noch das Gitter aufgesperrt, und wie der Unfall passiert ist, hat er sich verpisst.»

«Ja, das soll er uns mal erklären.»

«Dafür gibt's keine Erklärung. Jedenfalls keine, die man akzeptieren kann», grimmte Holzhammer. Bei Unfallflucht verging ihm grundsätzlich der Humor.

Um sie herum ging man bereits zu Kaffee und Kuchen über. Die Mittagsgäste zahlten und wurden kurz darauf durch Kuchenesser ersetzt. Viele davon waren vermutlich mit der Jennerbahn auf den Gipfel gefahren und dann heldenhaft heruntergelaufen. Morgen würden ihnen die Knie weh tun.

Holzhammer überlegte gerade, ob noch ein zweites Weißbier drin war, als Müllerhuber dazwischenfunkte. «Sollten wir nicht langsam angreifen, Chef?»

«Immer mit der Ruhe, du Streber.»

Wenn Votzbauer heute arbeitete, würde er wahrscheinlich noch gar nicht daheim sein. Andererseits konnte das auch Vorteile haben.

Also gut. «Vera, mir zoin!»

Die Adresse, die Marie ihm gegeben hatte, gehörte zu einem der wenigen Vorkriegsanwesen, die im Umkreis des Obersalzbergs erhalten geblieben waren. Es hatte nicht nur die Bauwut eines gewissen Herrn Hitler überlebt, sondern auch das Bombardement der Amerikaner am 25. April 1945.

Großtante Steffi hatte früher bei Familienfesten oft von diesen Tagen erzählt. Wie die SS-Leute vom Obersalzberg geflüchtet waren und unten im Tal um zivile Kleidung gebettelt hatten. Die gutmütigeren oder katholischeren Einheimischen hatten ihnen welche gegeben. Auch bei Tante Steffi hatten zwei junge blonde Männer mit ihren Mützen in der Hand vor der Tür gestanden.

Die junge Steffi hatte reichlich Männerkleidung abzugeben, war ihr Mann doch kurz vorher an der Ostfront gefallen. Sein Foto stand bis heute auf ihrem Nachttisch, längst ausgebleicht und kaum noch zu erkennen. Dabei war sie zwischendurch mit Onkel Dieter verheiratet gewesen, der in den sechziger Jahren als Feriengast aus Ostfriesland nach Berchtesgaden gekommen war.

Natürlich hatte es Gerede gegeben, was will die Steffi bloß mit dem Fischkopf, hatte es geheißen. Soweit Holzhammer sich erinnerte, war der Dieter aber recht in Ordnung gewesen. Ein gemütlicher Typ, der mit dem kleinen Franz Schifferl bastelte, die sie auf dem Königssee zu Wasser ließen.

Zurück in die Gegenwart, du alter Trottel, ermahnte sich Holzhammer. Da, das musste das Haus sein. Er parkte lieber außer Sichtweite. Die letzten hundert Meter legten sie zu Fuß zurück.

Das langgestreckte zweistöckige Gebäude hatte schon bessere Tage gesehen. Um die Fenster herum blätterte die

Farbe ab, und die Dachschindeln waren grün vom Moos. Es gab drei Eingänge und sechs winzige Vorgärten.

Alle Vorgärten bestanden hauptsächlich aus Rasen. Fünf der sechs Minirasen wiesen in der Mitte einen runden, plätzchenartig ausgestochenen Fleck auf. Die Individualität der Bewohner beschränkte sich allein auf die Ausgestaltung dieser Flecken. Von links nach rechts registrierte Holzhammer einen Fleck mit Stockrose, einen mit Vogelhäuschen, einen Gartenzwerg mit Schubkarre, einen Sommerflieder, eine Vogeltränke und schließlich einen nicht vorhandenen Fleck. Dort wohnten wahrscheinlich die größten Individualisten von allen.

Sie gingen zum mittleren Eingang. Der Name «Votzbauer» stand unten links.

«Des muss die Wohnung sein», sagte Holzhammer und deutete auf die Fenster im Erdgeschoss, die auf den Gartenzwerg-Vorgarten blickten.

Sie klingelten. Nichts rührte sich.

«Wir könnten ja mal hinten schauen», sagte Müllerhuber.

Das hatte Holzhammer eh im Sinn gehabt. «Also gut, dann kriegst du jetzt den patentierten, Holzhammer'schen Schnellkurs in unauffälligem Betreten. Wichtigste Regel: ned schleichen, ned verstecken. Mir schlendern da ganz gemütlich hintri, als hätten mir jedes Recht dazu.»

«Und wenn einer fragt?»

«Angriff ist die beste Verteidigung. Sobald ein Nachbar seine Nase zeigt, noch bevor der irgendwas fragen kann, wird lauthals gegrüßt. Die meisten verziehen sich dann. Wenn ned, lass mich reden. Das ist dann für Fortgeschrittene.»

«Ist gut, Chef», sagte Müllerhuber grinsend und deutete eine Verbeugung an.

Zur Rückseite des Gebäudes führte ein schmaler Trampelpfad, in den Büsche hineinhingen. Offenbar wurde er hauptsächlich von Dachsen und Hasen benutzt.

Die rückwärtigen Gärten konnten nicht von der Straße eingesehen werden. Entsprechend taten sich die Bewohner hier weniger Zwang an. Nur zwei der schmalen, von Maschendraht umgrenzten Rechtecke waren liebevoll angelegt, mit Blumenbeeten und Büschen. Zwei andere bestanden flächendeckend aus Rasen, der eine brav gemäht, der andere meterhoch geschossen. Die übrigen zwei glichen Müllkippen. Die erste bestand hauptsächlich aus Kinderspielzeug, Schaukeln, Planschbecken, Sandkisten und Fahrzeugen aus Plastik. Die zweite Müllkippe gehörte zu Votzbauers Wohnung. Ohne Umstände öffnete Holzhammer die Gartentür.

Müllerhuber folgte ihm und sagte: «Entweder unser Mann ist ein Messi oder am Renovieren.»

«Oder auf dem Abflug», ergänzte Holzhammer.

Zwischen tropfnassen Polstermöbeln, zusammengefallenen Regalen und einem demolierten Doppelbett hindurch gelangten sie zur Terrasse. Dort standen eine verrostete Waschmaschine und ein antiker Heimtrainer.

Holzhammer spähte durch die Fenster. Weder Vorhänge noch Jalousien behinderten den Blick. Drinnen sah es fast so schlimm aus wie auf der Terrasse. Die Möbel wirkten zusammengewürfelt. Einige davon hatten vor Jahren sicher ein gewisses Geld gekostet, aber Kaputtes war durch Billigware ersetzt worden, wenn überhaupt.

Er rüttelte an der Terrassentür, worauf sie einen Schlitz

freigab, durch den es im Winter gewaltig ziehen musste. Der Hauptwachtmeister zog ein Taschenmesser heraus.

«Was wird das denn?», fragte Müllerhuber.

«Ich geh rein», sagte Holzhammer. «Das nennt man Gefahr im Verzug.»

«Schmarrn, das nennt man Einbruch», widersprach Müllerhuber. «Was willst du in dem Schrotthaufen überhaupt finden?»

Holzhammer ignorierte die Frage und widmete sich weiter der Tür, die nur wenig Widerstand leistete. Schon betrat er die desolate Wohnung. Am Fenster stand ein Mahagonitisch mit vier Ikea-Stühlen und einem vollen Aschenbecher. Die gesamte rechte Wand gehörte einem altertümlichen Wohnzimmerschrank in Eiche rustikal. Systematisch öffnete er sämtliche Fächer und Schübe des Monstrums. Nichts als Gläser, Flaschen, Karaffen, Deckchen, Kerzenhalter, Blumenvasen, ein paar Bücher, noch mehr Kerzenhalter und in den unteren Schubladen vergilbte Tischwäsche.

Nach einem kurzen Blick ins Schlafzimmer widmete er sich der Küche. Die Einrichtung musste einmal sehr teuer gewesen sein, es gab eine schicke Herdinsel mit anschließendem Esstresen. Bevor ihn die Spielsucht packte, musste es Votzbauer einmal recht gut gegangen sein.

Auf dem Tresen fand Holzhammer einen Stapel Post. Diverse Briefe von Versorgern – Telefon, Fernsehen, Strom. Doch es gab auch Hübscheres. Holzhammers Blick fiel auf mehrere bunte Reiseprospekte in Klarsichtfolie. Auf den transparenten Hüllen prangten Adressaufkleber. Votzbauer musste die Broschüren eigens angefordert haben.

Er griff sich zwei der Prospekte und drehte sich zu Müllerhuber um, der ihm schüchtern in die Wohnung gefolgt war. «Hier, du Supercop. Von wegen keine Gefahr im Verzug.»

Der Jungpolizist wurde gleich einen Kopf kleiner. Es sah aus, als würde er im Laminat versinken.

«Schon gut, ich hab's ja vorher auch ned gewusst», gab Holzhammer zu. «Aber jetzt lass uns gehen.»

Die beiden Broschüren nahm er kurzentschlossen mit. Als sie gerade dabei waren, die Terrassentür wieder halbwegs zuzuziehen, hörte man auf der Vorderseite des Hauses ein Auto einparken.

Müllerhuber verfiel sofort in Hektik. «Schnell weg», zischte er panisch.

«Nur die Ruhe», mahnte Holzhammer und wedelte mit den Reiseprospekten.

«Aber die haben wir illegal erworben», flüsterte Müllerhuber. Dann hastete er durch den vermüllten Garten davon.

Der Hauptwachtmeister folgte ihm in aller Seelenruhe nach. Bevor Votzbauer die Wohnung betrat, würde er garantiert erst in den Briefkasten schauen. Und was die Prospekte betraf, so würde er die beiden farbenfrohen Trümpfe schon richtig ausspielen.

Sein hektischer Adjutant wartete an der Hausecke. Sie quetschten sich wieder durch das Gestrüpp. Vor dem mittleren Hauseingang stand jetzt ein rundum verbeulter Subaru.

«Nummer», sagte der Hauptwachtmeister, und Müllerhuber riss den Notizblock raus.

Holzhammer hatte schon fast die Hand erhoben, um neuerlich bei Walter Votzbauer zu klingeln, als er es sich anders überlegte. Vielleicht sollte man seine Trümpfe erst einmal anschauen, bevor man sie ausspielte.

Er stiefelte Richtung Auto davon, seine rechte Hand hinterher. Als sie außer Sicht waren, drückte er Müllerhuber einen der eingeschweißten Prospekte in die Hand und riss die Umhüllung des anderen auf. Einen Moment lang studierte er das Titelblatt, dann blätterte er um und überflog das Inhaltsverzeichnis.

«Willkommen in Südkorea», sagte er zu Müllerhuber.

«Hier auch», sagte der. «Und was bedeutet das?»

«Kleine Luftveränderung», sagte Holzhammer.

«Da würde mir ja was Besseres einfallen», meinte Müllerhuber. «Wenn schon die Richtung, dann lieber zum Bergsteigen in den Himalaya oder den Karakorum.»

«Mei, wenn man in Korea Freunde hat ...»

«Fragt sich nur, worauf diese Freundschaft beruht.»

«Na, des fragen mir jetzt den Votzbauer», entschied Holzhammer. «Und die Broschüren haben mir außen vor den Briefkästen gefunden, verstanden?»

Sie drehten um und klingelten zum zweiten Mal. Nichts rührte sich.

«Vielleicht muss er sich erst was anziehen», sagte Müllerhuber.

«Einen Kimono vielleicht?», gab Holzhammer zurück und drückte nochmals die Klingel.

Schließlich erschien Votzbauer im Hausgang und öffnete. «Ja?», fragte er sparsam.

Holzhammer hielt die beiden Broschüren hoch. «Mir wollten uns nach dem Wetter in Südkorea erkundigen. Sollen mir das hier im Hausgang machen, oder gehen mir eini?»

Dabei trat er einen halben Schritt auf Votzbauer zu, sodass sein mittlerer Uniformknopf nur noch Millimeter von Votzbauers Hosenlatz entfernt war. Der Mann war in Tracht, aber wohl gerade dabei gewesen, sie auszuziehen. Die Hosenträger hingen schon links und rechts herunter.

Tracht war Kleidervorschrift beim Tourismusverband, und zwar für alle Mitarbeiter, bis hinauf zum Chef. Jeder Reiseveranstalter, der vorbeikam, um neue Deals auszuhandeln, sollte sehen, dass in Berchtesgaden noch alles echt war. Bis hin zu den jahrzehntealten Bierflecken auf der Hirschledernen von Walter Votzbauer.

Kommentarlos drehte Votzbauer sich um und schlurfte zurück in seine Wohnung. Die beiden Polizisten folgten ihm. Der volle Aschenbecher stand immer noch auf dem Mahagonitisch.

Votzbauer ließ sich in einen der Ikea-Stühle fallen. Müllerhuber tat es ihm nach. Holzhammer sah sich lieber nach etwas Soliderem um. Schließlich lehnte er sich an die Fensterbank. Von dort pfefferte er die Reisebroschüre in Votzbauers Richtung. Sie flatterte aufblätternd durch die Luft und rutschte dann quer über den Tisch, genau zwischen Votzbauers aufgestützte Ellenbogen.

«Erklär amal», sagte Holzhammer.

Der Mann starrte auf die aufgeblätterte Doppelseite wie ein Analphabet und sagte keinen Ton.

«Horch zu, mir san ned auf der Brennsuppn dahergschwommen. Gib's zu, du willst nach Korea abhauen.»

Das veranlasste Votzbauer zumindest zu einer Antwort. «Was, warum sollte ich?»

Blöderweise war genau das die Frage. Hatte er nur den

Schlüssel im Stöhrhaus gestohlen und die Verunfallten im Stich gelassen? Oder hatte er auch mit dem Mord zu tun? Und wie hing das eine mit dem anderen zusammen?

«Burscherl, du wurdest mit den Koreanern gesehen. Mehrfach», sagte Holzhammer.

«Ja, und? Sie haben mir einen Job angeboten.»

Sakra. Das hatte er nicht kommen sehen.

Umso barscher hakte er nach: «Was für ein Job soll das wohl sein? Und im ganzen Satz, wenn's geht. Lass dir gefälligst ned alles aus der Nase ziehen.»

«Ich werd Direktor in denen ihrem neuen Freizeitpark in Seoul.»

«Ja, klar. Was auch sonst.»

Warum in aller Welt sollte jemand einen Schafbeutelwascher wie den Votzbauer zum Direktor machen – von was auch immer? Was konnte es geben, das ausgerechnet den qualifizierte? Irritierenderweise hatte Holzhammer trotzdem das Gefühl, dass der Mann die Wahrheit sagte.

Holzhammer wartete auf eine nähere Erklärung. Als klar war, dass Votzbauer von sich aus nichts hinzufügen würde, stieß er sich von der Fensterbank ab und brüllte: «Mann, mach's Maul auf! Was sind das für Typen, und was ist das für ein Freizeitpark? Und wehe, du lügst!»

«Das ist geheim», antwortete Votzbauer fast bittend. Hatte er etwa Angst vor seinen neuen Arbeitgebern?

«Bürscherl, wenn du ned sofort sagst, was des für a Parkdings ist …», zischte Holzhammer. Was dann wäre, wusste er allerdings selber nicht.

Glücklicherweise bequemte sich Votzbauer zu einer Antwort: «Sie bauen halt Berchtesgaden nach.»

«Sie machen was?», fragte Müllerhuber.

Holzhammer kapierte gleich. Sein Berchtesgaden, nachgebaut aus Kunststoff und Pappe. Er sah es vor sich. Alles, was ihm lieb und teuer war, herabgewürdigt zur allgemeinen Belustigung. Seine letzte Brotzeit begab sich Richtung Fahrstuhl. Er schluckte.

Plötzlich ergab alles einen Sinn. Die Hightech-Drohnen. Logisch, dass man für 3-D-Modelle jede Menge Fotos und Videos brauchte. Die Einbrüche. Logisch, dass ein guter Themenpark auch ein paar Originalteile brauchte. Die Geschichte am Riesending. Gewiss war eine Art Geisterbahn geplant, eine Fahrt durch die Tiefen der Höhle, komplett mit Fledermäusen und Höhlenrettern.

Sogar der hirnrissige Strickmuster-Diebstahl erschien in neuem Licht. Gewiss sollten die Wadlstrümpf maschinell nachgestrickt und als Andenken verkauft werden. Wie man die Koreaner kannte, waren ihre Maschinen in der Lage, die kompliziertesten Monogramme in Minutenschnelle einzustricken.

Es ergab auch absolut Sinn, dass die Koreaner den Votzbauer für ihr Vorhaben rekrutiert hatten. Der kannte sich mit den einheimischen Attraktionen bestens aus, hatte überall Zugang – und er schob einen Hass auf die einheimischen Touristiker. Er war der perfekte Mann für den Job. Und garantiert war er käuflich.

Das alles schoss dem Hauptwachtmeister blitzartig kreuz und quer durch den Kopf. Votzbauers Antwort auf Müllerhubers Nachfrage hätte es gar nicht mehr gebraucht. Sie machte alles nur noch schlimmer.

Da es nun einmal heraus war, lieferte der frischgebackene

Themenpark-Direktor stolz weitere Details: «Die stecken Milliarden da eini. Wahrzeichen wird der Watzmann im Verhältnis eins zu zehn. Den wird man kilometerweit sehen. Allein die Watzmann-Ostwand-Achterbahn kostet 15 Millionen Dollar. Und auf dem Königssee fahren Boote, von denen man Plastikhirsche im Wasser schießen kann. Genau wie früher die Adligen bei der Treibjagd. Eine Seilbahn zum Kehlsteinhaus ist auch geplant, mit kleinen Panzern als Gondeln und …»

«Genug, aufhören, hör auf!», rief Holzhammer. Er klebte jetzt platt am Fenster. Votzbauers Beschreibung hatte ihn immer weiter zurückweichen lassen, wie eine leibhaftige Ausgeburt der Hölle. «Martin, übernimm du. Ich verkraft des ned.»

Müllerhuber warf ihm einen besorgten Blick zu. Dann stand er auf und setzte sich dicht bei Votzbauer auf die Tischplatte. «Und du wirst also der Boss von der ganzen Geisterbahn», sagte er zu dem Direktor in spe.

Votzbauer nickte. «Ja, und dann verdien ich zehnmal so viel wie hier in diesem Pissloch.»

Meinte der Saukerl damit etwa Berchtesgaden? Bis dahin hatte Holzhammer noch ein Fünkchen Mitleid mit dem Gestrauchelten gehabt. Jetzt verlosch es mit einem leisen Zischen. Spielsucht war eine Krankheit, aber die Heimat beleidigen ging gar nicht.

«Du hast die Koreaner herumgeführt, und für ihren Ausflug ins Riesending hast du dem Woferl den Schlüssel geklaut», fuhr Müllerhuber fort. «Lüg ned, mir haben eine Zeugin.»

Holzhammer nickte anerkennend. Das mit der Zeugin

war zwar leicht übertrieben, Christine hatte den Mann ja nur in der Wirtsstube gesehen. Aber es war plausibel und daher nur halb geschwindelt.

Votzbauer gab es auch gleich zu. Vermutlich hielt er das für das kleinste Übel. Was sollte man ihm schon wegen eines blöden Schlüssels tun?

«Und warum bist du abgehauen, als der Unfall passiert ist?», forschte Müllerhuber nach.

«Na ja …»

«Na ja was? Spuck's aus, Mann. Unterlassene Hilfeleistung ist kein Kavaliersdelikt. Dafür kannst du in den Knast kommen. Und die Kosten für den Rettungseinsatz hängen da auch dran.»

Schon wieder eine hübsche Halbwahrheit. Müllerhuber machte das wirklich gut.

«Also, da war ja noch einer dabei, der Big Boss von allem. Und wie der gesagt hat, wir müssen uns verdrücken, da musste ich doch gehorchen. Wo der doch mein neuer Chef ist.»

Einfach super. Der gute alte Befehlsnotstand. Holzhammer kam schon wieder die Suppe hoch.

«Und warum bitt schön solltet ihr euch verdrücken?», fragte Müllerhuber weiter.

«Weil doch alles geheim bleiben muss», antwortete Votzbauer. Schon das zweite Mal, dass er von Geheimhaltung schwafelte.

«Und warum musste es geheim bleiben?», fragte Müllerhuber.

Momentan klang ihr Dialog wie eine Drehleier. Aber Holzhammer war sicher, dass Müllerhuber bald wieder umschalten würde. Wie bei einem widerspenstigen Gaul, den man durch abwechselndes Anziehen und Nachgeben an den Zügel brachte.

«Na, wegen der Konkurrenz. Sie haben immer gesagt, es darf nichts nach außen dringen. Den riesigen Grund für den Park haben sie über Tarnfirmen zusammengekauft, angeblich für ein neues Gewerbegebiet. So können sie die ganze Erschließung durchziehen, ohne dass die Konkurrenz was merkt. Erst wenn sie kurz vor der Eröffnung den Watzmann aufrichten, bekommen es alle mit.»

Vor Holzhammers geistigem Auge erschien ein 271 Meter und 30 Zentimeter hoher Hohl-Watzmann aus Fertigteilen, dessen Inneres gefüllt war mit Andenkenläden, Imbissbuden und Toilettenanlagen.

«Und wie heißt dein neuer Chef?», fragte Müllerhuber.

«Derf i ned sogn», flüsterte Votzbauer.

Müllerhuber haute mit der Faust auf den Mahagonitisch. Dann beugte er sich nah an Votzbauers Ohr und brüllte: «Mann, du sitzt schon tief genug in der Scheiße. Raus mit der Sprache, wie heißt der Kerl? Und komm mir ned mit geheim!»

Holzhammer hatte einen heißen Tipp, aber den behielt er für sich. Er guckte einfach zu, wie der sonst so freundliche und zurückhaltende Martin Müllerhuber den bad cop gab.

Dem jungen Polizeimeister war offenbar genauso bewusst wie ihm, dass dies ihre beste Chance war. Wenn Votzbauer erst zum Nachdenken kam, vor allem zum Nachdenken darüber, dass er am besten den Mund hielt, war es vorbei. Sie mussten jetzt und hier so viel wie möglich aus ihm herausholen.

Fast wichtiger als ein Geständnis des angezählten Touristikers war sein Wissen über die anderen Beteiligten. Gegen die hatten sie ja noch praktisch gar nichts in der Hand. Sie brauchten Informationen, denen sie folgen konnten wie Brotkrumen. Um am Ende des Pfades jene harten Beweise zu finden, die sie brauchten. Hoffentlich.

Votzbauer wiederholte seine Worte, nunmehr in normaler Lautstärke und übertriebenem Hochdeutsch: «Darf ich nicht sagen.»

«Uns darfst du alles sagen, glaub mir. Genau genommen bestehen wir sogar darauf», erklärte Müllerhuber in ruhigem Ton, wie ein Lehrer, der mit einem begriffsstutzigen Schüler spricht. Dann zog er demonstrativ seine Handschellen hervor. Ganz langsam, quasi zum Mitschreiben für Votzbauers Gehirn.

Votzbauer glotzte auf das blitzende Metall, als hätte er noch nie Handschellen gesehen.

Müllerhuber beugte sich abermals zu ihm herab. Doch diesmal brüllte er nicht, sondern zischte drohend: «Raus mit der Sprache, du Grattler! Wenn du jetzt nix sagst, sitzt du für Mord!»

Das nannte Holzhammer mal eine gelungene Wendung. Votzbauer zuckte auch prompt zusammen, hielt aber weiterhin dicht. Da war wohl nichts zu machen.

Auch Müllerhuber schien das zu merken. «Also, wie war das», schlug er einen kumpelhaften Ton an. «Du warst frühmorgens mit dieser Drohne am Toten Mann, und da kommt dieser Vogelforscher daher. Er will dir verbieten, mit deiner Drohne die Vöglein zu wecken. Also nimmst du den Stein …»

«Nein, nein, damit hab ich nichts zu tun!» Votzbauer

hob die Hände, als wollte er die Vorwürfe abwehren wie Geschosse.

«Wer dann?»

«Ich weiß es nicht», beharrte Votzbauer.

«Wir wissen, dass es jemand aus eurer Truppe war. Weil wir nämlich Drohnenspuren an einem Baum gefunden haben», behauptete Müllerhuber im Brustton der Überzeugung. «Gib wenigstens das zu. Kann dir nur helfen.»

«Ich weiß nicht ... vielleicht ... wär möglich», stotterte Votzbauer.

«Mann, stotter ned!», befahl Müllerhuber mit der Stimme eines Gebirgsjäger-Feldwebels. Im Freien hätte seine Stimme garantiert vom Hohen Brett bis zum Jenner getragen.

Votzbauer schrumpelte noch weiter zusammen. Er senkte den Kopf tief über die Tischplatte, stützte die Ellenbogen auf und faltete die Hände über dem Scheitel. «Kann sein, ja», murmelte er Richtung Tischplatte. «Wegen dem Beleuchtungskonzept.»

«Weiter», sagte Müllerhuber, nun wieder ganz ruhig. Gleichzeitig schob er die Handschellen langsam über den Tisch, bis sie direkt unter Votzbauers Nase lagen.

Votzbauer fixierte einige Sekunden lang die Handschellen. Wie um die Dinger nicht mehr sehen zu müssen, nahm er dann die Hände vom Kopf und blickte hoch.

«Unser Watzmann wird immer passend zur Tageszeit beleuchtet», erklärte er. «Zur Öffnung des Themenparks am Morgen treffen die ersten rosa Sonnenstrahlen den Gipfel. Innerhalb der nächsten Stunde wandern sie dann langsam herab und werden dabei immer heller. Phantastisch wird das», endete er. Seine Stimme war jetzt wieder fest, ja geradezu stolz.

Zwei Dinge fielen Holzhammer an dieser Beschreibung auf. Erstens redete Votzbauer immer noch so, als würde die ganze Sache tatsächlich Realität werden und er sogar dabei sein. Zweitens pflegte auch in Berchtesgaden die Sonne normalerweise im Osten aufzugehen. Wenn sie also irgendwo herunterwanderte, dann an der Watzmann-Ostwand. Vom Toten Mann aus blickte man jedoch auf die Nordwestseite des Watzmann-Massivs.

Aber was wusste er schon von der Konzeption koreanischer Freizeitparks. Vielleicht musste die Sonne von allen Seiten gleichzeitig aufgehen, damit die Parkbesucher nicht im Dunkeln standen. Vielleicht würde man den Sonnenaufgang am Hochkalter irgendwie auf die Hinterseite des Watzmanns projizieren. Vielleicht war ihm das auch scheißegal.

Wenn es um seine Heimat ging, wurde Holzhammer emotional, das war schon immer so gewesen. Die Vorstellung des falsch beleuchteten Papp-Watzmanns lenkte ihn daher glatt vom eigentlichen Ziel der Befragung ab. Nur gut, dass Müllerhuber dabei war.

«Ich frag jetzt zum letzten Mal», fuhr der junge Polizeimeister den Votzbauer an. «War einer von eurer Truppe in der Nacht von Dienstag auf Mittwoch am Toten Mann?»

«Ja», sagte Votzbauer leise, aber deutlich. Vor zwei Zeugen, wie Holzhammer innerlich vermerkte. Er war jetzt wieder ganz bei der Sache.

Leider war dies das Letzte, was sie aus Votzbauer herausbrachten. Er weigerte sich strikt, irgendwelche Namen zu nennen.

13

Holzhammer und Müllerhuber saßen im komfortablen Büro des Polizeichefs und fühlten sich unkomfortabel. Es war kein leichter Gang gewesen, seit Holzhammers heftiger Konfrontation mit Dr. Fischer waren sie ihm aus dem Weg gegangen. Aber jetzt war es höchste Zeit, ihn ins Boot zu holen.

Drei Stockwerke tiefer, im Keller, wo die Zellen lagen, saß Walter Votzbauer. Holzhammer hätte ihn gern noch eine Weile dort behalten, damit er seine neuen Arbeitgeber nicht warnen konnte. Aber leider hatten sie gegen Votzbauer persönlich bisher bloß Kleinkram in der Hand.

Bei der Befragung hatte Müllerhuber zwar die unterlassene Hilfeleistung aufgebauscht, aber die Wirklichkeit sah anders aus. Das Verlassen des Unfallorts am Riesending war kein Ding. Die Bergwacht wurde verständigt, mehr hätten sie gar nicht tun können. Und Votzbauers Beteiligung an den diversen Einbrüchen konnten sie zwar vermuten, aber bislang nicht nachweisen. Ganz zu schweigen vom Mord an dem Ornithologen Franziskus Schmirtzek. Genau genommen blieb nur der Schlüsseldiebstahl.

Immerhin kannten sie jetzt den Hintergrund der ganzen mysteriösen Vorfälle, und das war ja auch schon was. Aber um weiterzumachen, zum Beispiel gewisse Edelhotelsuiten zu durchsuchen, brauchten sie offizielle Rückendeckung.

Sonst würde der Portier vom Kempinski sie nicht mal ins Foyer lassen.

Sie hatten abgesprochen, dass hauptsächlich Müllerhuber reden sollte. Holzhammer wollte seiner rechten Hand Gelegenheit geben zu glänzen, um den Eindruck, den Fischer offenbar von ihm hatte, zu korrigieren. Außerdem schien es sowieso geschickter, wenn er selbst sich zunächst im Hintergrund hielt. Immerhin war er es gewesen, der Fischer so heftig angegangen war.

Müllerhuber berichtete also über die Befragung des Votzbauer, und Holzhammer nickte dazu abwesend wie ein Wackeldackel. Auch sein Blick war nur scheinbar auf den Chef fixiert. In Wirklichkeit ging er geradewegs durch die gläserne Balkontür hinter dessen rechtem Ohr und weiter, immer weiter bis zum zehn Kilometer entfernten Watzmann. Von hier könnte man schon eher sehen, wie die ersten Sonnenstrahlen den Gipfel trafen, stellte er fest. Doch dazu hätte Dr. Fischer deutlich früher im Büro sein müssen, als er es normalerweise war.

Als Müllerhuber endete, klinkte Holzhammer sich mental wieder ein.

«Ein Themenpark? Also so etwas wie ein Vergnügungsviertel», sagte Fischer gedankenvoll. «Und das Gebiet war bisher gar nicht erschlossen? Es liegt außerhalb der Stadt?»

Worauf in aller Welt wollte er hinaus? Aber bitte schön.

«Ja, wie Votzbauer es beschrieben hat, war der ganze Grund vorher Brachland», sagte Holzhammer leichthin.

Fischers Reaktion war verblüffend. Er stieß seinen kalbslederbezogenen Drehkipp-Sessel zurück, sprang auf, schnellte zur Fensterfront, riss mit beiden Händen an den Vorhängen, drehte eine Runde um den Schreibtisch inklusive Besucher.

Als er wieder bei seinem Sessel anlangte, baute er sich dahinter auf wie an einem Rednerpult. Beide Hände auf die Rückenlehne gestützt, fixierte er sein abwartendes, zweiköpfiges Publikum.

Fischer hingegen schien es vor lauter Energie kaum auszuhalten. Er hopste auf der Stelle wie der Batteriehase aus der Werbung.

«Versteht ihr denn nicht!», rief er.

Holzhammer und Müllerhuber guckten sich an. Nein, taten sie nicht.

«Herrgott, begreift doch!», befahl Fischer ihnen, indem er jede Silbe einzeln hervorstieß. Dabei zuckte er mit dem Kopf wie ein Huhn beim Gackern. Ein Huhn im nachtblauen Kaschmirrolli.

Der Polizeichef hätte sich auch auf den Kopf stellen können. Holzhammer sah sich trotzdem nicht in der Lage, dieser Dienstanweisung Folge zu leisten. Vollpfosten, dachte er stattdessen.

«Denkt an Las Vegas, ihr Dorfdeppen», forderte Fischer sie nun auf.

Jetzt dämmerte Holzhammer, worauf Fischer hinauswollte. Und vor allem, warum er so begeistert war. Aber wozu sich den Spaß verderben. Sollte Fischer sich ruhig in seiner ganzen Lächerlichkeit offenbaren. Also stellte er sich weiterhin blöd. Darin war er ziemlich gut. Er entspannte seine Gesichtsmuskeln und zeigte ein leeres Kartoffelgesicht vom Feinsten. Genau wie der Dorfdepp, als der er gerade beschimpft worden war.

Da stupste ihn etwas am Fuß. Müllerhuber. Ein unauffälliger Seitenblick, ein wechselseitiges Zwinkern. Auch Müllerhuber hatte verstanden, der war eben auch nicht auf der Brennsuppn dahergschwommen. Gedeckt vom hohen Chefschreibtisch, hob Holzhammer bremsend eine Hand. Müllerhuber sollte ihnen den Spaß nicht verderben. Zumindest jetzt noch nicht.

«Mafia, Himmelarsch!», rief Fischer.

«Mafia?», echote Holzhammer wie ein Trottel.

Dr. Fischer ließ sich nunmehr zu einer ausführlichen Erklärung für seine begriffsstutzigen Untergebenen herab: «Jeder außer euch beiden weiß, dass Las Vegas von der Mafia gegründet wurde. Las Vegas, Vergnügungsstadt, organisiertes Verbrechen. Alles klar? Und organisiertes Verbrechen gibt's bekanntlich auch in Asien. Also, wer wird wohl hinter der neuen Vergnügungsstadt in Korea stecken?»

Als wären sie in der Schule und Fischer der gestrenge Lehrer, hob Müllerhuber schüchtern den Finger. Holzhammer fand die Darbietung übertrieben, aber Fischer schien sie zu gefallen. Jedenfalls nickte er dem frischgebackenen Musterschüler auffordernd zu.

Müllerhuber zögerte kurz, als wäre er sich der Tragweite seiner Antwort bewusst. Als würde sein Glück davon abhängen, dass Fischer die Antwort gefiel.

Schüchtern und fragend brachte er es schließlich heraus: «Das organisierte Verbrechen?»

«Ganz genau, die ehrenwerte Gesellschaft!», triumphierte Fischer.

Dabei ließ er sich nach vorn auf die Füße kippen, als würde die Wucht der Erkenntnis ihn glatt aus dem Sitz heben. Für

Holzhammer sah es allerdings mehr danach aus, als wollte er gleich ein Ei legen.

«Mafia, Cosa Nostra, Yakuza, Triaden!», frohlockte Fischer. «Triaden in Berchtesgaden!»

Oder doch eher Yakuza, dachte Holzhammer. Er musste zugeben, dass Fischers Theorie einen gewissen Charme hatte. Die Koreaner waren jedenfalls keine normalen Investoren, so viel stand fest. Ganz anders als die Schweizer vor zwei Jahren, die ihr Geld in ein Wellnesshotel am Königssee stecken wollten. Die hatten sich einfach zurückgezogen, als sie auf Widerstand stießen.

Nicht so diese hier. Die waren von anderem Kaliber. Einbrüche gehörten zu ihren üblichen Methoden, und im Notfall schreckten sie auch vor Mord oder zumindest Totschlag nicht zurück. Außerdem hatten sie Milliarden im Rücken. Und wer hatte das schon außer internationalen Gangsterbanden – ob sie nun Mafia hießen oder Yakuza oder Triaden oder vielleicht Marmeladen.

Garantiert sah Fischer bereits die Schlagzeile vor sich: *Heldenhafter Polizeichef fängt asiatische Gangsterbosse.*

Es war ein offenes Geheimnis, dass der Polizeichef seit Jahren von einer Rückkehr auf die große Münchner Bühne träumte. Am besten in einem offenen Papamobil, das von zwölf geschmückten Brauereipferden gezogen wurde. Vor der Staatskanzlei wartete mit offenen Armen der Ministerpräsident, und die Münchner Symphoniker spielten den Bayerischen Defiliermarsch dazu.

Ab sofort würden sie Fischer also am Hals haben. Bisher hatte es immer in einer Blamage für den Polizeichef geendet, wenn der sich allzu sehr einmischte – wenn er seinen nicht vorhandenen Instinkt gegen Holzhammers vollkommen richtiges Gefühl durchsetzte. So sah es zumindest Holzhammer, möglicherweise auch nicht ganz frei von Arroganz.

Bei all diesen ketzerischen Gedanken verzog der Hauptwachtmeister äußerlich keine Miene. Das machte die langjährige Übung.

Endlich nahm der Polizeichef wieder Platz. Prompt kippte auch Müllerhuber aus seiner halb stehenden Haltung zurück. Als er wieder auf seinem Hintern saß, zog er leicht die Schultern hoch und drehte im Schutze des Schreibtisches die Hände nach oben. Entschuldigung für die alberne Scharade, hieß das. Holzhammer nickte kurz. Passt scho.

«Und, wie wollt ihr jetzt vorgehen?», fragte Fischer überraschenderweise. Andererseits gar nicht blöd. Während er seine Untergebenen reden ließ, konnte er selber in Ruhe nachdenken.

«Na ja, die Hotelzimmer zu durchsuchen ist höchstwahrscheinlich zwecklos», sagte Holzhammer, nur um irgendwas zu sagen. «Die werden vermutlich schlau genug sein, um die gestohlenen Sachen ned grad im Zimmer aufzubewahren.»

«Schon gar nicht die Alphörner», ergänzte Müllerhuber.

Fischer nickte. «Also?»

«Also ... also haben mir daran gedacht, ihnen eine Falle zu stellen», antwortete Holzhammer in einer spontanen Eingebung. Dabei spürte er deutlich Müllerhubers überraschten Blick auf seinem rechten Ohr. Kein Wunder, schließlich wusste der noch gar nichts davon.

«Falle ist gut, Falle ist gut», sagte Fischer hektisch. Man konnte förmlich zusehen, wie sich die imaginäre Schlagzeile vor seinem geistigen Auge veränderte. *Heldenhafter Polizeichef stellt asiatischen Mafiabossen geniale Falle.*

«Wir wissen nur noch ned genau, wie das laufen soll», fuhr Holzhammer fort und beobachtete, wie Fischers Gesicht wieder ein Stück herunterfiel.

Aber jetzt trat Müllerhuber auf den Plan: «Wir haben uns gedacht, es müsste jemand auftauchen, der angeblich über alles Bescheid weiß. Vielleicht einer, der für den obersten Boss arbeitet.»

Einfach unglaublich, der Junge. Von der Überraschung, angeblich etwas ausgeknobelt zu haben, bis zum tatsächlichen Ausknobeln in weniger als einer Minute. Aber was konnte da nicht alles schiefgehen. Ja, konnte es überhaupt gutgehen?

Fischer stieg sofort auf die Idee ein: «Ganz genau, so könnte es klappen! Der oberste Boss wird sicher nicht hier vor Ort sein. Und garantiert hat er enge Vertraute, die nicht jeder kennt. Vielleicht eine Art Statthalter in Europa, mit Sitz in London oder Paris. Oder einen Buchhalter. Oder einen Rechtsberater, einen Consigliere. Und der kommt jetzt nach Berchtesgaden, um den Ablauf zu überwachen!»

Fischer fuhr also auf Mafiafilme ab, schlussfolgerte Holzhammer.

Müllerhuber ging auf Fischers Filmphantasie ein, meldete aber höflichst Bedenken an: «Wenn wir wenigstens wüssten, wie der oberste Boss heißt. Bei allem Respekt, ‹Ich komme von Du-weißt-schon-wem› ist nicht besonders überzeugend.»

Also gut. Da keine bessere Idee in Sicht war, würde Holzhammer bei der Scharade mitmachen. Und er würde alles daransetzen, sie zum Erfolg zu führen. Der Schock über den geplanten Missbrauch seiner Heimat hatte sich mittlerweile in Wut verwandelt.» Das mit dem Namen übernehme ich, den werde ich aus dem Votzbauer schon aussiquetschen», erklärte er mit grimmiger Zuversicht.

Fischer nickte ihm freundlich zu, als hätte es den Streit neulich nie gegeben. «Na bestens. Und ich überlege mir inzwischen, wie wir den Auftritt am besten gestalten.»

«Äh – ist gut, Chef», sagte Holzhammer. Bei dem Gedanken, dass Fischer selbständig irgendwas gestaltete, läuteten seine Alarmglocken Sturm.

Kaum war die Tür des Chefbüros ins Schloss gefallen, machte Müllerhuber seiner Verwunderung Luft: «Unglaublich, der hat sich ja richtig drum gerissen, den Gangsterboss zu spielen.»

«Ja, das hat mich zuerst auch umgehauen», sagte Holzhammer. «Aber dann ist mir aufgegangen, dass ihm die Rolle direkt auf den Leib geschrieben ist. Darum steht er auch auf diese Filme.»

«Versteh ich nicht. Du meinst, er wäre gern ein Mafiaboss?», fragte Müllerhuber zweifelnd.

«Ja, freilich, überleg amal. Du kennst doch seinen Ehrgeiz – wie gern er richtig, richtig wichtig wär. Also, was ist sein oberstes Ziel, wovon träumt er nachts? Das sind ja wohl Macht und Respekt.»

«Ah, jetzt kapier ich! Niemand hat mehr Macht, niemand bekommt mehr Respekt als ein Mafiaboss.»

«Ganz genau», bestätigte Holzhammer. «Unserem Aushilfsgangster geht bloß der Schneid dafür ab. Deshalb bleibt's beim Traum.»

«Aber ausgerechnet der Polizeichef undercover, wenn das bloß gutgeht.»

Holzhammer hatte darüber schon nachgedacht: «Mei, bei diesem ganz speziellen Polizeichef könnt es klappen. Der war ja ewig nimmer in der Zeitung und auch sonst nirgends zu sehen.»

«Ja, weil er ewig nichts mehr auf die Reihe bekommen hat», grinste Müllerhuber.

«Auf jeden Fall ist er der Einzige von uns, der gut genug Englisch spricht», gab Holzhammer neidlos zu. «Wenn mir auf diese Nummer setzen wollen, kommt nur er in Frage.»

«Außerdem ist er der Einzige, der modemäßig mit den Gangstern mithalten kann», ergänzte Müllerhuber.

Sie hatten das Erdgeschoss erreicht. «Schau doch mal, ob du auf die Schnelle nach Korea durchkommst», sagte Holzhammer. «Vielleicht haben die eine Fahndungsliste, die etwas über unsere Truppe hergibt. Ich geh derweil zu Votzbauer und setz ihm die Pistole auf die Brust.»

Müllerhuber sah ihn erschrocken an. «Das meinst du hoffentlich nicht wörtlich.»

«Natürlich ned. Aber danke für das Kompliment.»

Holzhammer stapfte schnell die Kellerstufen hinab und versuchte dabei, seinen aktuellen Gesichtsausdruck zu konservieren. Wenn er Müllerhuber damit erschrecken konnte, dann würde es für Votzbauer hoffentlich dreimal reichen.

Der spielsüchtige Touristiker saß mit angezogenen Beinen auf seiner Pritsche. Seine Haut wirkte grau, aber das konnte auch an der grauen Wolldecke liegen, die er bis ans Kinn gezogen hatte. Seinen rechten Zeigefinger hatte er durch ein Mottenloch in der Decke gebohrt.

«Na, alles zur Zufriedenheit im Fünfsterne-Etablissement?», fragte Holzhammer.

Statt einer Antwort konzentrierte Votzbauer sich darauf, das Loch im Staatseigentum zu erweitern.

«Horch zu, Bürscherl, mir zwei reden jetzt amal Klartext. Vor fünf Minuten ist das SEK am Obersalzberg gelandet, um deine neuen Freunde zu verhaften. Vielleicht daschiaßen sie auch den ein oder andern.»

Das wirkte. Der Zeigefinger verschwand aus dem Loch. Plötzlich war Votzbauer ganz Ohr. Kein Zweifel, er glaubte die wilde Geschichte.

Da hatte Holzhammer also richtiggelegen. Seine Story beruhte auf der Beobachtung, dass der zukünftige Themenpark-Direktor sich vor seinen neuen Arbeitgebern fürchtete. Wenn Votzbauer wusste, dass diese Leute vor nichts zurückschreckten, musste ihm auch realistisch erscheinen, dass die Polizei sie bereits im Visier hatte.

Momentan war dies leider noch meilenweit von der Wahrheit entfernt. Umso wichtiger war es, Votzbauer vom Gegenteil zu überzeugen. Nur wenn er glaubte, dass seine neuen Kumpanen bereits einsaßen, würde er mit seinem Wissen herausrücken.

Also legte Holzhammer nach: «Und was glaubst du, was die dann machen. Schon bei der ersten Anhörung werden sie alles dir in die Schuhe schieben. Von sämtlichen Einbrüchen bis zum Mord an Franziskus Schmirtzek. Und dann stehen jede Menge Aussagen gegen deine. Je nachdem, wie viele die Festnahme überleben.»

Während dieses Vortrags war Votzbauer zusehends zusammengeschrumpft. Nur seine Augen schauten noch über die grobe Wolldecke.

Holzhammer setzte noch einen drauf: «Der Themenpark ist natürlich gestorben. Ich hab gehört, die Geldgeber fordern alles zurück. Du wirst also Direktor von gar nix – selbst wenn du jemals aus dem Knast wieder herauskommst.»

Damit hatte Holzhammer sein Pulver verschossen, mehr fiel ihm nicht ein. Er spähte in die Zelle, um den Erfolg abzuschätzen. Konnte seine Vorstellung Votzbauer ausreichend beeindrucken? Ziemlich sturmreif sah er ja aus, wie er da unter seiner Decke kauerte. Holzhammer entschloss sich zum Einmarsch.

Er schloss die Zellentür auf, war mit drei Schritten bei der Pritsche, riss dem verdutzten Möchtegern-Themenpark-Direktor seine kratzige Schmusedecke weg und schmiss sie auf den Boden. Votzbauer lag da wie ein besiegter Hund. Hätte nur noch gefehlt, dass er dem Hauptwachtmeister seine Kehle darbot.

Jetzt kam es drauf an.

«Pass auf, Votzbauer», sagte er eindringlich. «Hier kommt deine letzte Chance auf ein paar Bonuspunkte. Und ich frag nur ein Mal: Wie heißt der oberste Boss von dem Haufen? Nicht der im Hotel, den kennen wir längst. Sondern der in Korea – der Chef der ganzen Organisation.»

Votzbauer rappelte sich ein Stück weit auf, aber seine Antwort fiel zögerlich aus: «Ich bin nicht sicher …»

«Jetzt komm mir ned so», sagte Holzhammer drohend und trat dicht an die Pritsche heran.

«Ich wollte nur sagen, dass ich nicht garantieren kann, um

wen es sich handelt», erklärte Votzbauer eilig. «Es gab halt einen Namen, der immer mit höchster Ehrfurcht erwähnt wurde. Sobald er fiel, verbeugten sich alle. Aber des ist bestimmt nicht sein richtiger Name.»

Holzhammer musste sich alle Mühe geben, nicht zu strahlen wie ein weißrussischer Schwammerl. Für seine Zwecke war ein Deckname ja noch viel besser!

«Also schön, und wie haben's den genannt?», fragte er freundlich.

«Bohoja», murmelte der Votzbauer

Zur Sicherheit wiederholte Holzhammer das Wort: «Bohoja? Stimmt das so?»

«Ich denk schon, ja.»

«Alles klar.» Holzhammer machte auf dem Absatz kehrt, verließ die Zelle und sperrte zu.

«He, was ist denn jetzt?», rief Votzbauer.

Der Hauptwachtmeister ignorierte ihn und machte sich auf den Weg nach oben. Dabei murmelte er die ganze Zeit vor sich hin: «Bohoja, Bohoja, Bohoja.»

Er ging in sein Büro und wählte Müllerhubers Durchwahl. «Bohoja», trompetete er triumphierend ins Telefon.

Wenige Sekunden später war seine rechte Hand bei ihm. «Bohoja?»

Holzhammer klärte ihn auf.

«Was das wohl heißt? Wenn es ein Deckname ist, muss er irgendeine Bedeutung haben», sagte Müllerhuber.

Das hätte Holzhammer auch gern gewusst. Gemeinsam traktierten sie den Google-Übersetzer. Aber der wollte ihre lateinischen Buchstaben ums Verrecken nicht als Koreanisch behandeln.

«Wurscht», sagte Holzhammer. «Lass uns lieber Fischers Auftritt planen. Wenn der ned glaubwürdig rüberkommt, machen sie ihn kalt. Und dann haben mir zwei mächtig Ärger am Hals.»

«Auf jeden Fall haben wir nicht viel Zeit», sagte Müllerhuber. «Es kann nur klappen, solange die Koreaner nicht wissen, dass wir Votzbauer haben. Sobald sie das mitbekommen, rechnen sie damit, dass er redet.»

«Richtig. Außerdem sollten sie möglichst keine Chance bekommen, in Seoul nachzufragen, was es mit dem überraschenden Besucher auf sich hat.»

«Hm, die Telefonanlage im Hotel ließe sich wohl lahmlegen. Und der Handyempfang in den Zimmern soll nicht so toll sein.»

«Unsichere Geschichte. Besser wär ein kleines Feuerwerk zur Ablenkung. Überhaupt wär's gut, die Bande ein bisschen auf andere Gedanken zu bringen. Sonst spannen sie gleich, dass mit Fischer was ned stimmt.»

«Genau, wie können wir Fischer überhaupt glaubwürdiger machen?», überlegte Müllerhuber. «Ich hab's, wie wär's mit einem Kofferträger – oder besser noch einem Bodyguard. Den könnte ich machen.»

«Du Krischperl taugst höchstens zum Chauffeur», befand Holzhammer. «Aber wer weiß, vielleicht können mir so einen sogar brauchen.»

«Und wie führt unser Consigliere sich ein? Rauscht er einfach ins Hotel und fragt nach Park?»

«Auf keinen Fall. Dann bitten sie ihn womöglich in ihre Suite, und er ist mit den Gangstern allein. Ein falsches Wort, und sie machen ihn kalt.»

«Er könnte darauf bestehen, Park an der Bar zu treffen.»

«Das kommt aufs Gleiche raus. Einer geht mit verdeckter Waffe zu ihm und flüstert ihm ins Ohr, dass er mitkommen soll, sonst knallt's. Des können mir schon wegen der anderen Hotelgäste ned riskieren.»

«Also ein Ort außerhalb des Hotels, wo wir Fischer im Auge behalten können», folgerte Müllerhuber.

«Genau. Und damit er es nicht mit allen auf einmal zu tun bekommt, am allerbesten ein Ort, an dem sie sich aufteilen müssen», spezifizierte Holzhammer.

«Gute Idee. Es würde sogar zu seiner Rolle passen, so einen Ort vorzuschlagen. Er will allein mit Park sprechen, ganz intim und vertraulich.» Müllerhuber zögerte. «Aber wo in aller Welt gibt's so einen Platz?»

«Ich wüsste da was.»

14

Schon am nächsten Mittag ging es los. Holzhammer saß bei Fischer im Büro, Müllerhuber war bereits auf Posten.

Sie hatten kurz überlegt, ob der große Statthalter wirklich selbst anrufen konnte oder ob sie noch eine Sekretärin erfinden sollten. Dafür wären entweder Heidrun oder Christine in Frage gekommen. Aber wie Holzhammer sagte: «So a geheimer Geheimstatthalter wird seine Geheimnisse ned unbedingt a Tippmamsell diktieren.»

Fischer stellte auf Lautsprecher, vergewisserte sich, dass die Nummer unterdrückt wurde, und wählte.

«Herrn Ki-po Park bitte», verlangte er.

Die Rezeption stellte durch. Es läutete mehrmals, dann meldete sich jemand auf Englisch. Auch Fischer sprach nun Englisch. (Als Leserservice hat die Chronistin das Gespräch übersetzt.)

«Ja?», meldete Park sich knapp.

«Ich übermittle Grüße von Bohoja», sagte Fischer.

Sofort änderte sich Parks Stimme. «Oh, danke sehr. Mit wem habe ich die Ehre?»

«Ich bin der Centurio.» Diesen Namen hatte Fischer sich selbst ausgedacht. Holzhammer hatte «Pariser» oder «Tieftaucher» vorgeschlagen.

«Den Namen kenne ich nicht», sagte Park erwartungsgemäß.

«Das will ich auch hoffen», antwortete Fischer brüsk. «Genau deshalb hat Bohoja mich ja auserwählt, um seine Interessen in Europa zu vertreten – weil ich nicht auffalle. Du weißt, dass wir in Europa nicht auffallen dürfen.»

Holzhammer war beeindruckt. In Fischers letztem Satz lag nicht nur Vorwurf, sondern auch eine gewisse Drohung. Als hätte er sein Leben lang nichts anderes getan, als Angebote zu machen, die man nicht ablehnen kann.

Tatsächlich kam Park ins Stottern: «In der Tat, ähm, ich verstehe. Und ähm, was kann ich, öhm, für dich tun, Centurio?»

Bei dieser Anrede wurde Fischer glatt zwei Zentimeter größer. Und das im Sitzen. Hoffentlich verlangte er nicht, dass sie ihn nun auch auf der Wache immer so anredeten.

«Sagen wir, Bohoja ist einiges zu Ohren gekommen. Und er will, dass wir darüber reden. Persönlich. Die Telefonnetze in Europa sind nicht sicher. Auch die Handynetze nicht. Die Amerikaner hören alles ab. Sogar die deutsche Kanzlerin wurde abgehört. Deshalb werden wir das nicht am Telefon besprechen. In exakt fünf Minuten fährt ein Wagen mit französischem Kennzeichen vor, um dich abzuholen. Dich allein. Verstanden?»

«Äh, verstanden.»

Fischer hängte grußlos ein, wie es sich für einen Obergangster gehörte. Sie hatten Ki-po Park absichtlich so wenig Zeit eingeräumt, damit er nicht zum Nachdenken kam. Vor allem sollte er nicht auf die Idee kommen, doch noch bei Bohoja nachzufragen.

Aber auch sie selbst hatten keine Zeit für Fehler. Es war wichtig, dass alle Rädchen perfekt ineinandergriffen, und Holzhammer war dafür verantwortlich. Bevor er den Zeitplan festlegte, hatte er sich die Örtlichkeiten angesehen und war alle Wege zweimal abgefahren. Vor dem Telefonat hatte er sich vergewissert, dass alle Mitspieler auf Position waren.

Müllerhuber parkte beim Gasthof Türken, zwei Fahrminuten vom Hotel entfernt. Er saß in einem dunkelgrünen Jaguar E-Type, den die Bundespolizei letzte Woche beschlagnahmt hatte. Nicht nur das hohe Prestige des Oldtimers hatte es Holzhammer angetan, sondern auch die fehlende Rückbank. In den Zweisitzer passten nur Park und der Chauffeur. Gorillas mussten draußen bleiben.

Über Müllerhubers Kostümierung hatte es gestern noch eine kleine Diskussion gegeben. Fischer stellte sich seinen Chauffeur in klassischer Uniform vor, inklusive Schirmmütze. Aber Holzhammer hatte eingewandt, dass ihr erfundener Centurio bekanntlich nicht auffallen wollte. Er würde seinen Chauffeur nicht herausputzen wie aus der Operette entsprungen. Am Ende hatten sie Müllerhuber die Garderobe selbst überlassen, mit überzeugendem Ergebnis: blütenweißes Poloshirt, anthrazitfarbene Edeljeans und schwarze Schnürschuhe.

Auch Fischer war bereits morgens als «Centurio» erschienen. Auffälligstes Detail war eine dunkle Sonnenbrille des japanischen Designers Yamamoto. Ansonsten unterschied sich das Outfit wenig von Fischers üblichem Stil. Er schien lediglich die Gelegenheit genutzt zu haben, seine Garderobe um ein paar exklusive Stücke zu ergänzen. Besonders stolz war er offenbar auf das neue Sakko. Bereits dreimal hatte er erwähnt, dass es aus Kamelhaar bestand und so leicht war, dass es ohne ihn einfach davonfliegen würde.

Holzhammer trug einfach normales Zivil. Da Park ihn

bereits kannte, hatte Verkleidung keinen Sinn. Er wollte sich zwar möglichst nicht sehen lassen, aber falls doch, war das kein Beinbruch. Er war einfach außer Dienst. Ein kleiner, dicker Polizist, der in seiner Freizeit der Vogelbeobachtung frönte. Denn um seinen Hals baumelte ein riesiges, grünes Fernglas.

Er wählte die Kurzwahl von Müllerhuber. «Du kannst anrollen. Und denk dran, du bist Chauffeur. Du sagst nichts, du fragst nichts. Du hältst nur die Tür auf.»

«Also bitte, Chef», sagte Müllerhuber gekränkt.

«Ich schalte jetzt das Mikro aus», sagte Holzhammer.

Die Verbindung ließen sie bestehen. Über die Freisprechanlage des Jaguars konnte er also weiterhin hören, was im Wagen passierte. Falls Müllerhubers Fahrgast irgendwelche Zicken machte, sollte er einfach «Sacklzement» sagen. Dann würde der Wagen an der nächsten Ecke gestoppt.

Auch Fischer und er mussten jetzt los. Sie nahmen Fischers Privatwagen. Der Chef fuhr, Holzhammer lauschte ins Handy.

Kurz darauf sprach Müllerhuber ein letztes Mal direkt zu ihm: «Ich bin auf der Auffahrt.»

Autotüren wurden geöffnet und geschlossen. Dass der Wagen sich wieder in Bewegung setzte, konnte man nur ahnen – der Jaguar schnurrte leise.

Plötzlich Müllerhubers Stimme, laut und deutlich: «Sir, wir werden verfolgt. Äh, a car is following us. Big white car.» Sein mäßiges Englisch war kein Problem. Der Centurio konnte ihn sonst wo angeheuert haben.

Die Antwort Parks kam leiser, aber verständlich: «Don't worry.»

Park gab also nicht zu, dass es seine eigenen Leute waren. Er musste sie direkt nach dem Gespräch mit dem Centurio auf den Plan gerufen haben.

Zehn Minuten später parkte der Polizeichef hinter dem Alten Bahnhof in Königssee. In dem Gebäude unweit der Seilbahn auf den Jenner war heute eine Gastwirtschaft. Sie stiegen aus und gingen Richtung Talstation. Dann trennten sich ihre Wege. Während Fischer um das Gebäude herum zum Eingang strebte, drückte Holzhammer sich durch eine schmale Tür auf der Rückseite mit der Aufschrift «Nur für Personal».

Um den Abzweiger mit den Reservegondeln herum gelangte er direkt zum Einstieg. Die nostalgischen Zweiergondeln waren ideal für seine Zwecke. Aber ihre Tage waren gezählt, schon bald sollten sie durch moderne Zehnergondeln ersetzt werden.

Der Angestellte, der den Leuten beim Einsteigen half, war eingeweiht und nickte ihm zu. Holzhammer grüßte unauffällig zurück und ging an ihm vorbei zu einem kleinen Fenster in der gegenüberliegenden Wand. Von hier hatte man einen guten Blick auf den Platz vor dem Eingang.

Er sah Fischer an dem rustikalen Brunnen lehnen, das teure Sakko lässig über der Schulter.

Da rappelte sein anderes Handy. «Der Jaguar ist durch, den SUV haben mir aussigewunken», meldete der Kollege.

«Super. Lasst euch Zeit. Aber unauffällig, gell.»

«Keine Sorge, Holzei, mir wissen Bescheid.»

Sehr schön, das mit der fingierten Polizeikontrolle hatte also geklappt. Parks Gorillas wurden aufgehalten, und wenn die Kollegen von der Streife entspannt blieben, würden sie auch keinen Verdacht schöpfen. In so eine Kontrolle konnte man schließlich jederzeit geraten.

Da die Kollegen mit der Kelle nur zwei Ecken weiter standen, konnte der Jaguar nun jeden Moment auftauchen. Jetzt hing alles von Fischer ab. Hoffentlich konnte er als Centurio überzeugen. Wenn er nur nicht die Nerven verlor.

Schon glitt der langgestreckte Oldtimer heran. Umrundete elegant den Wendeplatz und kam knapp neben Centurio Fischer zum Stehen. Der Chauffeur im weißen Poloshirt stieg aus und hielt seinem Fahrgast die Tür auf. Zögernd stieg Ki-po Park aus dem Wagen.

Sogleich warf Müllerhuber die Tür wieder zu, so knapp hinter Parks Sakkosaum, dass er flatterte. Irritiert sah der sich um. Spätestens bei diesem Rückblick musste er merken, dass der SUV mit seinen Leuten verschwunden war. Prompt kam er ins Stolpern und landete in einer Art Kniefall vor Fischers kalbsledernen Slippern. Holzhammer konnte nur vermuten, wie peinlich dem Mafioso dieser Ausrutscher sein musste.

Der Centurio streckte seinen Arm aus und half dem Gestrauchelten hoch. Dann wandte er sich wortlos um und schritt voran zum Eingang der Seilbahn. Er schaute sich nicht um, ob Park ihm folgte, sondern schien ganz selbstverständlich davon auszugehen.

Holzhammer trat einen Schritt vom Fenster zurück. Das Gegenlicht würde sein Gesicht verbergen. Als er sah, dass Park und der Centurio gleich an der Sperre sein würden, räusperte er sich und ging mit abgewandtem Gesicht ein paar Schritte, sodass er nun bergwärts neben dem Seilbahner stand und diesen als Deckung benutzen konnte. Von dort kletterte er in die nächste Gondel. Ohne eine Miene zu verziehen, zog der Seilbahner für die nächsten beiden Fahrgäste eine der Ersatzgondeln zum Hauptseil. Bevor Holzhammer aus der schummrigen Talstation ins helle Licht hinausglitt, konnte er gerade noch sehen, wie der Centurio und Herr Park hineinstiegen.

Perfekt. Der Gangster hatte die Gondel-Rochade entweder gar nicht bemerkt oder sich keine Gedanken darüber gemacht. Holzhammer holte die Kopfhörer hervor.

Die beiden Männer in der nachfolgenden Gondel redeten natürlich wieder Englisch miteinander. Dank langjähriger Erfahrung mit Urlaubsgästen aus aller Welt verstand Holzhammer fast alles.

«Reden wir übers Geschäft. Ich höre, dass es Schwierigkeiten gab.» Das war der Centurio. Gut so, dachte Holzhammer. Gleich voll rein in die Vorwürfe.

«Nein, keine Schwierigkeiten», widersprach Park. «Übrigens eine sehr gute Wahl, die Gondelbahn. Sehr sicher.»

Mit diesem Kompliment wollte er sich offenbar beim Centurio einschleimen.

«Lenk nicht ab. Du hast die falschen Leute ausgesucht, richtige Dilettanten. Der Unfall in der Höhle, was sollte das? So etwas erregt doch Aufmerksamkeit. Sogar ein Hubschrauber musste kommen. Meinst du vielleicht, die Polizei bekommt so etwas nicht mit?»

«Aber die Leute sind untergetaucht. Niemand hat ihre Namen.»

«Und du meinst, das lassen die auf sich beruhen? Ausgerechnet die Deutschen? Wenn du das glaubst, hast du keine Ahnung. Ich weiß zum Beispiel, dass ein Polizist die beschlagnahmte Ausrüstung durchsucht hat.»

Hoffentlich übertrieb Fischer nicht seine Kenntnisse der Berchtesgadener Polizeiarbeit. Holzhammer drehte sich talwärts und stützte den Feldstecher auf den unteren Rand des Fensters. Da die Gondelsitze seitlich angebracht waren und Fischer auf der Bergseite saß, müsste Park sich schon ziemlich verrenken, um ihn zu erspähen. Er selbst konnte die beiden zwar auch nur im Profil sehen, aber es war zumindest beruhigend, dass sie friedlich nebeneinandersaßen.

Park versuchte, sich zu verteidigen: «Niemand konnte den Unfall voraussehen. Es waren erfahrene Leute, sie haben in Korea das Höhlenklettern geübt. Mir war wichtig, dass sie gute Aufnahmen machen ...»

«Jaja, geschenkt», unterbrach ihn Fischer barsch. «Noch viel ärgerlicher, und da hat Bohoja sich wirklich aufgeregt, fast eine Katastrophe hat er das genannt ...»

«Hast du persönlich mit ihm gesprochen?», fragte Park dazwischen.

«Es geht dich zwar nichts an, aber Bohoja hat seine Möglichkeiten. Wenn es sein muss, kommt er sogar unerkannt nach Europa. Jedenfalls, diese Sache auf dem Hügel, wie heißt der gleich ...» Fischer zögerte. Gar nicht blöd, fand Holzhammer, er wollte, dass Park den Namen nannte.

«Toter Mann», sagte Park prompt.

«Richtig, Toter Mann. Was sollte das? Was für eine idiotische und überflüssige Aktion.»

«Das war Son Chung», sagte Park.

«Ja, und? Du trägst die Verantwortung. Also, was hast du zu deiner Entschuldigung zu sagen? Nicht, dass es überhaupt eine Enschuldigung geben könnte.»

«Chung sollte den Sonnenaufgang aufnehmen. Es war besonders klares Wetter angesagt. Deshalb war es wichtig, die Aufnahmen genau in dieser Nacht zu machen. Wir brauchen den Sonnenaufgang, wie du sicher weißt.»

«Jaja, ich weiß», sagte Fischer wegwerfend, als wäre das ein alter Hut für ihn. «Also, wieso sah dein Untergebener keine andere Möglichkeit?»

«Mein Mann sagt, dieser Deutsche war unglaublich penetrant», sagte Park. «Er hat von Vögeln geredet. Das Surren der Drohne würde sie im Schlaf stören. Irgendwas von seltenen Hühnern mit rauen Füßen. Jedenfalls ließ er sich nicht abwimmeln und wollte Chung verbieten, die Drohne fliegen zu lassen. Er hat sogar versucht, ihm die Steuerung aus der Hand zu reißen.»

Nach allem, was Holzhammer über den kauzigen Franziskus Schmirtzek wusste, klang das glaubhaft. Hatte der seiner Zimmerwirtin nicht sogar verbieten wollen, Fruchtfliegen zu töten?

«Und da fällt dem Kerl nichts Besseres ein ...», half Fischer seinem Mitfahrer auf die Sprünge.

«Ja, leider. Der Sonnenaufgang rückte immer näher, und dieser Wahnsinnige ließ sich nicht vertreiben. Und mein Mann hatte ja seinen Auftrag. Also hat er ihn schließlich mit einem Seoi Nage zu Fall gebracht und die Sache mit dem Stein beendet.»

«Verstehe», sagte Fischer, für Holzhammers Geschmack fast eine Spur zu verständnisvoll. Ganz, als würde der Polizeichef selbst manchmal gern zum Stein greifen. Dann schob er auch noch nach: «Es ist wirklich schwer, gutes Personal zu bekommen.»

«Du sagst es», stimmte Ki-po Park inbrünstig zu.

Während des Gesprächs hatten die beiden Männer sich einander immer mehr zugewandt, sodass Holzhammer nun einen guten Teil von Parks Gesicht vor der Linse hatte. Er studierte die Miene des Gangsterbosses. Durch das starke Fernglas hätte er die Poren auf seiner Nase zählen können, aber Spuren von Argwohn entdeckte er keine. Park lächelte vollkommen entspannt. Die beiden schienen wahrhaftig ein Herz und eine Seele zu sein.

Zefix, vor lauter Beobachten hätte er fast vergessen zu telefonieren. Im Hotel am Obersalzberg warteten nämlich drei Polizisten auf einen gewissen Zimmerschlüssel, den sie normalerweise ohne offiziellen Durchsuchungsbeschluss nie bekommen hätten.

Dass es ausnahmsweise doch klappte, war irgendwelchen ominösen Beziehungen von Müllerhuber zu verdanken. Offenbar kannte er einen höheren Angestellten des Hotels aus der Sauna, Holzhammer hatte nicht weiter nachgefragt. Jedenfalls war der bereit, den Zimmerschlüssel herauszurücken, sobald Parks mündliches Geständnis vorlag. Müllerhuber hatte ihn überzeugt, dass es im besten Interesse des Hotels sei.

Und noch etwas hatte Holzhammer für die Leute im Hotel: den Namen des Mörders! Sogar zweimal war er gefallen.

So exakt wie möglich gab er die fremdartigen Silben durch. «Dessen Bude müsst ihr euch auch noch vornehmen. Ideal wär eine Drohne und die Steuereinheit dazu. Aber Obacht, gell, eure Fingerabdrücke brauchen mir ned, sondern die andern.»

Der Kollege am anderen Ende grunzte nur. Holzhammer wünschte ihm viel Erfolg.

Kaum hatte er die Botschaft abgesetzt, als es plötzlich dunkel wurde. Tatsächlich, seine Gondel fuhr bereits durch die Mittelstation. Falls es irgendwelche Probleme gab, sollte Fischer hier aussteigen.

Der Centurio und sein Begleiter fuhren durch. Ihr Gespräch drehte sich weiterhin um das Thema Personal, und nun gab der Centurio seinen Kummer zum Besten: «Ich kenne das selbst. Einer meiner Männer tanzt ständig aus der Reihe. Undiszipliniert und respektlos. Glaubt, bloß weil er schon so lange dabei ist, kann er sich alles erlauben.»

«Und, was unternimmst du dagegen?», fragte Park interessiert.

Das interessierte Holzhammer ebenfalls.

«Du weißt ja, wie das ist. Veränderungen bringen Unruhe. Deshalb habe ich ihn bisher gewähren lassen.» Fischer zögerte.

«Aber Centurio, du kannst dir das doch nicht einfach gefallen lassen», sagte Park.

Kein Zweifel, die Anrede hatte eine enthemmende Wirkung auf Fischer. Ganz der Centurio, antwortete er: «Nun ja, es wird wohl kein Stein sein. Bei uns in Paris fallen häufig Menschen in die Seine und tauchen nie wieder auf.»

«Ja, so ein Fluss ist praktisch», stimmte Park zu. «In Seoul haben wir den Hangang, von seinen Brücken ist schon mancher gefallen.»

Unter Holzhammer muhte eine Kuh. Auf dem Wanderweg Richtung Gipfel schwitzte eine Schulklasse in Turnschuhen. Am Mitterkaser hielt ein Kegelclub nackte Oberkörper in die Sonne und stärkte sich mit Bier für den Abstieg.

Nachdem die beiden Gangsterbosse ein paar Gondeln weiter hinten ihre Personalprobleme gelöst hatten, wandten sie sich dem Thema Karriere zu.

«Centurio, dürfte ich dich eventuell mit einer kleinen Bitte belästigen», begann Park. «Du gehörst ja offensichtlich zum innersten Kreis …»

«Das könnte man wohl so ausdrücken», bestätigte Fischer.

«Ja, also, wenn es mir gelingt, die Dinge hier zu bereinigen, glaubst du, dass du dann ein gutes Wort für mich einlegen könntest?»

«Ich weiß nicht recht», entgegnete Centurio Fischer. «Bohoja hat immerhin mitbekommen, dass du hier nicht optimal gearbeitet hast. Da kann ich meinen guten Namen schlecht …»

«Aber du hast doch so großen Einfluss. Und ich bekomme das wieder hin. Ich lasse Chung einfach verschwinden, dann führt keine Spur zu uns.»

«Das wäre eine Möglichkeit. Aber nicht, dass da wieder irgendein Fehler passiert.»

Hatte er sich verhört, oder hatte der Centurio soeben einen weiteren Mord gutgeheißen? Schön, er spielte den coolen Gangster, aber es war schon verdammt überzeugend rübergekommen. Kein Zweifel, es war Fischers Traumrolle. Sie ließ ihn zu ungekannter Höchstform auflaufen.

Dann war plötzlich der Ton weg. Holzhammer schüttelte seinen Ohrstöpsel. Nichts. Kein Ton, nur noch Bild durch den Feldstecher. Wie konnte das sein? Er wusste, dass die Wanze unter der Sitzbank klebte. Hoffentlich war sie nicht heruntergefallen und Ki-po Park vor die Füße gerollt. Aber danach sah es nicht aus. Die beiden saßen immer noch friedlich nebeneinander und schienen sich angeregt zu unterhalten.

Die Fahrt war eh gleich zu Ende. Die Gondeln befanden sich schon auf dem steilen Schlussanstieg zur Bergstation. Es war geplant, dass Fischer und Park dort ausstiegen und ein bisschen herumspazierten – vorzugsweise in Sichtweite von Holzhammers Ausguck im Dachgeschoss.

Er beeilte sich, den Ausstieg zu verlassen, und zwängte sich durch die Sperre. Erst danach wandte er sich um und sah gerade noch, wie aus der nachfolgenden Gondel mit einem braunen Geldschein gewedelt wurde. Der Helfer am Ausstieg nahm den Schein, und die beiden neuen Freunde fuhren direkt wieder bergab.

Was dachte Fischer sich dabei? Er brachte ihren ganzen Zeitplan durcheinander! Die neu gefundene Seelenverwandtschaft musste ihm vollkommen den Verstand geraubt haben. Und das gerade jetzt, wo man dachte, er könnte sich doch noch zu einem nützlichen Einwohner der Villa Bayer entwickeln. Hektisch riss Holzhammer das Handy heraus, um die Leute im Hotel zu warnen.

Anschließend meldete er sich bei Müllerhuber, der hoffentlich brav in seinem Jaguar saß. «Servus. San die Typen mit dem SUV aufgetaucht?»

«Ja, der parkt direkt neben mir. Der Fahrer sitzt im Wagen, die andern sind ausgestiegen und haben ein paarmal versucht zu telefonieren. Jetzt lungern sie hier herum.»

«Wenigstens deine verhalten sich nach Plan», seufzte Holzhammer.

Es war Absicht, dass Parks Leute nach der fingierten Kontrolle an der Seilbahn landeten. Wenn sie den Jaguar dort entdeckten, würden sie an der Talstation auf die Rückkehr ihres Chefs warten und nicht vorzeitig im Hotel aufkreuzen.

«Oh, deine nicht? Hat Fischer Probleme?», fragte Müllerhuber besorgt.

«Schon, aber anders, als du denkst. Der ist so fasziniert von seinem neuen Freund, dass er darüber den ganzen Plan vergessen hat. Der ist oben ned ausgestiegen.»

«Was?»

«Ja, stell dir vor. Bis ich das gemerkt hab, war ich natürlich schon durch die Sperre. Jetzt sitz ich drei oder vier Gondeln hinter den Gaunern.»

«Das gibt's ned. Damit verlieren die Kollegen im Hotel ja glatte zwanzig Minuten.»

«Genau.» So lange sollte der Polizeichef alias Centurio den lieben Herrn Park eigentlich am Gipfel spazieren führen.

«Und was sagen die Kollegen? Schaffen die das?»

«Sie müssen einfach.» Holzhammer sagte es so eindringlich, als könnte sein Wunsch den Gang der Dinge beeinflussen. «Sie müssen sogar noch ein zweites Zimmer schaffen, ich hab nämlich den Namen von Schmirtzeks Mörder.»

«Und was machen wir jetzt?»

Wenn Holzhammer das nur wüsste. Im Moment wusste er nur, dass der elegante Herr Park das Gespräch mit Fischer einfach abstreiten würde, wenn sie keine weiteren Beweise fanden. Dann stand Aussage gegen Aussage, die koreanische Botschaft würde sich einmischen, und die ganze Bande wäre schneller daheim in Seoul, als man Kimchi sagen konnte. Und wenn dann noch herauskam, dass sie illegal die Hotelzimmer der armen Unschuldslämmer durchstöbert hatten, waren sie endgültig am Arsch.

«Bist du noch da, Chef? Ich hab gefragt, was wir machen sollen.»

«Äh ja, keine Ahnung. Der ganze Plan war halt Mist. In a paar Minuten san die im Tal, Park fährt ins Hotel, und ich muss den Kollegen durchgeben, dass sie sich mit leeren Händen verdünnisieren sollen.»

«Schmarrn, Chef, der Plan passt super», versicherte Müllerhuber. «Wir müssen bloß irgendwie noch a bisserl Zeit schinden.»

«Leicht gesagt», grummelte Holzhammer frustriert. «Noch a Polizeikontrolle nehmen die uns ned ab.»

«Dann soll Fischer einfach noch a Zeitl mit dem Burschen spazieren gehen. Wenn die sich so gut verstehen, können sie doch auch im Tal ratschen.»

«Super Idee, da gibt's bloß ein Problem», antwortete Holzhammer finster. «Dass nämlich unser Centurio vor der Aktion extra sein Handy ausgeschaltet hat.»

«Oh, Dreckmist.»

Beide verfielen in Schweigen. Während die Gondeln unaufhaltsam abwärtsschwebten, zermarterte Holzhammer sich das Hirn. Als er gerade eine halbe Idee beisammenhatte, kam bereits die Talstation in Sicht.

Was half's, also raus damit: «Mei, Martin, du als Chauffeur des Centurios könntest ihm vielleicht etwas ausrichten. Irgendeine Nachricht, die er kapiert, die aber für Park ganz unverdächtig klingt.»

Der fixe Müllerhuber war sofort bei der Sache: «Ja, verstehe. Hm, vielleicht was mit einer Verzögerung ... Ha, ich weiß! Ich sag einfach, sein Flug hat Verspätung. Das bring ich locker auf Englisch.»

«Martin, du bist genial. Den Spruch müsste sogar Fischer kapieren. Sag am besten 30 Minuten, dann haben die Leute im Hotel auch noch Zeit für das zweite Zimmer. Auf geht's, sie sind gleich bei dir.»

Holzhammers Gondel überquerte bereits den Fußweg zum Malerwinkel, einem der schönsten Aussichtspunkte über den Königssee. Der Weg führte links am Schlappenlehen vorbei und verschwand gleich dahinter im Wald.

Als die Gondel das einzeln stehende Haus passierte, drang wütendes Gebell herauf. Hatte der Bene also immer noch diesen unsäglichen Köter, der ihm schon mindestens drei Anzeigen eingebracht hatte. Wenigstens sperrte er ihn jetzt ein.

Endlich rauschte die Gondel in die Talstation. Als ihre schmalen Türen sich öffneten, kletterte Holzhammer eilig hinaus wie ein Käfighuhn auf der Flucht. Er quetschte sich durch die Sperre und spähte vorsichtig auf den sonnigen Vorplatz.

Dort überbrachte Müllerhuber soeben seine Botschaft an den Centurio. Man konnte nur hoffen, dass der sich noch halbwegs an seinen echten Beruf erinnerte. Kapierte er Müllerhubers Botschaft? Offenbar ja. Fischer sagte etwas zu Park und deutete einladend Richtung Wanderweg.

Park nickte zustimmend – und winkte seine beiden Gorillas herbei, die am Brunnen neben ihrem Fahrzeug lehnten. Mist, daran hätte er denken müssen. War ja klar, dass Park seine Leute mitnahm, jetzt, da sie endlich wieder vereint waren. Und Fischer konnte ihm das kaum verwehren, ohne sich verdächtig zu machen. Schon setzte sich die Gruppe in Bewegung. Fischer und Park vorweg, Parks Leute mit ein paar Meter Abstand hinterdrein.

Holzhammer hatte plötzlich einen Kloß im Magen. Er trat aus dem Seilbahngebäude und sah den Spaziergängern nach. Gleich würden sie rechts in den Malerwinkelweg einschwenken. Dann unter der Seilbahn hindurch und am Schlappenlehen vorbei – und schon wäre der Polizeichef von Berchtesgaden mit der ganzen Mörderbande im Wald verschwunden.

Schlagartig wurde ihm bewusst, dass er das unmöglich zulassen konnte. Sicher, bisher hatte Fischer seine Rolle perfekt gespielt, viel besser als erwartet. Aber diese beiden Gorillas mussten einfach jeden nervös machen. Wie lange konnte es dauern, bis der Centurio einen Patzer hinlegte? Und wie lange würde er den überleben? Erwiesenermaßen schreckten die Banditen vor Mord nicht zurück.

Ausgesprochen einsam war der Weg zwar nicht, aber er schlängelte sich kurvenreich durch Urwald und Felsbrocken. Ein unbeobachteter Moment für einen schnellen Schnitt durch die Kehle würde sich allemal finden.

Verzweifelt suchte der Hauptwachtmeister nach einer Lösung. Fehlende Beweise hin oder her, er musste diesen Waldspaziergang verhindern! Wenn einer seinem Chef etwas antat, dann war er das.

Unauffällig sah er zu Müllerhuber hinüber, der unbeweglich mit halb geschlossenen Augen hinter dem Steuer des Zwölfzylinders hockte. Der sah genauso unauffällig per Seitenspiegel zurück. Mehr Kommunikation war angesichts des vierten Yakuza nicht möglich, der wenige Meter entfernt hinter dem Steuer des weißen SUV hockte.

Gleich würden sie den Punkt erreichen, den Holzhammer erst vor wenigen Minuten in der Gondel passiert hatte. Der sandige Fußweg, der schwarze Gartenzaun, das Haus am Waldrand mit dem offenen Dachfenster …

Der Hauptwachtmeister riss sein Handy so gewaltsam aus der Brusttasche, dass der halbe Saum zerfetzte. Die Nummer vom Schlappenlehen wusste er auswendig, allzu oft schon hatte er wegen des Mistköters dort anrufen müssen.

«Bene? Holzhammer hier. Horch zu, du lässt jetzt sofort den Killer frei. Nein, das ist kein Witz, das ist ein Polizeieinsatz. Du schickst jetzt sofort den Killer aussi. Ja, mein voller Ernst. Tu's einfach. Jetzt!»

Bratz, aufgelegt. Gerade als Holzhammer dachte, der Hundebesitzer habe den Ernst der Lage begriffen. Ging er jetzt etwa wieder schlafen? Oder ging er doch zur Haustür, um seinen monströsen Köter freizulassen?

Tatsächlich. Wenige Augen- beziehungsweise Ohrenblicke später scholl wütendes Gebell vom Waldrand herüber. Für Holzhammer klang es wie liebliches Zitherspiel. Wer hätte gedacht, dass er einmal die Hilfe eines Hundes namens Killer in Anspruch nehmen würde – ganz zu schweigen von einem Hundebesitzer, der sein Tier so nannte.

Am liebsten wäre Holzhammer zu Müllerhuber in den Jaguar gestiegen, um sich schleunigst zum Ort des Geschehens fahren zu lassen. Aber das hätte den Gorilla im SUV aufgescheucht. Noch hatten sie weder ihre Schäfchen noch ihr Chefchen im Trockenen. Innerlich stöhnend, machte der Hauptwachtmeister sich zu Fuß auf den Weg. Dabei versuchte er einerseits, wie ein schlendernder Tourist zu wirken, und andererseits, so schnell wie möglich voranzukommen.

Während er so den Fußweg entlanghoppelte, schwoll das Gebell zunächst immer weiter an. Dann wirkte es plötzlich gepresst, wie zwischen den Zähnen hindurch. Kein Zweifel, Killer hatte sich eins von acht Beinen zur Brust genommen. Wem der vier Spaziergänger es gehörte, blieb zunächst verborgen, denn bis zur Abzweigung versperrte ein Lattenzaun die Sicht. Wenn es nach ihm ging, durfte es auch Fischers Bein sein. Lieber von einem Vieh namens Killer gebissen als von einem menschlichen Killer erstochen.

Dann wurde der Blick frei, und Holzhammer stellte befriedigt fest, dass der Hund sich zielsicher auf Ki-po Park gestürzt hatte. Mit aller Kraft zerrte er an dessen maßgeschneidertem Beinkleid. Wie viel Bein Killer mit erwischt hatte, ließ sich schlecht sagen. Jedenfalls war Park mit der Gesamtsituation unzufrieden und schimpfte wie ein koreanischer Rohrspatz.

Sollte Holzhammer sich überhaupt blicken lassen? Ja, warum nicht. Park wusste zwar, dass er Polizist war, immerhin hatte er Parks Anzeige des diebischen Adlers aufgenommen. Aber gerade einem Polizisten stand es gut an, ja, es war geradezu seine Pflicht, harmlose Touristen aus den Fängen bösartiger Hofhunde zu befreien. Also alles in Butter – wenn nur der Möchtegern-Centurio sich nicht anmerken ließ, dass sie sich kannten.

Noch bemühten sich Parks Untergebene, auf halbwegs übliche Weise mit dem Riesenhund fertigzuwerden. Abwechselnd traten sie nach ihm oder versuchten, sein Halsband zu greifen. Aber Killer schüttelte so wild den quadratischen Schädel, dass er nicht zu packen war. Die Püffe schienen ihn nur noch anzustacheln.

Ki-po Park hatte sein freies Bein nach hinten gestellt und

lehnte sich mit ganzem Gewicht rückwärts. Trotzdem wurde er von Killer zentimeterweise Richtung Schlappenlehen gezogen.

Wie lange würde der Gangsterboss sich das noch gefallen lassen? Jeden Moment konnte er seinen Kumpanen befehlen, ihre Tarnung aufzugeben und sich auf ihre Kernkompetenzen zu besinnen.

Das musste Holzhammer um jeden Preis verhindern. Nicht nur, weil sich inzwischen weitere Zuschauer eingefunden hatten, sondern auch, weil Killer hier quasi als Hilfssheriff agierte. Er handelte im Auftrag der Polizei, war also als Kollege zu betrachten und schon deshalb unbedingt zu beschützen. Außerdem hätte Holzhammer es sonst mit einem ziemlich unangenehmen Exhundebesitzer zu tun bekommen.

Er griff zum Gürtel, um das Pfefferspray hervorzuziehen. Aber da war nichts, nicht einmal ein Gürtel. Zefix, ganz vergessen, dass er in Zivil war. Nur noch wenige Meter trennten ihn jetzt von der hin und her wogenden Gruppe. Trotzdem hatte noch niemand ihn bemerkt, nicht einmal der Hund. Wie sollte er den Monsterhund bloß ohne Pfefferspray heimjagen?

Plötzlich fiel ihm etwas ein. Hektisch durchwühlte er sämtliche Taschen. Tatsächlich, da war die kleine flache Dose. Seit Jahren nicht benutzt, ein Relikt aus den Zeiten langer, langweiliger Nachtschichten. Irgendwie hatte sie sich in dem Häuflein lebensnotwendiger Utensilien à la Schweizer Taschenmesser gehalten, mit denen er, sehr zu Maries Missfallen, jede frische Hose unweigerlich befüllte. Die Dose war noch fast voll, der Inhalt ausgetrocknet vom langen Liegen. Umso besser für den heutigen Zweck.

Jetzt musste er nur noch unfallfrei am Möchtegern-Centurio vorbei. Holzhammer trat von hinten an seinen Chef heran, der sich eh am weitesten vor dem geifernden Hundemaul zurückgezogen hatte.

«Excuse me, Sir», flüsterte er.

Fischer fuhr überrascht herum. Als er dann noch sah, wen er vor sich hatte, riss er die Augen bis fast unter die Haarwurzeln auf. Immerhin rutschte ihm keine verräterische Begrüßung heraus. Die Gefahr war gebannt. Endlich konnte Holzhammer sich der eigentlichen Herausforderung widmen.

Er trat direkt neben Ki-po Park, dessen rechtes Hosenbein mittlerweile in Fetzen hing. Eine große Portion vom Rest hielt Killer zwischen den Zähnen und versuchte offenbar mit aller Macht, den Koreaner daran abzuschleppen. Er stemmte alle vier Pfoten in den Boden und schüttelte wild den Kopf samt Hose und Inhalt.

Obwohl der Hund sich mehr an der feinen Hose abzuarbeiten schien, wies Parks nackter Oberschenkel einige blutige Gebissabdrücke auf. Holzhammer hätte ihm noch mehr davon gegönnt, aber leider ergaben sich andere Prioritäten.

Der Hauptwachtmeister öffnete die kleine Dose und hielt sie dicht vors Gesicht. Dann beugte er sich sachte vor, geradewegs auf den Kopf des tobenden Hundes zu. Die wütende Fratze war jetzt nur noch eine halbe Armlänge entfernt. Einen Moment lang sah es aus, als wollte Killer die koreanische Hose gegen eine bayerische Nase tauschen. Da blies Holzhammer mit aller Kraft in die Dose mit losem Snus.

Eine Wolke aus staubfeinem Tabak, Salz und scharfen Aromen erhob sich. Sie hüllte Killers Schädel ein und stach ihm in Augen und Nase. Das Ergebnis war beeindruckend.

Der große Hund heulte auf wie ein erschrockenes Baby, ließ die koreanische Hose fahren und jagte heim, als wäre mindestens der Teufel hinter ihm her.

«Gern geschehen», sagte Holzhammer zu Herrn Park und verbeugte sich.

Jetzt rappelte auch noch sein Handy. Etwa der Hundefreund?

Nein. Eine triumphierende Stimme meldete: «Holzei, mir ham's. Drohne mit Grün, riecht nach Fichtennadel. Und die Fernbedienung.»

«Famos, großartig. Genau im richtigen Moment. Macht a bisserl Ordnung und verzieht euch dann, ja? Mir sprechen später.»

Wenn das kein perfektes Timing war. Sogar doppelt perfekt – ein paar harmlose Wörter für die Banditen, selbst wenn die Deutsch verstanden hätten. Gleichzeitig für Fischer die eindeutige Mitteilung, dass er zum Ende seiner kleinen Scharade kommen konnte.

Der Centurio deutete auf die Hose seines neuen Freundes und sagte etwas. Vermutlich drückte er sein Bedauern aus. Park machte eine wegwerfende Handbewegung, als sei das Malheur nicht der Rede wert. Dann gab er einem seiner Gefolgsleute eine knappe Anweisung auf Koreanisch. Blitzartig zauberte der daraufhin ein schmales Messer hervor, schnitt Parks Hose ruck, zuck über dem Knie ab und warf den Hosenrest achtlos neben den Weg.

Kein Zweifel, der Mann benutzte sein Messer nicht zum ersten Mal. Und garantiert nicht nur für Textilien. Als das Messer wieder in der Hosentasche verschwand, atmete Holzhammer aus wie ein Nilpferd. Erst jetzt merkte er, dass er die Luft angehalten hatte. Er sah zu Fischer hinüber. Der Polizeichef sah blass aus und verschwand mit seinen Gangster-Kumpanen.

Holzhammer zog derweil die blutigen Fetzen von Ki-po Parks Hose aus dem Gebüsch, gab dem Centurio etwas Vorsprung und machte sich dann auf den Rückweg zur Talstation. Er sah, dass Dr. Fischer und Park dicht nebeneinander an dem hölzernen Brunnentrog lehnten, der zwecks uriger Atmosphäre den Wendeplatz zierte. Direkt vor ihnen parkten mit heruntergelassenen Scheiben die beiden Autos, zwei Meter weiter standen Parks Gorillas.

Als Holzhammer heran war, machte Fischer endlich Anstalten, die Mission abzuschließen. Unter diversen Höflichkeitsfloskeln und Ausdrücken des Bedauerns verabschiedete er sich von Ki-po Park. Zum Schluss machte er sogar eine tiefe Verbeugung. Auch Park verbeugte sich, bevor er endlich zu seinen Leuten in den Wagen stieg. Zwei Männer, die sich gesucht und gefunden hatten, schieden in tiefster Verbundenheit und gegenseitigem Respekt. Noch durch das offene Beifahrerfenster schüttelten sich der mutmaßliche Schwerkriminelle und der Polizeichef ein letztes Mal die Hände.

Während Fischer dem Wagen wehmütig nachsah, purzelte Holzhammer ein Felsbrocken vom Herzen. Wie erleichtert er war, dass die Kehle seines Chefs keinen Briefkastenschlitz bekommen hatte, wunderte ihn selbst. Und es brauchte auch niemand zu wissen.

«Good work, Boss», sagte er leichthin in Fischers Richtung.

Der Angesprochene fuhr herum, als hätte er die Stimme

noch nie gehört. Zefix, Fischer schwebte immer noch in seiner Centurio-Welt.

«Hallo, Chef, aufwachen!», rief er und schnipste mit den Fingern wie ein billiger Hypnotiseur. «Du bist Polizeichef Dr. Klaus Fischer und musst sofort wegen einem Durchsuchungsbeschluss mit dem Staatsanwalt telefonieren.»

«Äh, richtig», stammelte der und begann, seine Taschen abzutasten. Offenbar hatte er vergessen, dass sein Handy im Büro lag.

Holzhammer tippte die Kurzwahl des Staatsanwalts und gab das Handy weiter, als die Verbindung stand.

Fünf Minuten später quoll der Durchsuchungsbeschluss aus dem Faxgerät der Polizeistation. Eine weitere Minute später hatte die Polizeisekretärin Frau Grassl das Dokument an das Kempinski weitergeleitet, wo bereits einer von Holzhammers Leuten neben dem Gerät stand. Es folgte die schnellste Durchsuchung aller Zeiten – zumindest auf dem Papier. Laut Protokoll wurden die entscheidenden Beweise nach exakt drei Minuten gefunden.

Weitere vier Minuten später rollte der weiße SUV in die Tiefgarage des Hotels. Keiner der Insassen ahnte, dass sich diesmal nicht nur das breite Tor hinter ihnen schloss, sondern auch alle anderen Ein- und Ausgänge per Knopfdruck versperrt wurden. Erst als der Wagen seinen Parkplatz erreichte, traten hinter jedem Pfeiler Polizisten mit Schutzwesten hervor, die Waffe im Anschlag.

Die Verhaftung der verdutzten Männer lief ab wie ein Uhrwerk. Und das, obwohl die Beweise gegen sie laut Protokoll erst seit vier Minuten vorlagen.

15

Mehr als hundert fröhliche Hochzeitsgäste bevölkerten die Tische unter den weiß-blauen Sonnenschirmen. Bei den jungen Damen dominierte die neueste Mode, von elegant bis stoffsparend. Die ältere Generation hingegen war überwiegend in Tracht erschienen. Und auch die jungen Männer hatten sich vielfach für Lederhose und Haferlschuhe entschieden.

Auch Holzhammer trug seine gut eingewohnte Hirschlederne. Wenn er die Wahl hatte zwischen Anzug und Tracht – und eine andere Wahl hatte Marie ihm heute nicht gelassen –, war der Fall klar.

Er saß an einem großen runden Tisch zwischen der Braut und Marie. Auch die vertrauten Freunde hatten am Brauttisch Platz gefunden. Gerade hatten sie sehr gut gegessen, und jetzt konnte kaum noch etwas schiefgehen. Selbst Marie, die seit Tagen furchtbar nervös gewesen war, schien sich langsam zu entspannen.

Schon bei der Suppe waren die beiden Polizisten mit Fragen bestürmt worden. Die Ereignisse der letzten Tage hatten es nur ansatzweise in die Lokalpresse geschafft, und überhaupt wollte man es lieber aus erster Hand hören. Aber Holzhammer hatte darauf bestanden, vorher in Ruhe seinen Schweinsbraten zu verzehren, und auch Müllerhuber bis dahin ein Schweigegebot auferlegt.

Erst beim Dessert hatten sie alles ausführlich geschildert und sogar mit verteilten Rollen «Zwei Gangster in der Seilbahn» gespielt. Holzhammer war der Centurio gewesen, Müllerhuber der echte Gangster.

«Da hat Fischer sich ja mal richtig nützlich gemacht», sagte Christine.

«Ja, schon», gab Holzhammer zu. «Leider haben wir für Patendarsteller nur selten Verwendung. Das nächste Mal sollte er sich auch besser an die Regieanweisungen halten. Äh, ist das eigentlich dein erstes Dirndl?»

Ihm war aufgefallen, dass Christine die ganze Zeit an ihrem spitzenbesetzten Ausschnitt herumzupfte. Das nachtblaue Seidenkleid war bestimmt teuer gewesen und stand ihr nach Holzhammers männlicher Meinung ausgezeichnet. Aber bisher hatte er sie noch nie in so etwas gesehen.

«Ja, ist es», mischte Matthias sich ein. «Sie hat es extra für heute gekauft. Aber jetzt macht sie sich ständig Sorgen, dass der Ausschnitt verrutscht. Oder dass sie ihn nicht richtig ausfüllt.» Dabei linste er betont in Christines Dekolleté.

«Gut siehst du aus, Christine», versicherte Müllerhuber. Er war einfach ein guter Kerl.

«Stimmt, ich würde dich sofort als Model für Trachtenkleidung buchen», sagte jetzt auch Stefan, der Fotograf. Er saß zwischen Müllerhuber und seinem Bruder.

«Schon gut, ich hab's ja verstanden», sagte Christine. «Also reden wir über was anderes – zum Beispiel die Leserbriefe im *Anzeiger* zum Forellenklau.»

«Ich bin die letzten Tage gar nicht zum Lesen gekommen. Was schreiben s' denn?», fragte Marie.

«Na, sie regen sich furchtbar auf. ‹Skandal›, ‹schändlich›, ‹Verrat an der Heimat› und so weiter.»

«Die saftigsten haben sie bestimmt gar nicht abgedruckt», vermutete Matthias. «Bestimmt haben auch welche die Todesstrafe für Forellendiebe gefordert.»

«Zum Glück ist die Forelle seit gestern wieder daheim», sagte Holzhammer. «Lag gut verpackt in einem Erdloch hinter der Ostwandhütte. Der Hund vom Jager hat sie beim Gassigehen aufgespürt und so lange angeschlagen, bis Herrchen mit dem Klappspaten kam.»

«Dann hattest du also mal wieder recht», sagte Christine. «Du hattest ja gleich vermutet, dass sie erst mal auf Bartholomä zwischengelagert wurde.»

«Ja, unser Holzei ist der Beste», sagte Matthias und prostete ihm zu. Die anderen taten es ihm nach.

Holzhammer freute sich über das Lob, obwohl er wusste, dass mindestens 50 Prozent Ironie dabei waren.

Allerdings hingen alle schon etwas durch. Dafür war die Braut verantwortlich, Gerli hatte ja unbedingt eine traditionelle Berchtesgadener Bauernhochzeit gewollt. Also war frühmorgens um vier eine Abordnung der Weihnachtsschützen vor dem Haus der Brautleute aufgezogen und hatte sie mit Böllerschüssen geweckt. Sie weckten damit freilich auch weiträumig die Nachbarschaft, was manch ein Feriengast nicht recht zu schätzen wusste. Aber alle Bestrebungen der Touristiker, das traditionelle Wecken nach hinten zu verlegen, waren gescheitert. In Berchtesgaden ging Tradition immer noch vor Tourismus.

Dass Müllerhuber beim Schießen mittun wollte, war für Holzhammer keine Überraschung gewesen. Aber auch Matthias, normalerweise geradezu allergisch gegen Brauchtum, hatte sich angeschlossen. Aus heiterem Himmel war ihm eingefallen, dass er Andis Taufpate war. Bei dessen Geburt vor 28 Jahren war Matthias noch katholisch gewesen, und Holzhammer hatte ihn schon damals als seinen besten Freund betrachtet. Er erinnerte sich sogar noch, wie stolz Matthias gewesen war und wie vorsichtig er Andis Köpfchen über das Taufbecken gehalten hatte.

Auch Stefan war mitgegangen. Die Enzianbrennerei Grassl hatte ihn nämlich beauftragt, diejenigen Berchtesgadener Bräuche zu dokumentieren, bei denen Schnaps eine Rolle spielte. Also alle.

Auch die Weckschüsse am Hochzeitstag wurden traditionell mit einem Stamperl vergolten. Anders gesagt, der erste Alkohol auf einer Berchtesgadener Bauernhochzeit floss morgens um vier. Warum die Braut allerdings die Schnäpse im Dunkeln herrichten musste, wusste niemand. Erst nach dem letzten Schuss durfte sie Licht machen, um im Morgenmantel mit dem Tablett hinaus zu den Schützen zu tappen.

Am frühesten von allen war Marie auf den Beinen gewesen. Noch vor dem Schießen war sie zu den Brautleuten hinübergefahren, um Gerli bei der Bewirtung der Schützen zu helfen. Anschließend hatte sie der Braut auch noch die Haare gemacht.

Als Gerli erklärt hatte, zur Hochzeit die althergebrachte Kranzlfrisur tragen zu wollen, war Bräutigam Andi die Kinnlade heruntergefallen. Auch der zukünftige Schwiegervater hatte gestaunt, bloß unauffälliger. Aber Marie war Gerli gleich beigesprungen. Fazit: Gerli hatte sich den Kranz in den Kopf gesetzt, und Marie hatte ihr den Kranz auf den Kopf gesetzt.

Und das alles, während der Vater des Bräutigams noch im Tiefschlaf lag. Erst eine Stunde vor der Kirche war er aufgestanden. Beim Rasieren hatte es dann schon pressiert, und als dann noch das Handy rappelte, hatte er sich erst einmal geschnitten. Er wollte es schon liegen lassen, als sein Blick auf die unbekannte österreichische Nummer fiel.

Etwas genervt und mit schaumigen Fingern hatte er das Gespräch angenommen. «Wer stört?»

«Grias di, ich bin Zöllner beim Flughafen Salzburg. Aber meine Tante ist aus Berchtesgaden und hat mir deine Nummer gegeben.»

«Und? Sacklzement, mein Bub heiratet in vierzig Minuten.»

«Ich steh hier neben einer ewig langen Kiste, soll per Luftfracht nach Übersee. Laut Frachtbrief sollen Kufen für Bobschlitten drin sein. Aber wenn du mich fragst, so lang ist der längste Viererbob nicht.»

Holzhammer war plötzlich ganz Ohr. «Verstehe. Also, worauf wartest du – sofort auspacken und einiblasen. Wenn's tuten tut, san's garantiert keine Kufen ned.»

Der Zöllner hatte zwar nur den Teil mit dem Auspacken befolgt, aber das hatte auch gereicht. Noch auf dem Weg zur Kirche hatte Holzhammer dem Alphornbauer die frohe Botschaft durchgegeben. Der hatte sich riesig gefreut, immerhin steckten drei Monate Arbeit in so einem Trumm.

Kurz vor knapp, während der Chor bereits sang, war Holzhammer in die Kirchenbank gerutscht und hatte dafür einen von Maries Mörderblicken kassiert.

Aber jetzt war alles wieder in Ordnung. Satt und zufrieden lehnte Holzhammer sich zurück. Eigentlich wäre jetzt ein Schläfchen fein. Warum gehörte zu so einer Bauernhochzeit eigentlich kein anständiger Mittagsschlaf? Das wäre doch einmal ein schöner Brauch. Ob er vielleicht einfach kurz die Augen ...

«Du, Franz, weißt du zufällig, was jetzt mit dem geplanten Themenpark wird? Also mit dieser Berchtesgaden-Kopie?» Das war die neugierige Christine.

«Hat sich erledigt. Berchtesgaden bleibt einzigartig», brummte er zufrieden.

«Von mir aus hätten die Koreaner den ganzen Kitsch auch im Original haben können», verkündete Matthias.

«Weißt du, was du bist, ein Heimatbanause bist du», knurrte Holzhammer mit einer Portion echtem Groll.

Schnell lenkte Müllerhuber die Tischgesellschaft ab: «Ach, das wisst ihr ja noch gar nicht. Nicht nur die Bandenmitglieder, die wir gefasst haben, sitzen hinter Gittern. Die koreanische Polizei konnte mit unseren Angaben sogar diesen Bohoja identifizieren.»

Stimmt, darauf konnten sie wirklich stolz sein.

«Und was sollte diese halsbrecherische Drohnenfahrt auf der Rossfeldstraße?» Christine und ihre Fragen.

«Das war für so eine Virtual-Reality-Sache. Ein Saal mit festgeschraubten Autositzen, und die Zuschauer bekommen eine Brille auf die Nase. Schon sind sie wirklich dort. Jedenfalls fast.»

Irgendwann am Nachmittag ging Marie zum Auto, um sich ihr Jäckchen zu holen. Als sie zurückkam, hatte sie noch etwas anderes dabei.

«Nanu, was ist das denn?», fragte Christine.

«Frag das ihn», sagte Marie und deutete mit dem Kinn auf – na wen wohl.

Sakra! Die erschossene Drohne im Kofferraum hatte er ganz vergessen.

Mühsam raffte der schläfrige Bräutigamvater sich zu einer Verteidigung auf: «Mei, des Ding hat mich verfolgt und mich ganz narrisch gemacht mit seinem Gebrumm. Da hab ich's halt aus dem Verkehr gezogen. Ich hab nichts anderes gemacht als wie der Adler im Wimbachtal.»

«Deshalb stehst du ja auch unter Naturschutz», sagte Christine. «Prost.»

Weitere Titel

Holzhammer ermittelt

Die Holzhammer-Methode

Teufelshorn

Gut getroffen

Frühjahrsputz

Mord am Toten Mann

Christiane Franke/ Cornelia Kuhnert
Der letzte Heuler

Ein Ostfriesen-Krimi

Ostfriesland, Neuharlingersiel, im Sommer: An einem ausnahmsweise warmen Tag entdeckt Lehrerin Rosa am Strand einen einsamen Heuler. Als sie Hilfe für das Robbenbaby holen will, trifft sie nicht auf die Tierärztin, sondern auf deren Gatten. Der liegt in einer Blutlache. Und ist ziemlich tot.
Wie sich herausstellt, wurde der pensionierte Chefarzt der Kinderklinik erschossen. Mit einer russischen Makarow. Die Kripo Wittmund glaubt daher an Auftragsmord, doch Rosa und ihre Freunde – Dorfpolizist Rudi und Postbote Henner – halten das für ziemlichen Quatsch. Auf eigene Faust und mit ihren ganz speziellen Methoden stellen die drei Ermittlungen an. Und stolpern über Dixi-Klos, kostspielige Reitstunden und Liebesverhältnisse, die so ganz rund wohl nicht gelaufen sein dürften …

320 Seiten

«Morden im Norden: spannend und witzig und vor allem mit viel Herz erzählt.»

WDR 5

Ro 329/1